LAURE BOUTAULT

Laure Boutault habite en Occitanie. Sa vie est partagée entre la région montpelliéraine, où elle travaille, et les Cévennes, où elle a ses attaches. Son premier roman, *La Robe du Lutetia* (Nouveaux Auteurs, 2021), est récompensé par le Prix Féminin Pluriel Méditerranée 2023 et par le coup de cœur de Françoise Bourdin, présidente du Prix du roman *Femme Actuelle* 2021.

LA ROBE DU LUTETIA

LAURE BOUTAULT

LA ROBE DU LUTETIA

NOUVEAUX AUTEURS

ISBN : 978-2-266-33275-0
Dépôt légal : juin 2023

Aux habitants du Mas.
Ceux qui y dorment pour toujours et ceux qui y vivent.

1.
L'enterrement

L'affluence des voitures a modifié le paysage de ce petit coin de Cévennes qui a bercé mon enfance. Les chemins forestiers sont embouteillés et le silence apaisant de la campagne a laissé place à un silence pesant, lourd de chagrin et de retenue.

Comme pour rappeler que la vie continue et que la vie peut être belle quand on sait la saisir, le soleil brille sur les vestes grises et les robes noires.

Le cortège s'étire silencieux, soudé dans la forêt. Le pasteur Soulier marche en tête, sobre et rassurant dans sa robe noire intemporelle. Appuyé sur sa canne de châtaignier qu'il a lui-même taillée pour l'aider à porter le poids des ans jusqu'au fin fond des montagnes, il avance lentement, donnant ainsi beaucoup de solennité à ce cortège. Petit et trapu, comme le sont les hommes d'ici, la poignée de main franche et ferme, le pasteur Soulier est un Cévenol pure souche. Élevé dans les montagnes à la rude, il n'a connu la grande ville que le temps de ses études à la faculté de théologie de Montpellier. L'appel de la terre a été le plus fort. Il n'a jamais conçu exercer son ministère loin de ses chères montagnes. Parce qu'il savait que là était sa place, de par la volonté de Dieu, auprès de ces gens humbles et dignes, fiers et courageux. Cela fait maintenant plus de trente ans qu'il a élu domicile à BoisRedon et chaque enterrement est une épreuve pour lui, car aucun n'était un inconnu pour lui. Et aujourd'hui, le fardeau est d'autant plus lourd qu'il amène à sa dernière demeure une amie, pas une simple connaissance. Alors, il marche lentement, enfermé dans son chagrin, pour qu'arrivé devant le caveau, il oublie sa peine et nous soulage de la nôtre. Puis, nous suivons, nous la famille, puis les amis et enfin les voisins, les connaissances, tous ceux qui un jour l'ont croisée. Tous ceux que la mort effraie et qui sont autant là pour eux (je suis encore vivant) que pour soutenir la famille.

— Lise, dite Lisette, vivait la vie pleinement et même lorsqu'elle a pris conscience de la maladie qui la rongeait, elle a voulu profiter de chaque instant, de chaque seconde de ce don de Dieu qu'est la vie. Elle s'est battue puis Dieu dans sa miséricorde l'a libérée de ses souffrances.

La foule frémit instinctivement.

Le pasteur poursuit :

— Lise est, pardon était, une véritable personnalité avec tout ce que ce terme a d'affectueux dans ma bouche. Une figure locale, peut-être malgré elle. Car, ce qu'elle aimait dans notre coin retiré des Cévennes, ce n'était rien tant que la sérénité des lieux qui rend possible le face-à-face avec soi-même. Qui n'a pas la vision de Lise, un bâton à la main, son chien sur les talons, arpentant ses sous-bois, toujours attentive à ce que « la propriété » soit bien entretenue, comme au temps de son père et avant lui du père de son père.

Parce qu'on n'est jamais propriétaire de la terre. Elle nous est prêtée, le temps d'une vie quand on a de la chance, et notre devoir est de la transmettre à nos enfants, avec tous les sacrifices que cela occasionne. Et Lise connaissait le prix des sacrifices. Mais elle acceptait car elle avait cette force qui pousse toujours vers l'avant. Cette force, elle la tirait de la terre. Et si l'on veut comprendre Lise, il faut connaître son amour viscéral pour sa terre.

« Car si vous tous, vous voyez en Lise le médecin, elle se définissait simplement comme une Cévenole, sans plus de prétentions. Et pourtant des ambitions, elle aurait pu en avoir ! Combien d'exemples avons-nous de fille de paysans devenue par simple passion un médecin en un temps où les filles devaient être épouses avant tout ? Du moins dans notre contrée très rurale. Lise a su dépasser tous les obstacles : famille à convaincre, financements à trouver, préjugés à combattre. Sa soif d'apprendre, sa vocation pour la médecine ont eu raison de tous les obstacles. Et c'est dans un grand hôpital parisien qu'elle a fait ses premiers pas de médecin. Mais loin de son BoisRedon, Lise languissait. On peut avoir une volonté de fer et être tendre.

« Lisette aimait ce pays rude, elle avait choisi d'y revenir malgré tout, malgré la tentation de la capitale. Et c'est sans amertume, sans colère, qu'elle a vécu dans le cadre de son enfance.

« Revenue au pays, elle s'est mise au service des siens. Et elle n'en a été que plus respectée. Ses paroles étaient écoutées, jamais commentées, ses actes étaient respectés. Quels qu'ils soient ! Mais je peux vous dire sans trahir sa confiance que, si elle était consciente de son pouvoir sur vous, elle n'en abusa jamais. Ou alors, pour ce qu'elle considérait comme l'intérêt de tous.

« Lise, c'était surtout une femme dans sa plénitude ; épouse aimante et attentionnée de notre regretté Alphonse, mère attentive et chaleureuse d'Isabelle, mère courage aussi pendant la captivité d'Alphonse. Et Lise était devenue avec un bonheur non dissimulé mamé Lisette pour ses deux petites-filles Myriam et Estelle. Elle eut même le bonheur de connaître ses arrière-petits-enfants, et cela, elle le disait elle-même : *c'est suffisamment rare pour apprécier chaque instant comme le dernier*.

« Quand je venais la visiter les derniers temps, elle était sereine. Elle disait cependant : “J'ai longtemps parcouru la vie comme spectatrice de ma propre vie. Maintenant que le terme s'approche, je sais que ma place est ici. Entre les pins et les châtaigniers de cette forêt, auprès de ma famille, la visible et l'invisible. Je n'ai pas peur car je suis attendue. Je ne serai pas seule. J'ai élevé ma fille seule pendant la guerre. J'ai vu mes petites-filles devenir femmes. Je me sens plus libre de partir.”

Un grand silence accompagne les paroles du pasteur.

Je me rapproche de ma sœur, Myriam. Derrière moi, je sens la présence rassurante de mon mari. Devant nous, nos parents se soutiennent mutuellement, dignes.

— Prions pour elle. *Notre Père…*

La foule reprend la prière ancestrale, d'abord timidement puis avec ferveur. La voix enfle et entoure le cercueil, la famille, elle, se répand jusqu'au mas en dessous et va se perdre dans les cimes de la montagne.

Plus près de toi, mon Dieu, apprenions-nous enfants.

Le reste se déroule dans un brouillard. L'intensité de l'émotion retombe et la fatigue marque les traits.

Ma grand-mère a peuplé ma vie, de l'enfance à l'âge adulte. Je me sens vidée d'une partie de moi-même, comme bancale.

Une vie. Je ne l'ai pas vue passer.

Je sens toute la tristesse de ma famille. J'ai envie de leur souffler que tout va bien, que je suis en paix.

J'ai eu beaucoup de défauts, d'imperfections, d'impatience, de colère, contenue ou non.

J'ai essayé souvent, pour être toujours la première, j'ai échoué parfois (et les échecs furent à la hauteur des ambitions, grandioses... si l'on peut dire).

Mais il y a une chose que je pense avoir réussie, c'est ma famille. À partir du jour où je suis devenue mère, je me suis oubliée pour me consacrer à elle. J'ai tout donné avec la même rage que je mettais dans une quête professionnelle quelconque, une reconnaissance incertaine. Un sourire d'enfant, une petite main confiante dans la mienne et chaque jour était magique. Et la magie s'est poursuivie avec mes petites-filles et trop peu (manque de temps) avec mes arrière-petits-enfants.

Que nos montagnes sont belles quand même. Je regarde (puis-je encore dire ainsi ?) les gens se disperser par petits groupes. Le temps est froid, mais beau. On s'attarde, on prend des nouvelles des uns et des autres. On montre qu'on s'intéresse, qu'on est bien intégré au village.

Certains s'approchent de moi. Enfin, de ma tombe, puisque j'ai l'impression que mon moi véritable vit encore. Un court instant de communion et ils repartent vaquer à leurs occupations.

Un grand monsieur enveloppé dans un manteau bien cintré et coiffé d'un feutre très élégant mais d'un autre temps s'approche le dernier. L'attitude est digne mais je prends le temps de l'observer car je vois ses épaules trembler. Il est seul. Personne ne l'accompagne. Personne ne lui parle. Personne ne semble le connaître. Il garde la tête obstinément baissée. Ce n'est que lorsque je l'entends murmurer « Oh ! ma Lise, ma Lise... » que je me fige.

Il est là, après tant d'années. Trop tard. Mais il est là... Charles.

J'oublie ce qui nous a séparés pour ne retenir à l'heure de l'ultime adieu que ce qu'il y eut de beau entre nous. J'oublie la mort, j'oublie la vieillesse, j'ai à nouveau vingt ans et je suis amoureuse comme je souhaite à tout le monde de l'être un jour.

Des présents à mon enterrement, peu de gens connaissent Charles. En fait, à part pour Louison, ma fidèle amie, ma confidente et quelques vieux de mon âge, il est un parfait inconnu. Charles est parti depuis plus de cinquante ans. Ça fait mal de compter le nombre des années. Il est parfaitement naturel que personne ne vienne vers lui. Qui le reconnaîtrait tant d'années après ? Et serait-il persona grata *? Je ne suis pas sûre que le temps ait cicatrisé toutes les blessures (véritables ou d'amour-propre). Même si c'était le cas, qui pourrait parler de Charles et moi ? Personne, à part peut-être cette pauvre et chère Louison. Mais sa mémoire vacillante lui permettra-t-elle ?*

Je secoue mes mèches blondes. Je n'aime pas me laisser aller à la sensiblerie. Surtout me concernant. De toute façon, je n'ai pas le temps.

Cette foule est aussi là pour nous, maintenant que mamé Lisette a rejoint ses parents et son grand amour Alphonse.

Elle repose dans le caveau construit par son mari sur la propriété, symbole à lui tout seul de l'histoire du protestantisme. L'esprit d'indépendance, le vent de rébellion qu'il suscitait effrayait tellement l'Église catholique qu'elle a combattu les protestants jusque dans la mort, jusque dans le droit à une sépulture, et cela dès le XVIe siècle. Après une brève période de tolérance, la révocation de l'édit de Nantes a signifié pour les protestants la clandestinité, jusque dans l'ensevelissement de ses morts. Notre propriété en porte encore les traces ; sous les châtaigniers ancestraux, au flan de la montagne, sans autre marque qu'une pierre dressée à la tête, une pierre dressée au pied, nombre de mes ancêtres sont enfouis, dans leur montagne. Dans ce que nous appelons entre nous le cimetière vieux. Nous sommes incapables de lire les noms sur les pierres tombales sommaires. Je ne sais même pas si en ces temps de clandestinité, ils ne furent jamais gravés.

Mon grand-père Alphonse, lui, a voulu concilier tradition et modernité. Tradition en construisant son caveau sur la propriété, sous un châtaignier majestueux, modernité parce que ce caveau est à la vue de tous (nous ne sommes plus clandestins et nous l'affichons) et il est en dur (un bon vieux ciment bien pérenne).

Ce caveau au milieu de la propriété, je l'ai toujours connu. Mon grand-père le premier l'a habité. Les morts au milieu des vivants font partie de notre quotidien. Et cette omniprésence, loin d'être envahissante ou attristante, me rassure. Je sais qu'il en est de même pour chacun d'entre nous. Nos morts sont avec Dieu, mais avec nous aussi. Le lien n'est pas rompu.

Maintenant, il nous faut faire preuve de civilité, malgré tout. Et après tout, c'est peut-être mieux. Autant être rationnel. Gardons notre énergie pour des combats que nous pouvons gagner. Je ne suis pas Jésus et mamé Lisette n'est pas Lazare.

Petit à petit, tous se sont éparpillés. Certains sont encore au mas à parler de moi ou à parler tout court. Maintenant qu'il est seul, Charles se redresse et se découvre. Ses traits fins sont restés les mêmes, quelques rides fines sont simplement venues strier sa peau. Ses cheveux ont complètement blanchi et cela lui donne la noblesse qui lui manquait. Il n'est plus le dandy de ses vingt ans, beau et brillant, mais superficiel. Il est un vieil homme noble au regard profond empreint d'une intelligence alliant celle du cœur et de l'esprit. Les épreuves l'ont embelli, anobli. Il est devenu aux yeux de tous le Charles qu'à l'époque j'étais seule à voir derrière le vernis du dandy. J'avais raison de l'aimer...

2.

Un choix de vie

Les enfants sont déçus ; ce sera encore un Noël sans neige. Le froid pique et le ciel d'un bleu dur n'annonce pas le moindre flocon pour les jours qui viennent.

J'aime Noël, l'attente le soir autour de la cheminée. L'impatience qui se lit dans les yeux des enfants. Leurs réveils matinaux pour aller ouvrir les cadeaux. Toujours trop. La famille pour une fois réunie. Ou presque. Mamé est toujours là, palpable.

C'est la première fois que je trouve que la journée s'étire. C'est la première fois que la magie de Noël n'opère pas. J'ai grandi. « La vie est faite de renoncements », me disait maman pour réfréner mes impatiences d'adolescence. Je n'ai jamais aimé cette phrase. Elle ne me correspond pas au plus profond de moi.

— Estelle ?

Je sursaute.

— Tu rêves ? me demande David, mon mari. Les enfants veulent aller se promener. Tu viens ?

Me retrouver dans la montagne, fouler les feuilles mortes, faire l'inventaire des dégâts de l'hiver : un arbre abattu là, un mur écroulé plus loin, me fait du bien. Je ris des jeux des enfants, je retrouve peu à peu mon âme d'enfant.

David semble détendu, déconnecté de son ordinateur et de son téléphone portables, reconnecté avec la vie. Nous marchons main dans la main, sereins. Je me laisse porter par David, plein de projets pour « la propriété » : retaper la magnanerie, vaste pièce au dernier étage de la maison, qui servait jusqu'à la guerre à la culture des vers à soie. Aujourd'hui, rien ne permet d'imaginer toute l'activité qui a pu régner dans cette pièce. Même les mûriers se sont perdus dans la forêt. Pour nous, la magnanerie est une pièce aux murs encore bruts, laissant à nu la pierre sèche et aux poutres majestueuses. Une pièce où David imagine sans mal installer notre chambre avec peut-être un petit coin lecture avec une vue plongeante sur la vallée. Une nouvelle façon d'aimer ces montagnes. En prenant le temps de les contempler. Je l'écoute, en état de léthargie. Suis-je prête à modifier le décor de la vie de mamé Lisette ? « Il faut aller de l'avant », répétait-elle. Pourquoi pas, après tout ?

De retour à la maison, je retrouve Myriam plongée dans un livre sentimental. Preuve que quelque chose ne tourne pas rond chez elle.

— Tu me fais une place ?

— Hum… grogne-t-elle en se poussant légèrement.

— Ne me dis pas que tu es fascinée par ce genre de lecture ?

— Quel genre de lecture ? J'ai besoin de me vider la tête.

— Ah ! Tu as des soucis ?

— Comme d'habitude. Plein de petits mais aucun de grand.

— Tu veux qu'on en parle ?

— Qu'on parle de quoi ?

Je sais que quand Myriam se ferme comme cela, les soucis l'ont envahie, tout entière. C'est l'avantage d'avoir grandi ensemble. Mais même si on se connaît par cœur, je ne sais pas toujours tout de sa vie d'adulte. Et plus les années passent, plus les difficultés s'accumulent, plus elle met des barrières entre nous. Et aujourd'hui, je sais que je n'en tirerai rien. Entre la peine du départ de mamé et ce qu'elle me cache, c'est sûrement trop douloureux à exprimer.

Le silence retombe dans la maison et entre nous. Décidément, la magie de Noël n'opère pas. Son air maussade me fait perdre un instant tout le bénéfice de mon bain de jouvence dans la montagne.

Fort heureusement, une dispute bien terre à terre entre mes chères têtes blondes chasse mes idées noires du moment. Je verrai demain, comme aurait dit Scarlett O'Hara, pour rester aussi sentimentale que ma sœur.

Le lendemain, Myriam prend déjà la route pour retrouver sa vie parisienne. Les tours de La Défense et le ciel gris. Les longues journées au travail, en un perpétuel défi contre soi-même, une course à la performance, pour toujours plus d'euros. Myriam a gagné le respect de ses pairs, elle s'est installée dans un superbe appartement terrasse avec vue sur la Seine et son Xavier, son ami, d'une dizaine d'années plus âgé, est un homme très cultivé et… très influent. Mais qui n'aime pas la campagne… donc que nous voyons peu.

Xavier… Chaque fois que je le vois, j'ai l'impression d'être la bouseuse de service. Pourtant, il n'a pas un mot plus haut que l'autre. Il est bien trop policé pour cela. Mais tout tient à son attitude. Sa tenue vestimentaire, d'abord. Je ne l'ai jamais vu quitter son blazer. Même en vacances. Et quand par hasard, il est en short, il fait « déguisé ». Ensuite, son regard. Un brin condescendant ou franchement arrogant. David penche pour le dernier qualificatif. Surtout quand Xavier explique à David qu'en dehors de Paris intramuros, il n'y a pas de salut. Et surtout pas de vie culturelle digne de ce nom. Donc, pas d'oxygène possible pour lui.

Je regarde son Audi A3 serpenter dans les derniers virages de la propriété, et je me dis que c'est la première fois que nous n'avons pas eu de vraie conversation. Il fait froid, je rentre et trouve maman installée avec Adrien et Clara devant les albums photo de notre enfance.

Maman a pris un coup de vieux. Elle était fusionnelle avec mamé. Peut-être parce que pendant ses premières années, son univers, c'était sa mère. Papé, elle ne l'a connu qu'à son retour de captivité et elle m'a toujours raconté qu'elle avait eu peur en le voyant. Il était tellement sale et maigre après ce long voyage ! Elle en a gardé une culpabilité diffuse.

— Maman ! Tu te fais du mal !

— Non, pourquoi ? Les enfants doivent avoir l'image de leur arrière-grand-mère telle qu'elle était. La vie continue, ma chérie.

Je laisse mon regard errer sur les photos qui remontent le temps et me font découvrir une mamé Lisette jeune, insouciante et belle. Je suis surprise de la découvrir aussi belle. Plus que belle : rayonnante. Elle dénote au milieu de ses amies. Toutes ont un air emprunté face à l'objectif, une attitude étudiée qui leur va mal, toutes sauf elle.

— Quel âge avait-elle sur cette photo ? demandé-je à maman.

— Voyons… été 1930. Elle avait seize ans tout juste. Elle faisait déjà femme, tu ne trouves pas ?

— Elle semblait très belle.

— Mais bien sûr qu'elle était belle ! Qu'est-ce que tu croyais, toi ? Elle n'a pas toujours eu quatre-vingts ans !

— Ce n'est pas ça… Elle avait quelque chose.

— Ah ! Aux yeux de mon père, elle était la plus belle !

— Ben, c'est normal, Mamie, puisqu'ils étaient amoureux ! intervient ma fille, logique.

— Tu as raison, ma chérie.

Le soir en me couchant, dans les draps rêches brodés aux initiales de Lise pour son trousseau de mariage, mes yeux se ferment sur la vision de Lise, pas de mamé Lisette. Une jeune fille rayonnante brodant avec patience son trousseau tout en rêvant à sa vie de femme, qui ne venait pas assez vite à son goût. Une tradition perdue ; je n'ai pas brodé le mien et je serais même incapable d'apprendre à ma fille à broder le sien.

Cette fois, c'est Myriam qui appelle. Depuis Noël, je savais qu'il se tramait quelque chose, mais elle n'avait rien avoué. Et là, elle a tout lâché ; elle quitte Xavier et elle prend un an de congé formation pour devenir institutrice.

J'en suis tout abasourdie et somme David de rentrer plus tôt pour discuter. Je sais qu'il a horreur de ce genre de conversation (de filles, dit-il) mais là, c'est un cas de force majeure. Ma sœur est en train de péter les plombs. Nous ne pouvons pas la laisser foutre sa vie en l'air !

Quand David rentre enfin, les enfants sont couchés. Je ne lui laisse même pas le temps de se changer et ne le quitte pas d'une semelle, tellement habitée par les nouvelles que je viens d'apprendre.

— Bon, qu'est-ce qu'il y a de si urgent ?

— Myriam quitte Xavier.

— Enfin une action sensée dans cette tête de linotte !

— Quoi ? Une action sensée ? Mais ils sont ensemble depuis cinq ans. Et elle n'a rien à lui reprocher !

— Sauf qu'en cinq ans, ils n'ont rien construit ensemble.

— Comment peux-tu dire ça ? Il était toujours là pour elle.

— Oui, pour se montrer en société avec elle. On ne l'a pas vu pour l'enterrement de mamé Lisette.

Je reste bouche bée. Je vais rétorquer qu'il était pris par un congrès quand je me rends compte du dérisoire de l'excuse face au décès de ma grand-mère.

David me surprend. Je pensais que les histoires de cœur ne l'intéressaient pas et il s'avère plus pertinent que moi. J'en suis presque vexée.

— Et tu m'as fait rentrer pour ça ?

— Non, ce n'est pas tout. Elle veut devenir instit !

— Eh bien, c'est la soirée des bonnes nouvelles.

— Des bonnes nouvelles ? Tu te rends compte de combien gagne un instit, surtout en début de carrière ?

— Elle commence à me plaire, ta sœur.

— Parce qu'elle fait instit ?

— Parce qu'elle est courageuse. Elle va jusqu'au bout de ses convictions, tu ne trouves pas ?

Non, je ne trouve pas. J'ai dû rater un épisode. Ma sœur est la fierté de la famille ; elle a une carrière brillante, évolue dans les milieux les plus raffinés de Paris, et voilà qu'elle plante tout. Je vais me coucher, c'est trop pour une même journée ; ma sœur qui change radicalement de voie et mon mari qui pour la première fois de sa vie la comprend.

En fait, je suis vexée. C'est comme si je découvrais les deux personnes que j'aime le plus au monde : ma sœur et mon mari. Pire, c'est comme s'ils étaient plus clairvoyants que moi.

Je n'ai jamais autant ri de toute ma vie. J'en veux presque à Myriam d'avoir attendu que je sois morte pour nous faire son show. C'est du grand art ; le coup de théâtre sûrement préparé de longue date a surpris tout le monde. Ses parents d'abord, mais je leur fais confiance, ils réagiront bien. Mais surtout sa sœur ! Ah ! Ma petite Estelle, si tu pouvais voir ta tête ! Effarée, décontenancée, déboussolée. Eh oui, la vie n'est pas un long fleuve tranquille et les situations les plus enviables ont leur face cachée. Et un jour, la fissure qui patiemment a entamé l'édifice, toujours un peu plus loin, a fait son œuvre ; l'édifice s'écroule.

Ce que tu ne comprends pas, ma chérie, c'est que l'édifice s'écroule pour toi alors que pour ta sœur, c'est sa prison qui s'écroule. Oh ! Une prison dorée, je te l'accorde. Mais une prison quand même. Dehors, la vie l'attend. Difficile certainement, mais libre. Libre d'être elle-même.

Et être soi-même, c'est ce qui est le plus difficile. Rien de plus facile que de revêtir le costume du meilleur élève, puis du meilleur avocat ou médecin. Mais affronter le regard des autres et leur dire : « Je ne veux pas de ce costume » est autrement plus courageux.

Là où je m'avoue surprise, et je m'en repens humblement, c'est que je ne m'attendais pas à autant de psychologie de la part de David. Décidément, il est bien ce garçon. Il gagnerait à parler davantage. Mais là encore, le poids de l'éducation. Un garçon ne doit pas montrer ses sentiments s'il veut être un homme, et patati et patata.

Demain est arrivé et son tourbillon de routine. Les enfants à préparer et à amener à l'école, la course jusqu'au travail, la course au travail pour finir et être à l'heure pour récupérer les enfants.

Je me laisse engourdir par l'urgence pour ne pas penser. Est-ce la vie dont je rêvais petite fille ? Non, bien sûr, qui pourrait le prétendre ?

Les chiffres dansent devant mes yeux et deviennent soudain irréels, futiles. Passent devant mes yeux des images de l'enfance : nos jeux dans la neige, notre joie de s'occuper des animaux de la ferme, notre complicité.

Les chiffres reprennent vie et redeviennent palpables. Pendant quelques heures, je m'y plonge et en extrais quelques commentaires. Je ferme l'ordinateur sereine, le travail accompli. Celui-là au moins, car au fond de moi, je sais que je n'ose aborder l'essentiel.

En voiture, en ces quelques minutes rien qu'à moi, je repense à Myriam. Je suis encore sous le choc de son changement de cap. Sa vie me fascinait et je ne comprends pas en quoi elle était imparfaite.

Myriam, la petite dernière, la préférée de mamé Lisette. Toute petite déjà, ses boucles blondes et ses grands yeux bleus faisaient craquer tout le monde. Moi comprise. Elle a toujours eu cette grâce dans chaque chose qui faisait qu'on ne pouvait rien lui refuser. Et avec ça douce, brillante et pétillante. Plus tard, l'adolescence venant, elle a eu beaucoup de succès avec les garçons, sans vraiment y prêter attention. Elle a papillonné sans jamais s'attacher. Avec Laurent, son premier, un garçon solitaire et triste, elle croyait avoir trouvé le nouveau romantique. Avec Arnaud, l'année suivante, elle a découvert la politique mais son engagement s'est terminé avec sa rupture. Moi, pendant ce temps, je ne rêvais que de Mathieu sans jamais oser lui avouer. Bien trop fière pour cela. Et puis, j'ai rencontré David. Et ce fut comme une évidence. Un roc sur lequel s'appuyer. J'existe vraiment pour lui. Et lui pour moi. L'aura de Mathieu est devenue floue, jusqu'à s'effacer.

Le soir, je m'isole dans le bureau et me branche sur le Net. Je ne me sens pas capable d'aborder les questions de fond avec Myriam au téléphone et encore moins face à face.

L'écriture a un côté protecteur et libérateur. Je l'ai toujours su et là, dans cette période déstabilisante, je le ressens doublement.

« Myriam,

Mais qu'est-ce qui te prend de tout foutre en l'air ? De nous deux, tu es celle qui a le mieux réussi sa vie. Je te croyais heureuse.

À dix-huit ans, tu es partie de la maison pour Paris et depuis cette date, tu as toujours tout réussi. Tes études d'abord, ta vie professionnelle ensuite, ta vie sociale (ce qui n'est pas négligeable) et ta vie de femme.

J'étais fière de t'avoir pour sœur, moi qui ai mis ma carrière entre parenthèses dès l'arrivée des enfants, d'autant plus facilement qu'elle ne m'excitait pas. Mais toi, tu brillais. Ton job te passionnait, tu rencontrais des gens intelligents, tu évoluais dans un monde raffiné, bien éloigné de mon univers de petite comptable de province. Et d'un coup, tu envoies tout valser. Et ce sans prévenir. Tu es devenue folle ? »

La réponse n'a pas tardé. Et nous sommes restées là, toute la nuit, à échanger des messages.

« Estelle,

Je sais que j'ai surpris tout le monde. Et je ne m'attendais pas à ce que vous me compreniez. Ce qui me fait plaisir dans ton mail, c'est que tu te poses des questions. J'ai au moins réussi ça.

Je te dirai simplement : je ne vivais pas ma vie, je vivais la vie que tout le monde voulait que je vive.

Rappelle-toi mes dix-huit ans, je sortais de ma rupture avec Arnaud et quoi que vous en ayez tous pensé à l'époque, j'étais plus marquée que je ne l'affichais. Le bac m'avait ouvert toutes les portes, j'avais le choix. Et j'ai fait le choix de partir. La famille m'étouffait.

Je voulais choisir ma vie, mais à chaque fois que j'avais un choix à faire, je me laissais influencer par vos conseils. Et voilà. »

« Et voilà, quoi ? Est-ce que tu as été si malheureuse que ça ? »

« Non, voyons. Les choses ne sont pas si simples, et tu le sais bien. On se convainc toujours qu'on a fait le bon choix, surtout quand tout marche bien.

Bon, puisque tu ne veux pas comprendre, je vais te mettre les points sur les *i*. La famille nous élevait comme de vraies petites filles modèles qu'au fond de nous nous n'étions pas.

Et l'image de cette petite fille modèle était si écrasante, que toutes les deux nous avons développé des complexes. Chacune à notre manière. Jusqu'à aujourd'hui. »

J'ai laissé passer de longues minutes avant de répondre à Myriam.

« Depuis la mort de mamé, j'ai l'impression de vivre à côté de ma vie. Je bouge, je parle, j'agis et je me regarde bouger, parler, agir. Je n'arrive pas à savoir ce qui cloche. Pour faire court, je me dis que c'est le chagrin, pour faire long, je sais que je devrais me poser des questions que je n'ose pas me poser. La phrase de mamé me hante, "j'étais spectatrice de ma propre vie". Alors que j'ai toujours eu l'impression qu'elle avait pris sa vie en main et qu'elle était allée au bout de ses rêves.

Et puis toi. Lorsque tu as choisi de changer de vie et que j'ai vu la réaction enthousiaste de David, j'ai réalisé que de nous deux, c'était toi aujourd'hui l'aînée. »

« Ma réflexion ne date pas de la mort de mamé. Peut-être de sa maladie, pour être honnête. Mais trois ans, c'est assez long pour réfléchir, tu ne crois pas ?

Quant à toi, pourquoi te serais-tu posé des questions avant ? Tu as réussi ta vie de femme et ta vie de mère. C'est en créant ta propre famille que tu as pu échapper à l'emprise de LA famille, ne l'as-tu jamais compris ? »

« Ma famille pour échapper à la famille ? Je ne l'ai jamais envisagé comme cela. Plutôt comme une continuité de la famille. Je n'ai jamais eu envie d'y échapper, à vrai dire. »

« Eh bien moi, oui. T'es-tu demandé pourquoi je n'ai jamais rien construit dans la durée ? Et ne me rétorque pas que j'étais obnubilée par le travail. Parce que ça, c'est la facilité. »

« Qu'est-ce que tu racontes ? Et Xavier ? »

« Ah oui ! Xavier, avocat de renom, introduit dans les salons : le statut social. C'est important quand on a des origines paysannes. Vous êtes-vous demandé si j'étais sincèrement amoureuse ? Amoureuse oui, flattée surtout et toujours la fille obéissante et raisonnable. Je n'ai jamais laissé guider ma vie par mon cœur. Il fallait que la tête commande. Cela convenait à toute la famille car j'avais atteint le statut social tellement recherché. Mais en attendant, est-ce que je vivais selon mon cœur ? Quelqu'un a-t-il essayé de nous apprendre à écouter notre cœur ? Je crois que cela a été la grande lacune de notre vie.

Sur ces bonnes paroles, je te souhaite bonne nuit. Je me lève tôt demain. »

Avant d'aller me coucher, je relis nos échanges de mails. Agitée. Le sommeil tarde à venir. J'ai l'impression d'être passée à côté de ma sœur depuis tout ce temps. Je pense à mes enfants et me promets de tout faire pour ne pas passer à côté de leurs désirs d'enfants, de futurs adultes. Demain…

« La famille nous élevait comme de vraies petites filles modèles qu'au fond de nous nous n'étions pas.

Quelqu'un a-t-il essayé de nous apprendre à écouter notre cœur ? Je crois que cela a été la grande lacune de notre vie. » Les phrases de Myriam résonnent en moi. J'ai tellement passé de temps à réfréner mon tempérament passionné, mon refus des conventions qui m'a valu bien des déboires, qu'inconsciemment j'ai guidé ma fille et à travers elle mes petites-filles vers le chemin rassurant du conventionnel. Car en dehors de mon amour pour Charles qui défiait les conventions et qui est resté à jamais mon secret, qu'ai-je fait toute ma vie que de me conformer au rôle que l'on voulait que je joue ? J'ai été une élève brillante d'abord, puis lorsque je suis revenue de Paris meurtrie, j'ai revêtu avec un plaisir non dissimulé (et non feint) l'habit de l'épouse et de la mère (puis de la grand-mère) modèle. Et c'est cette image qui a dû rester de moi. Mais cette image n'est pas moi et Myriam a bien plus de courage que sa grand-mère. Finalement, je n'aurai peut-être pas complètement échoué. Mais j'aurais peut-être dû m'ouvrir davantage à elles. Cela aurait au moins fait gagner quelques années à Myriam. Il n'est plus l'heure ni des regrets ni des remords.

3.

La commode de mamé Lisette

La maison de famille s'ouvre à nous, vide et froide depuis des semaines. Les enfants râlent.

— Où sont papi et mamie ?

— Vous le savez, ils nous laissent la maison.

— C'est nul…

— On sait, on sait.

Adrien préfère fuir dehors, quelque part dans une de ses multiples cabanes. Quant à Clara, elle reste là plantée devant moi comme une âme en peine, histoire de bien me faire culpabiliser.

Les vacances commencent bien.

Un bon feu de bois plus tard, une récolte de châtaignes et les rires sont revenus dans la maison.

Je me couche épuisée.

Enfouie dans la forêt, au milieu de la nuit, la maison me semble toute petite. À presque quarante ans, j'ai autant la frousse qu'une gamine de cinq ans. Une seule solution : j'appelle David.

— Quoi ?

— C'est agréable comme accueil !

— Il est une heure du matin…

— Je n'arrive pas à dormir. J'entends du bruit.

— C'est le fantôme de ta grand-mère. Elle te souhaite la bienvenue.

— Ce n'est pas drôle.

— Non. Ce qui n'est pas drôle, c'est que tu me réveilles pour ça parce que moi, demain je bosse.

— Bon, alors bonne nuit.

— C'est ça, bonne nuit. Je te rappelle demain.

Je m'endors rassurée et idiote, car cette maison est avant tout mon refuge. Il ne peut rien m'y arriver. Si je rêve de fantôme, au matin, je ne m'en souviens pas.

Le lendemain, pour la première fois depuis... je pénètre dans la chambre de mamé.

Rien n'a changé. Les calmants sont encore sur la table. Le dessus-de-lit au crochet, qu'elle a elle-même confectionné, est juste trop bien tiré, preuve que cette chambre n'est plus habitée.

Je tourne un peu dans la pièce, caresse le coussin, le dos du Voltaire, son seul luxe. Puis, je me plante devant la commode.

Cette commode nous a toujours été interdite. On a tous besoin d'un coin secret, nous disait mamé.

Mais maintenant, je me sens irrésistiblement attirée mais j'hésite. Le poids de l'éducation fait que la mort ne suffit pas à lever l'interdit. Après tout, si quelqu'un devait l'ouvrir, il serait logique que ce soit maman.

Je referme la porte mais j'y pense toute la journée.

À force de m'interdire cette commode, ma grand-mère n'a fait que nourrir ma curiosité. Mais que peut bien cacher une grand-mère modèle ; une photo de son mari, trop tôt disparu ? Une vie vécue dans le souvenir et le dévouement ? Peut-être quelques babioles glanées de-ci de-là ? Une vie sans histoires, ce que l'on appelle une vie heureuse, m'a-t-on appris.

Le soir, les enfants couchés, avec un sentiment de culpabilité diffus, j'ouvre le premier tiroir de la commode. Des gants en dentelle jaunie, un nécessaire de toilette en nacre, un éventail japonais. Des objets courants pour l'époque mais insolites dans les Cévennes. J'ai toujours connu mamé dans ses terres, entre ses chiens, ses chèvres et son jardin. Elle s'habillait pratique, comme elle disait. « À qui veux-tu que je plaise à mon âge ? » plaisantait-elle. Oh ! Bien sûr, elle n'a pas suivi complètement la tradition qui veut qu'une veuve soit tout de noir vêtue jusqu'à la fin de sa vie. À la maison, elle portait toujours une blouse dont les poches débordaient de bonbons, pain sec et autres gourmandises pour ses chèvres ou pour nous. Quand elle descendait au village, pour les courses ou plus jeune pour ses consultations, elle suspendait sa blouse et revêtait des robes sobres et sans fioritures. « C'est bon pour les coquettes ces futilités-là. » Elle voulait avant tout être libre de ses mouvements, pour soigner les hommes, les animaux ou la terre… Or voilà que je retrouve des futilités dans son tiroir secret.

Tout est bien rangé, mais je soupçonne que ces objets ont été manipulés mille fois, remis en place avec précaution et amour.

J'ouvre le deuxième tiroir. Il résiste un peu puis cède dans un grand craquement. Je découvre sa robe de mariée emballée dans un papier de soie. Ma robe aussi, je la garde précieusement dans un placard. Je me souviens d'une photo de mes grands-parents le jour de leurs noces. Je n'ai pas besoin d'en savoir plus ; j'effleure juste le papier de soie avec tendresse.

Reste le troisième tiroir. Le plus bas. Jusqu'à maintenant, je n'ai fait que remonter dans le temps. Me rapprocher de la jeune femme puis de la jeune fille qu'elle a été et que je n'ai pas vue sous les rides. J'hésite à entrer plus avant dans son monde.

Le dernier tiroir s'ouvre sans résistance, lui, comme s'il avait été régulièrement ouvert. Là encore, tout est bien rangé. Deux boîtes remplissent à elles seules le tiroir. La première est en bois précieux, pas le genre de boîte que l'on trouve dans nos Cévennes. La deuxième ressemble plutôt à un grand carton. Il est retenu par un ruban fané qui a dû être vert dans sa jeunesse. Il se dégage de cette commode et de ce tiroir en particulier une impression de luxe suranné, d'élégance oubliée et inattendue.

Je ferme les yeux et ma grand-mère se dresse devant moi ; droite dans sa blouse de travail noire, les cheveux courts, nets, le regard franc et énergique, un outil à la main, un chien à ses pieds. C'est ainsi que je l'ai toujours connue : fière et active. Une drôle de petite bonne femme en perpétuel mouvement.

J'ouvre d'abord le grand carton. Le ruban glisse, le couvercle laisse entrevoir un papier de soie. Je dépose avec précaution le tout sur le lit. Instinctivement, je sais qu'une Lisette inconnue va se dévoiler à moi. Je ne sais pas si j'en ai peur ou si cela m'excite. J'ouvre enfin.

Soigneusement pliée et abritée au cœur du papier de soie se tient une magnifique robe de soirée, une de celles à faire rêver la petite fille enfouie au fond de chacune de nous.

Les années ont passé, plus de soixante peut-être, mais elle garde sa magnificence. Je la déplie ; simple et élégante, la robe est longue, droite, gris perle seulement rehaussée d'un liseré blanc autour du décolleté et du dos nu plongeant. Je la caresse et frémis ; elle est entièrement en soie. C'est-à-dire hors de prix pour une fille de paysans cévenols, aussi aisés soient-ils. Ce qui était loin d'être le cas de mes arrière-grands-parents.

Dans quelles circonstances mamé a-t-elle pu porter un tel bijou ? Qui a pu lui offrir ? Mamé Lisette devait être ravissante à vingt ans pour qu'un homme veuille la voir dans l'écrin de cette robe.

Je prends alors la boîte en bois précieux. Comme pour répondre à ma question, elle s'ouvre sur une photo de bal montrant ma grand-mère au bras d'un jeune homme en smoking, très grand et aussi brun que mon grand-père était blond.

Lisette est radieuse ; ses cheveux bouclés sont sagement retenus en un chignon sophistiqué qui ne laisse échapper qu'une boucle sur chaque oreille. Elle porte avec grâce la robe que je viens de découvrir et semble très à l'aise et très amoureuse au bras de son compagnon.

L'homme lui tient la taille dans une attitude sans équivoque, surtout pour l'époque. Ses traits sont fins, son allure est assurée, élégante et énergique. Le photographe a su capter en un instantané le caractère de ses sujets sans pose artificielle, ce qui était rare à l'époque.

Et démontrait d'un talent de photographe expérimenté, peu fréquent en province.

Je tourne la photo. Une date : *juin 1934*. Un lieu : *Hôtel Lutetia*. Mais aucune indication sur le nom de son cavalier. C'était tellement évident pour elle.

Les autres photos ne m'apprennent rien ; elles sont conformes à l'image que j'ai de ma grand-mère. Sa photo de mariage. Ma mère bébé. Des scènes champêtres. Des repas familiaux. Une vie sans histoires. Et en fond, un paysage connu : les montagnes de BoisRedon. Là, je m'y retrouve. Les photos me racontent fidèlement l'histoire de sa vie. Les étapes importantes à ses yeux. J'ai toujours aimé me plonger dans ces photos des temps anciens pour essayer de faire revivre à force de les fixer l'ambiance de l'époque. J'ai souvent été déçue car les anciens n'avaient pas apprivoisé comme nous l'image et, voulant paraître à leur avantage, n'en étaient que figés, guindés. Il existe néanmoins quelques photos moins convenues qui m'ont happée des heures durant jusqu'à me donner l'impression d'avoir vécu ces moments. J'ai partagé les repas avec ma trisaïeule, Léa, visage de pomme ridée mais yeux de braise même à quatre-vingts ans. J'ai fauché avec mes grands-parents, juste après la guerre et j'ai joué avec ma mère enfant. J'ai voyagé dans le temps mais je suis toujours restée à BoisRedon. Parce que là était la vie de la famille et de mamé en premier lieu. Je ne l'ai jamais imaginée ailleurs. Et voilà que je la retrouve à Paris au bras d'un parfait inconnu. Et puis, elle revient à BoisRedon.

Sauf qu'entre la photo de bal et celle de son mariage, cinq années ont passé. Qu'a-t-elle fait entre vingt et vingt-cinq ans ?

Je range tout avec précaution. La nuit est bien avancée quand je sombre dans le sommeil. Mes rêves sont évidemment peuplés d'images de bal, sous des lustres de Murano, au son des violons. J'ai l'impression de valser toute la nuit, avec Strauss comme compagnon, et je me lève un peu nauséeuse.

4.

Le bal du Lutetia

Il est de ces moments qui, de par leur magie, leur grâce, ont un caractère d'éternité. On ne le perçoit pas lorsqu'on les vit mais seulement au fil du temps, l'âge et les renoncements venus, à l'heure où l'on fait le tri dans ses souvenirs pour ne garder que ceux qui ensoleillent notre vie et nous tiennent debout, comme la canne soutient notre bras.

La soirée au Lutetia fait partie de ceux-là. Elle est même le plus beau d'entre tous.

Cette soirée était d'autant plus magique qu'elle était inattendue. Charles avait tout orchestré avec une délicatesse surprenante chez un jeune homme qui se vantait de ne s'attacher à rien et se limitait (soi-disant) à être un hédoniste.

Ce jour-là, je m'étais enfermée dans mon bureau (mon placard, disait Charles) pour me plonger dans les révisions de médecine et oublier que je fêtais mes vingt ans loin de mes parents. À l'époque, le téléphone ne s'était pas démocratisé et l'absence savait se faire cruelle. Je ressentais physiquement le manque de mes Cévennes. Cela faisait des mois que je n'avais pas pu arpenter mes sous-bois, garder mes chèvres, escalader la montagne à la recherche des champignons qui donneraient à nos repas un air de fête. De mon vasistas, je n'apercevais même pas de verdure, seulement la mer sans fin des toits de Paris. En levant la tête, perchée sur ma chaise, on pouvait dire que j'avais de la vue... Mon lit était étroit et mon seul luxe était d'avoir réussi à installer dans un lieu si exigu un espace de travail. Le bureau se résumait à une simple table en bois. Car, si j'avais suivi la famille de Valras à Paris pour poursuivre mes études et bénéficier de leur protection, je ne faisais pas vraiment partie de la famille. Je partageais mes repas et mes nuits avec mes voisines de palier : les femmes de chambre. Nous logions dans un grand appartement haussmannien sur les Grands Boulevards. Rien que le hall d'entrée avec son tapis rouge et son escalier en marbre suffisait à impressionner, comme au premier jour, la petite paysanne que j'étais fière de rester. J'accédais à ma chambre par un escalier réservé aux domestiques. Au début, cela m'a un peu choquée de séparer en deux castes les occupants d'un même immeuble. Surtout dans les années trente. À l'usage, j'y ai aussi vu un intérêt : une liberté de mouvement et un sentiment d'indépendance. Car cette chambre, « ce placard » comme disait Charles, était aussi mon refuge. Notre refuge.

Au début, ce fut notre refuge pour travailler. Ma motivation à devenir médecin dépassait au centuple celle de Charles qui quelque part ne faisait que se conforter au désir de ses parents. Et c'est parce que ses parents l'avaient désiré que j'étais là, petit aiguillon pour l'inciter à travailler. Les premiers temps,

Charles se montra parfaitement insouciant, accordant peu d'attention aux problématiques médicales, qui moi me passionnaient. Il s'amusait d'un rien, me taquinait en permanence et bien qu'il fût de deux ans mon aîné, j'avais l'impression d'avoir affaire à un enfant. Un jour, je perdis mon calme et oubliai qu'il était un de Valras pour ne voir que le gamin insolent et insupportable. Je le fis sortir manu militari *de « mon bureau » et ne lui adressai pas la parole de la journée. M. et Mme de Valras, trop absorbés par leurs occupations et autres mondanités, ne s'aperçurent de rien. Le problème était là aussi ; pour exister auprès de ses parents, Charles avait besoin d'en rajouter, de briller à sa façon.*

Le lendemain, Charles me rejoignit et pour la première fois travailla véritablement avec moi. Je découvris un esprit vif, curieux de tout, une mémoire impressionnante et une faculté de synthèse rare. Une complicité nouvelle se noua. Charles continuait à « l'extérieur » à se comporter comme le parfait dandy, plus préoccupé de la forme que du fond. Mais dès qu'il était avec moi, il était autre : posé, intelligent et très attentionné. Un Charles que son orgueil de jeune coq avait du mal à dévoiler à tous.

Charles était beau, véritablement beau ; et il le savait. Dès qu'il entrait dans une pièce, les jeunes filles se retournaient, prêtes à se pâmer. Plus que sa beauté, c'était cette aura qui se dégageait de lui qui attirait. Il était lumineux. Oui, voilà le terme, il était lumineux. Et moi, j'étais plus qu'heureuse de me tenir auprès de cette lumière quelques heures par jour. Et comme toutes les jeunes perruches parisiennes, je nourrissais un tendre sentiment pour mon compagnon d'études. Mais j'étais aussi fière que lui et cela aurait été déchoir que de le lui montrer. Je craignais plus que tout son ironie lorsqu'elle s'appliquait aux sentiments. Je craignais un regard méprisant du genre « ma pauvre fille », je craignais qu'il ne me rappelle notre différence de classe et je me refusais à me contenter d'une aventure. Je complexais de tout lorsque je me comparais aux Parisiennes croisées dans les salons ; pas assez jolie, pas assez raffinée, pas assez élégante. L'orgueil l'emportait sur mes sentiments.

Et ce jour-là, j'étais particulièrement furieuse que tout le monde se comporte normalement avec moi, c'est-à-dire comme tous les autres jours, alors que j'étais censée fêter mes vingt ans. Même mes copines femmes de chambre, pourtant si attentionnées et qui devenaient petit à petit ma deuxième famille, étaient parties vaquer à leurs activités sans un mot.

Vers le milieu de l'après-midi, après-midi décidément bien morne, où j'avais toutes les peines du monde à fixer mon attention, Charles vint frapper à ma porte.

— Lise ! Sors de ton placard, ce n'est pas bon pour ton teint !

— Tu n'as pas de remarque plus intelligente, non ? Si toi, tu te lèves, moi, je travaille depuis…

Je m'interrompis au milieu de ma phrase car je venais d'ouvrir la porte et de découvrir un Charles tout sourire, un grand paquet entouré d'un ruban vert somptueux dans les bras.

— Pousse-toi, me dit-il en entrant dans le « bureau » avec autorité.

Il ferma la porte et sans préambule, comme s'il craignait ma réaction, m'enlaça et m'embrassa avec une tendresse troublante avant de murmurer :

— Bon anniversaire !

Une première étreinte, un premier baiser et un cadeau, c'était trop pour ma petite personne.

La tête me tournait, mes jambes flageolaient et je faillis défaillir quand j'ouvris le carton et que je découvris la robe de soirée.

— Elle a été faite spécialement pour toi.

— Pour moi ? Pourquoi ? Comment ?

— Oh ! Les femmes de chambre peuvent être très discrètes quand elles veulent.

J'appris plus tard le rôle qu'elles avaient joué dans cette surprise. Mme de Valras s'offrait encore le luxe de se faire confectionner des robes sur-mesure. Elle allait chez les grands couturiers choisir sur un modèle la tenue qu'elle souhaitait se faire créer. Puis elle cherchait toujours à y ajouter sa propre touche. Le summum de l'élégance, disait-elle. Un devoir pour faire honneur à son mari, disait-elle aussi. Ainsi faisait-elle amener différentes étoffes à domicile. Elle touchait, critiquait, adorait puis oubliait. Ce fut le cas pour une soie grise qu'elle avait ADORÉE *pour préparer sa soirée du Nouvel An. Puis qu'elle avait remisé aux oubliettes quand on lui avait présenté une soie vert pâle qui mettait mieux en valeur la délicatesse de son teint. Et la soie grise attendait sagement dans le placard des robes abandonnées.*

Ces histoires de chiffons ne seraient pas venues à l'oreille de Charles si Adèle, ma plus proche voisine de chambrée et la première femme de chambre de

Madame, ne lui avait pas glissé qu'il ne faudrait pas aller chercher bien loin pour me faire une jolie surprise.

Pour les mesures, ce fut simple ; elles se servirent d'une de mes robes à son passage à la laverie. Il ne restait plus à Charles qu'à transmettre le tout aux doigts de fée de la maison de couture attitrée de sa mère et le tour était joué.

Une chaleur réconfortante me gagnait et chassait définitivement le sentiment de solitude qui m'avait accompagnée tout au long de cette journée.

— Je ne peux pas accepter. Elle est cent fois trop belle pour moi ! Je n'ai pas d'occasion de la porter...

— Tu vas commencer par la porter ce soir. Ensuite, nous verrons !

— Ce soir ?

— Ce soir, je t'emmène à un bal, à l'hôtel Lutetia. D'ailleurs, dépêche-toi, le coiffeur t'attend.

Je restai sans voix, inerte, sonnée.

Je regardai Charles comme si je le découvrais pour la première fois. Ses yeux noirs pétillaient d'espièglerie comme d'habitude, mais au fond d'eux je sentis pour la première fois une profondeur qu'il s'acharnait à masquer en permanence de peur de se découvrir. Ses traits fins et harmonieux, trop beaux pour moi, semblaient empreints d'une émotion que sa « bonne éducation » n'avait pas réussi à contenir. Ses mains si fines et si raffinées étaient un peu moites quand elles se posèrent sur moi et ses lèvres frémirent au contact des miennes. Il s'écarta légèrement de moi et, retrouvant son ironie protectrice, me dit :

— Que se passe-t-il ? Ai-je réussi l'exploit de te faire taire ?

Je cachai mon visage contre son épaule et laissai échapper mon trop-plein d'émotion contre le revers de sa veste.

— Allons, allons, mademoiselle. Il faut nous presser, le coiffeur attend. Le carrosse va se changer en citrouille si cela continue.

— Mais tes parents ?

— Quel rapport entre mes parents et tes vingt ans ?

Je n'avais pas envie d'approfondir la question et me laissai complètement prendre en charge (et avec quel délice) par Charles, fier de sa responsabilité, toute nouvelle. La fin d'après-midi fut gaie et insouciante, emplie des préparatifs de la fête. Gaieté d'un jour de fête, gaieté d'un amour naissant qui éclatait comme un feu d'artifice. Ce soir-là, je vécus dans le présent, délicieusement dans le présent, savourant chaque seconde et refusant de me poser la moindre question.

5.

La veillée

Le lendemain, je passe véritablement une journée comme spectatrice de ma propre vie. Je comprends ce que mamé a voulu dire. Je parle, ris avec mes enfants, je parais vivante, entièrement tournée vers eux, quand mon esprit n'est obnubilé que par une chose : qui est le cavalier du bal du Lutetia ?

La journée est très froide et nous apprécions particulièrement le temps du goûter. Adrien s'installe sans vergogne devant un paquet de gâteaux, tandis que Clara trempe délicatement sa tartine de confiture de châtaignes dans sa tisane de verveine.

Quant à moi, je sirote ma verveine devant le feu de cheminée et les flammes ont des allures de couples enlacés.

Sans réfléchir, je dis :

— Vous savez, quand Myriam et moi étions petites, mamé organisait des veillées avec les voisins. Il fallait manger tôt car ils arrivaient vers huit heures du soir. Et nous restions toute la soirée devant un feu de cheminée comme celui-là à discuter.

— Sans la télé ? demande Adrien.

— Bien sûr ! On savait se parler à l'époque.

Je me mords les lèvres en disant ça ; on se parlait tellement que personne ne m'a parlé du bal du Lutetia. Je me fige intérieurement.

Personne n'en a parlé aux enfants que nous étions à l'époque. Qui dit qu'aucun des adultes n'est au courant ? Le problème est de savoir qui de ceux qui ont connu ma grand-mère à vingt ans est encore vivant ?

Mais l'idée, je la tiens.

— Et si samedi prochain, quand toute la famille sera réunie, nous organisions une veillée comme pour reprendre le flambeau de mamé Lisette ?

— Et on aura le droit de se coucher tard ? demande Clara.

— Pas plus tard que onze heures du soir.

— D'accord ! hurlent en chœur Adrien et Clara.

Et j'ai même droit à un bisou furtif mais bon, il faut se contenter de ce qu'on a.

Très excités, les enfants m'aident à faire la liste des invités, la liste des friandises qu'il faudra offrir (seule condition : utiliser des ingrédients de la région, histoire de faire époque).

Quand la liste des invités atteint le nombre de trente, le débat monte d'un ton. Il s'agit d'une veillée, pas d'une boum. Et quand il faut faire le tri, ils râlent quand ils me voient rayer les plus jeunes. Et je me sens coupable de tant de calculs…

Après moult discussions, nous arrivons à la liste suivante :

– Les Fages, incontournables, ce sont nos plus proches voisins et nous sommes amis de génération en génération. Il faut absolument que les grands-parents viennent si je veux avoir une chance. Comptons donc quatre personnes.

– Les Lebrun. Ils habitent au village mais Mme Lebrun allait à l'école avec ma grand-mère, et même si elle commence à être atteinte de démence sénile, elle peut m'être utile. Ne dit-on pas que pour les personnes atteintes de cette maladie les souvenirs lointains sont plus précis que la mémoire immédiate ?

– Et enfin, ma marraine, la cousine de mamé, la vieille fille du village, Marie.

Cela nous fait donc sept invités plus nous sept. Nous voici quatorze ! Pourvu que tout le monde vienne…

Bon, la liste est faite. Maintenant, il faut lancer les invitations. Mais avant, en informer la famille.

Les réactions sont variées :

David : « Une veillée ? Pourquoi tout à coup ? » Celui-là me connaît trop bien ; il faudra que je lui lâche le morceau.

Mes parents : « Une veillée avec tout ce verglas ? Tu crois que c'est une bonne idée ? Et surtout n'oublie pas Marie. Tu la connais, elle ne nous le pardonnerait pas. Tu t'occupes de tout ? Tu es sûre ? Tu sais que les Fages prennent de la camomille et que Mme Lebrun adore les châtaignes grillées. Tu t'en souviendras ou tu veux que je te le rappelle ? »

Myriam : « Une veillée ? Quelle bonne idée ! Cela changera des programmes télé creux du samedi ou des soirées parisiennes insipides. »

Et quand je complète en disant que cela sera une veillée à thème, elle est vite intriguée.

— Tu ne vas pas faire faire des jeux de rôle à de braves gens ?

— Non, des jeux de mémoire. Je te raconterai dès que tu seras là.

— Tu m'intrigues.

— C'est fait exprès.

Décidément, cette veillée est une bonne idée. La semaine de vacances passe incroyablement vite dans la préparation de ce fameux soir. À ma grande surprise, tout le monde a répondu présent.

Ce n'est pas que ce soit spécialement une bonne idée mais l'hiver dans les Cévennes, les journées sont courtes et rudes et la moindre distraction est la bienvenue. Même si pour cela, il faut encore affronter le vent et le froid aller et retour. Mais ce n'est rien comparé à ce que faisaient les anciens ; car c'est à pied qu'ils se rejoignaient d'un mas à l'autre pour les veillées.

Et puis, j'ai utilisé le mot-clé : c'est pour mamé Lisette. Mamé Lisette. Je suis persuadée que le jeune homme sur la photo l'appelait Lise et non Lisette. Lisette, c'est bien trop familier. C'est pour la campagne, c'est pour la famille et pour mon grand-père Alphonse.

Le samedi tant attendu est arrivé. Les friandises sont prêtes ; leur préparation a occupé agréablement Adrien et Clara. Et pour une fois, ils ne se sont pas trop disputés. Cause commune : on va se coucher tard… comme les grands.

Dès que David et Myriam sont là, je choisis de les mettre dans la confidence. L'énigme est suffisamment dense ; nous ne serons pas trop de trois pour la percer.

— Venez dans la chambre de mamé. Vous comprendrez mieux.

— Comprendre quoi ? demande David.

— Le thème de la veillée, lui précise Myriam.

— Depuis quand les veillées ont-elles un thème ? insiste-t-il.

— Depuis que ce sont des veillées prétextes, dis-je.

Nous entrons dans la chambre. Je ferme la porte derrière nous et me dirige d'un pas assuré vers le troisième tiroir de la commode.

— On n'avait pas le droit gamines, dit Myriam rêveuse.

— Et pour cause, regardez…

Je déplie la robe de tout son long sur le couvre-lit, pour la deuxième fois de la semaine mais avec la même fascination.

Myriam laisse échapper un « oooh » de connaisseuse. Je continue. À côté de la robe, je pose théâtralement la photo du bal du Lutetia. Et j'observe les réactions.

Myriam s'approche de la robe, la caresse, apprécie sans mot dire la finesse de sa coupe et la qualité de la soie. Puis, elle prend la photo en main et dévisage longuement les deux cavaliers. Mais elle reste muette.

David, quant à lui, a jaugé la situation instantanément.

— Bon, elle a gardé un souvenir de jeunesse au fond d'un tiroir. Et alors ?

— C'est tout ?

— Mais que veux-tu que je te dise ? Chacun doit conserver sa part de mystère. Ta grand-mère, c'était cette robe, souvenir d'une belle soirée. Voilà.

— Voilà ? Mais non, pas voilà. Apprécie la qualité de cette robe, c'est une robe de grand couturier :

du sur-mesure. Comment ma grand-mère aurait-elle pu se l'offrir ? Regarde la photo, ce n'est pas mon grand-père qui l'accompagne. Qui est ce jeune homme dont elle semble si proche ? Et que fait-elle à l'hôtel Lutetia à ce qui semble être une belle réception ?

— Ce n'est pas compliqué, demande à ta mère !

— Je ne pense pas que maman en sache plus que nous, intervient Myriam, d'une voix douce que je sens songeuse.

À son intonation, je sais que je l'ai acquise à ma cause. Son regard s'échappe déjà au loin et son esprit fourmille de mille questions muettes.

— Vous lui avez posé la question, avant de vous emballer ? insiste David, toujours pragmatique. Trop ?

Et devant David se tiennent deux petites filles prises en faute ; il faudrait d'abord expliquer l'ouverture de la commode. Et ça, même adultes…

— Et ne me dis pas que tu organises cette veillée rien que pour ça, ôte-moi d'un doute !

— Ben quoi ? Je fais d'une pierre deux coups ; on se fait plaisir à être ensemble et on retrace la vie de mamé.

— Mais vraiment, vous n'avez rien à faire pour divaguer ainsi !

Et sur ce, David sort de la pièce et nous laisse face à face, Myriam et moi.

L'attitude de David a certes refroidi mon enthousiasme, mais je n'en demeure pas moins convaincue que j'ai raison de chercher.

Myriam est toujours muette. Ses yeux vont de la robe à la photo et de la photo à la robe. Elle s'allonge sur le lit.

— Vingt ans. Une allure de reine, un visage aussi pur qu'une poupée de porcelaine et une voix douce car au moindre éclat l'accent du Sud réapparaissait. Elle a dû mettre Paris à ses pieds. La question est : qu'allait-elle faire à Paris ? Et pourquoi n'en a-t-elle jamais parlé, même lorsque je m'y suis installée ?

— Une jeune femme cultivée mais issue d'un milieu paysan : comment a-t-elle pu se faire admettre dans les cercles fermés permettant d'accéder à des soirées comme celle du Lutetia ?

— Tu crois qu'elle a été une femme entretenue à une période de sa vie ?

— Pas de précipitation. Que savons-nous au juste ? Elle est née en quatorze. Elle a eu son brevet haut la main. Elle a été une des rares bachelières du village, à l'époque. En 1939, elle épouse papé. Maman naît en 1940 au moment où papé est fait prisonnier et envoyé en Sibérie. Pendant la guerre, elle élève maman, s'occupe de la propriété et assiste le docteur. Au retour du papé, elle exerce son métier de médecin à temps plein. Elle se retrouve veuve dix ans plus tard. À quarante et un ans. Ensuite, elle assume de front la propriété et son métier de médecin. Est-ce que c'est la description d'une femme futile ? D'une femme qui accepterait de se faire entretenir ? Moi, je n'y crois pas. Mais tu as raison sur un point : que s'est-il passé entre le bac et son mariage ? Rien qui ne mérite récit ou quelque chose dont on veut taire le récit ?

— Pour moi, mamé était bien dans sa peau et avait assumé ses choix tout au long de sa vie. Elle nous a toujours poussées à donner le meilleur de nous-mêmes. Elle voulait que nous nous dépassions, pour toujours faire mieux que la génération précédente.

— Oui, comme si elle avait une revanche à prendre, quand on y pense. Laquelle ? Sur qui ?

— On en parle à maman ?

— Non. Elle réagirait comme David : trop rationnelle. Et puis, j'aime cette idée de remonter le temps. De chercher les clés secrètes pour lever les verrous les plus enfouis. Nous qui cherchions des héroïnes dans les romans, peut-être avons-nous grandi à côté de l'une d'elles ?

— N'exagérons rien, comme dirait David. Bon, ce n'est pas tout. Il faut se préparer à la veillée. Si j'invite tout le monde et que je ne fais rien, je vais entendre parler du pays !

La nuit est vite tombée, rapprochant les habitants du mas du feu de l'ancestrale cheminée. Les enfants sont étonnamment calmes. Les châtaignes attendent d'être grillées, déjà entaillées. Les infusions sont prêtes, ainsi que les truffes au chocolat, touche personnelle d'Adrien et Clara.

C'est Mme Lebrun qui passe la première la porte. Emmitouflée dans son grand manteau noir, un châle ajouté sur les épaules, bien serré autour du cou, elle entre en frissonnant avec une allure de petite souris apeurée. Elle trottine jusqu'à nous et s'arrête, interdite, devant Myriam.

— Mais enfin, Arthur, qu'est-ce que tu m'as encore raconté ? Elle est là, ma Lisette. Je le savais bien, moi, qu'elle n'était pas morte.

— Mme Lebrun, c'est moi. C'est Myriam, la petite-fille de Lisette.

— Qu'est-ce que tu dis, ma chérie ? Parle plus fort, je me fais un peu sourde.

— Je vous disais que… commence Myriam en haussant la voix.

— Tu me vouvoies maintenant ? Qu'est-ce que je t'ai fait ?

Et avant de laisser le temps à Myriam de lui répondre, elle se tourne vers nous.

— Elle est bien fière aujourd'hui, Lisette. Elle refait sa Parisienne ?

— Allons, madame Lebrun, installez-vous, intervient maman, donnez-moi votre manteau, je vais vous débarrasser.

— Merci, ma chérie.

Et Mme Lebrun s'installe dans le canapé, dodelinant de la tête tout en marmonnant son mécontentement vis-à-vis de Lisette. M. Lebrun s'approche de Myriam, gêné.

— Ne te vexe pas, Myriam. Tu sais, la maladie… Et puis tu ressembles tellement à ta grand-mère que dans la confusion de son esprit…

— Ne vous inquiétez pas. Tout va bien.

— Je sais que vous comprenez. Mais ce n'est pas facile tous les jours.

— Allons, intervient papa. On va passer une bonne soirée et tout ira bien.

— Merci, Jean.

Papa n'est pas un Cévenol, mais il a réussi à se faire accepter et respecter par tous. Parce que c'est un intellectuel qui sait remonter ses manches et aller faucher les prés, retourner la terre, débiter du bois ou faire brûler quand il le faut. Et ça, un citadin qui se met au travail de la terre, ça force le respect.

— Ah ! Voici les Fages. Ils sont allés chercher notre cousine Marie. Comme cela, nous serons au complet.

Tout en rondeur, les cheveux blancs comme la neige et le visage ridé comme une vieille pomme, c'est Marie, la cousine de mamé qui fait son entrée la première. Je ne connais pas bien son histoire. Mamé m'a seulement dit qu'elle était restée vieille fille à la suite d'une déception amoureuse. Mais je n'ai jamais su laquelle. Même si je n'ai jamais compris comment une personne aussi douce que du miel et aussi dure à la tâche ait pu rester seule. Mais ce n'est pas cette histoire-là qui m'intéresse aujourd'hui. Quoi qu'il en soit, cette déception a arrangé bien du monde, car la cousine Marie s'est alors dévouée pour toute la famille, à commencer par ses parents âgés qu'elle a accompagnés jusqu'au bout avec douceur et délicatesse. Un désintéressement qui se perd aujourd'hui. Au regard des valeurs actuelles, le bilan de la vie de Marie serait désastreux. Pourtant, je ne connais personne d'aussi sereine et sûre d'avoir accompli son devoir.

Suivent Albert et Alphonsine Fages, les grands-parents Fages, nos plus proches voisins. Enfin, vu des Cévennes. Au fil des années, ils ont appris à se ressembler : secs, les traits burinés par le travail de la terre et la parole rare. Ils étaient amis avec Lisette et Alphonse, comme leurs parents avant eux, comme mes parents le sont avec Bernard et Monique, comme nous le sommes avec Laurence et Nicolas. La proximité au milieu de la forêt, les épreuves partagées ont soudé les deux familles plus sûrement que les liens du sang.

Tout le monde est réuni. Je regarde David du coin de l'œil. Mon idée de veillée ne lui plaisait pas mais maintenant, ses traits sont détendus et je sais qu'il ne feint pas, discutant passionnément avec Bernard ou écoutant religieusement les conseils de Ferdinand Lebrun sur la rénovation des toitures en lauzes.

— C'est Estelle qui a eu l'idée de nous réunir, en souvenir de maman qui aimait tellement les veillées, commence maman.

— Pauvre Lisette ! Elle a bien souffert ! Dieu l'a libérée de ses souffrances, dit Alphonsine Fages.

— Sale maladie ! On n'entend parler que de ça. Et encore Lisette avait vécu. Mais cela touche aussi des jeunes. Vous connaissez le fils du boucher, celui de la rue du bas ? Eh bien, lui aussi. Et il a à peine trente ans ! dit Marie.

— Mon Dieu, quel malheur ! s'exclame maman.

— Bon, ce n'est pas très gai tout ça. Alors, Myriam, qu'est-ce qu'on m'apprend ? demande M. Lebrun. Tu abandonnes ta belle carrière parisienne pour faire institutrice ?

— Qu'est-ce que tu dis, Ferdinand, qui quitte Paris ?

— Mais tu le sais bien…

— Ah ! Lisette, je te l'avais dit que ce n'était pas pour toi Paris. Mais non, tu as voulu y aller. Il est beau le discours sur la progression sociale. Tu vois que tu en reviens, hein, de la progression sociale. C'est bien beau les études, mais cela t'a fourré de drôles d'idées dans la tête. Qu'est-ce que tu me disais déjà : « Je vais me surpasser. » Ah, tu as voulu vaincre les barrières sociales et tu t'y es cassé le nez. Mais qu'est-ce que tu avais besoin d'aller à Paris ! Tu étais notre reine, ici. Et arrivée là-haut, tu n'étais plus qu'une petite provinciale, juste un peu plus dégrossie que les autres. Mais la brave Louison, son avis ne comptait pas, n'est-ce pas ? Il n'avait pas de valeur l'avis de Louison, comparé à celui du beau Charles. Mais Charles, il fait des études de médecine, lui, comme toi. Et Louison, elle a juste son brevet. Mais Charles, il peut me faire connaître du monde. Et Louison, elle n'est jamais sortie de BoisRedon. Mais Charles, il est riche et Louison, elle doit travailler de ses mains. Enfin, je vois que tu reviens à la raison. On en parlera quand on ne sera que toutes les deux.

Un grand silence suit la tirade de Mme Lebrun. J'échange un regard lourd de sous-entendus avec Myriam ; nous avons le prénom du cavalier de l'hôtel Lutetia. Ce n'est que la première pièce d'un grand puzzle.

David m'observe et je lui réponds d'un sourire timide. Je ne veux pas trop exprimer ma joie d'avoir mis un prénom sur cette photo. Et je ne sais trop comment il va accueillir la révolte de Lisette vis-à-vis des classes sociales. C'est un discours qui m'est familier, pas lui. Une ritournelle qui a bercé mon enfance et qui explique peut-être mon manque d'appétence envers la politique.

En fait, je n'y ai toujours vu qu'une guerre de clans pour toujours plus de pouvoir et d'argent, mais d'où le débat d'idées n'est qu'un faux-semblant.

Mais la sincérité de Louison me rappelle qu'il y a soixante ans, deux générations, dans notre coin reculé des Cévennes, où comme tout travail, le choix se limitait aux champs ou à la mine, le fossé des « classes » a dû être criant. Les Cévennes, terre aride et exigeante, a forgé des générations de révoltés, des camisards aux communistes, en passant par les révolutionnaires. Les études, la culture, la « progression sociale » étaient un luxe, une folie. Certains garçons y accédaient, plus rarement les filles.

Soixante ans auparavant, les reliefs étaient-ils autant effacés ?

Mais c'est la réaction de maman que je guette le plus : sait-elle quelque chose ? Mais comme toujours, elle est très rationnelle.

— Mme Lebrun, commence-t-elle d'une voix douce en articulant chaque syllabe, c'est Myriam, ma fille, la petite-fille de Lisette qui cherche à quitter Paris.

— Hum ? Qu'est-ce que tu dis ? demande Mme Lebrun, soudain perdue.

— Oui, vous voyez, c'est Myriam. Elle est là, vous la reconnaissez, vous l'avez vu naître.

— Bien sûr, bien sûr.

L'incident semble clos et les conversations reprennent un peu décousues, volontairement décousues pour vite enterrer ce sentiment de malaise qui a gagné tous les anciens.

Mme Lebrun se remet à marmonner, enfermée dans un monde d'où nous sommes exclus. Peut-être la Lisette de ses vingt ans y a-t-elle sa place ?

M. Lebrun s'est lancé dans une conversation technique avec les hommes et cela semble le détendre plus que de raison.

Dans la cuisine, je rejoins maman pour aider au service.

— Dis-moi, qu'est-ce qu'elle a voulu dire, Mme Lebrun ? Mamé Lisette est allée à Paris ?

— Peuchère, elle a pris un sacré coup depuis la dernière fois qu'on l'a vue. Je crois que le décès de sa meilleure amie n'a fait qu'amplifier les choses. Tu as vu comme elle s'obstine à prendre Myriam pour Lisette.

— Tu n'as pas répondu à ma question…

— Ta question ? Ah, Paris. Oui, maman y est allée.

— Qu'allait-elle y faire ? Combien de temps y est-elle restée ?

— Maman m'a élevée toute seule. Tu crois qu'elle avait du temps à perdre à me raconter ce qui de toute façon était passé ? Tout ce que je sais, c'est qu'elle y a fait ses études de médecine. Une histoire de bourse. Une chance pour elle.

— Mais tu ne lui as pas posé plus de questions ? C'était son histoire, donc un peu la tienne.

— C'était son histoire. Tu as tout dit. Et si elle ne m'en a pas parlé davantage, c'est qu'il n'y avait rien d'important à dire. Il faut aussi apprendre à respecter le silence des autres. Même des plus proches. Chacun a besoin d'avoir son jardin secret. Cela ne fait de mal à personne et permet de conserver sa part de mystère, sans quoi nous serions bien ternes. Bon, tu prends la camomille ? Je prends la verveine. Tu crois qu'il n'est pas trop tard pour proposer du café ?

Je prends la camomille et quitte ma mère, abasourdie par son peu de curiosité.

David quitte le groupe des hommes et m'aide au service. Nous nous asseyons sur le banc près de l'âtre. Je garde le silence un long moment, tout emplie des réflexions de maman. Mais je me sens rassurée de sentir la présence de mon mari à mes côtés. Comme les vieux Cévenols, ce n'est pas un expansif. Mais je sais que s'il se tient à mon côté en cet instant précis, c'est qu'il a senti que j'en avais besoin. Et cela vaut tout l'or du monde. Je lui prends la main.

— Tu sais, je crois que tu avais raison… me dit-il.

— À propos de quoi ?

— À propos de l'hôtel Lutetia.

— Mais encore ?

— Les Cévenols ont l'art et la manière d'enfouir les secrets. Et là, je crois que nous en avons effleuré un.

À cet instant, je me sens inondée de chaleur. C'est comme si David venait de me faire une déclaration enflammée. C'est mieux que ça. Il me comprend et me soutient.

La progression sociale ! Que le terme est laid, impersonnel, tellement éloigné de moi. Ah ! Ma chère Louison, je retrouve là ta fougue de communiste pure et dure et ton amitié exclusive, ouvertement jalouse de mon amour pour Charles.

Mais moi, mes études, ma médecine, je ne les ai pas vécues contre quelque chose mais pour moi. Je n'étais le porte-drapeau de personne, et surtout pas des femmes revendiquant l'accès à la culture, au travail, au pouvoir. Le militantisme, très peu pour moi. Que chacun se prenne en charge avant de se plaindre des injustices de la société. Des injustices, il y en a toujours eu et il y en aura toujours. Bien sûr, les combats politiques ont fait avancer les choses, je le reconnais. Mais je n'ai jamais été politique, même jeune. J'ai toujours agi très égoïstement. C'était peut-être ça être moderne, à l'époque ; oui, j'ai assumé mon égoïsme. Je savais de quoi j'étais capable et je voulais aller jusqu'au bout. C'est tout. Et mon histoire avec Charles n'a jamais été une manière de participer à la lutte des classes et autres foutaises, c'était une histoire entre deux personnes, peut-être encore un peu fragiles, deux personnes que le monde des « adultes », les conventions de l'époque ont malmenées.

En fait, ton problème, ma Louison, c'est que tu as toujours fait un complexe d'infériorité face à Charles. Oui, il était espiègle, oui, il avait l'ironie facile, mais où était la méchanceté ? Pourquoi avoir voulu le faire plus noir qu'il n'était ? Pour me garder sous ton contrôle ? Revenue à BoisRedon, je t'appartenais à nouveau. Tu te glorifiais d'être l'amie de la dame médecin... Alphonse ne te faisait pas d'ombre, tu le connaissais par cœur. Nous avions grandi ensemble tous les trois. Nous avons usé nos culottes sur les mêmes bancs d'école, nous avons participé aux mêmes fêtes, aux mêmes travaux des champs. C'était rassurant. Charles, lui, il était décoiffant. Il soufflait un vent de modernité dans nos Cévennes qui t'effrayait. Mais il n'était pas le diable. Non, il n'était pas le diable que tu décrivais à tous malgré mes protestations.

6.

Sur les traces de Mamé

Un soir en rentrant, je trouve un mail de Myriam. Je souris en lisant l'objet « Lutetia ». J'ai piqué sa curiosité et elle mène son enquête en utilisant son réseau parisien.

« Estelle,

Mon ancienne casquette en communication m'a permis de commencer notre enquête. J'ai contacté l'hôtel Lutetia et ils m'ont autorisée à chercher dans leurs archives la liste des manifestations qui se sont tenues en 1934. Ma requête les a fait beaucoup rire ; il faut savoir se découvrir un peu pour ouvrir les portes. J'y ai passé tout mon mercredi (l'avantage du congé formation que tu as bien critiqué). Bon, assez épilogué, voici la liste des événements de l'hôtel Lutetia en juin 1934 :

– Dîner des banquiers
– Concert philharmonique
– Bal des cadets
– Soirée Lions Club
– Soirée de bienfaisance de la société des Mines
– Soirée de bienfaisance de la Croix-Rouge
– Bal du printemps

– Dîner des chasseurs
– Concert “Mozart”
– Soirée “Strauss”.

J’espérais trouver une soirée genre “gala de médecine”, mais cela aurait été trop simple. Alors, qu’est-ce qui te semble plausible ? »

Je relis la liste des manifestations. Dans aucune je n’imagine ma grand-mère. Lisette, je ne la connais que sous les traits d’une grand-mère à la fois très affectueuse et très exigeante. J’ai du mal à l’imaginer à vingt ans, et surtout à imaginer les sentiments qui étaient les siens.

L’imaginer à vingt ans, c’est l’imaginer amoureuse et peut-être se fourvoyer en amour. Est-ce que j’y suis vraiment prête, même maintenant ?

Je relis le mail de Myriam. Qui a su lui faire dépasser sa timidité de provinciale ?

Mme Lebrun a parlé d’un Charles, étudiant en médecine. Ce qui se rapproche le plus de médecine semble être la Croix-Rouge. Mais Charles était aussi riche. À quel point ? Dès qu’on est aisé, on est qualifié de riche dans nos montagnes. Pouvons-nous nous appuyer sur le seul témoignage fragile d’une vieille femme malade ?

« Myriam,

Félicitations pour tes recherches ; tu es plus active que moi. Pour être franche, je n’ai pas vraiment eu le temps d’y penser : carnaval des enfants oblige.

Dans la liste que tu me donnes, je pencherais pour les soirées consacrées à la Croix-Rouge. C’est ce qui se rapproche le plus de la médecine. Mais une fois que nous aurons identifié la soirée, qu’est-ce que cela va nous apporter de plus ?

J'ai réfléchi. Nous ne pouvons nous contenter de la réaction de Mme Lebrun. Il nous faut d'autres témoignages. Et je commencerais bien par Marie. Rappelle-toi sa réaction à la veillée. Elle n'arrêtait pas de parler pour cacher sa nervosité. La prochaine fois que je monte à BoisRedon, je passe la voir… l'interroger. »

La réponse de Myriam ne se fait pas attendre.

« Je penche moi aussi pour la Croix-Rouge. Je vais demander aux archives s'ils n'ont pas la liste des invités. Cela nous permettrait de mettre un nom de famille au fameux Charles, et peut-être d'identifier d'autres personnes connues. C'est un début.

Mais aussi d'accord pour l'interrogatoire de Marie. Elle va crier comme une vierge effarouchée, mais ensuite je suis sûre qu'elle sera ravie de parler. »

7.

Le début de l'histoire

Il est tard quand nous amorçons les derniers virages qui mènent à notre mas. La forêt n'est pas accueillante de nuit ; les châtaigniers n'ont pas encore de feuilles et le vent mugit tristement dans les grands pins. Mes parents ont laissé la cour éclairée pour nous guider. Ni la lune ni les étoiles ne nous éclairent ce soir ; demain sera couvert. À l'arrière, Adrien et Clara dorment du sommeil du juste. Il va falloir les porter au lit, comme souvent lorsque nous arrivons de nuit. Mais demain matin, ils seront les premiers debout et qu'il vente ou qu'il pleuve, ils passeront la journée dehors.

La maison est silencieuse quand nous entrons, mes parents sont couchés depuis longtemps. Le portrait de mamé Lisette m'accueille quand je franchis la porte de la pièce commune et je ne peux réprimer un serrement de cœur. Les valises à la main, je me plante devant elle et lui parle :

— Pourquoi ne nous as-tu jamais raconté ton histoire ? Qu'avais-tu à cacher ?

— Tu parles toute seule maintenant ? demande David.

— Oh ! C'est toi ! Tu m'as fait peur !

— Tu es bizarre en ce moment, qui veux-tu que ce soit ?

— Cela devait être un secret lourd à porter pour qu'elle se taise ainsi.

— Lourd ou pas lourd, on en parle demain. Il est tard, je vais me coucher.

— J'arrive.

J'ai prétexté les photos du carnaval à montrer à la cousine Marie, et me voici en route vers sa maison du fond des bois. Il est dix-sept heures et fort heureusement, personne n'a voulu me suivre ; David débite du bois avec mon père, Adrien et Clara ont préféré rester goûter avec leur grand-mère, et ladite grand-mère était fatiguée.

La maison semble intemporelle ; tout en pierre comme toutes les maisons anciennes de la région, elle n'a pas dû changer depuis des décennies. Seule preuve de modernité, les fils électriques qui traversent les prés et amènent le courant depuis à peine trente ans.

Marie m'attend devant le portail, retenant son chien par le collier. Ce n'est pas que ce gros bâtard soit spécialement méchant, mais sa voix effraie un peu et l'âge venant, lui aussi, il lui faut plus de temps pour reconnaître ses familiers.

— Allons, Titus, du calme, c'est moi, Estelle, dis-je en lui tendant la main.

Toujours tenu serré par la cousine Marie, dont la force m'étonnera toujours au regard de son âge et de sa morphologie, il daigne enfin me renifler, m'identifier et enfin fêter ma venue.

— Ma petite Estelle, ça me fait plaisir de te voir. Rentre vite, la fraîcheur tombe vite à cette époque. Ta mère n'est pas venue ?

— Elle s'occupe des enfants. Et puis elle était un peu fatiguée.

— Eh oui, elle fait comme nous tous, elle commence à vieillir. Mais raconte-moi, comment vont les enfants ? Et David, toujours aussi occupé ? Ah ! Il ne ménage pas sa peine, celui-là !

Tout en conversant, nous entrons dans la maison. Un beau feu brûle dans le poêle placé au centre de l'ancienne cheminée qui couvrait tout le mur du fond. L'ameublement est dépouillé mais très soigné et disposé avec goût. Nous nous installons confortablement autour du feu, un bon chocolat chaud à la main et je commence par lui montrer les photos du carnaval. Mes enfants sont un peu les petits-enfants qu'elle aurait dû avoir et ils lui rendent bien son affection. Le reportage photo est vite passé et je décide de me jeter à l'eau.

— Dis-moi, Marie, elle m'a inquiétée Mme Lebrun à la veillée…

— La pauvre. Tu as vu comme elle était désorientée. C'est insidieux comme maladie. Au début, son mari m'en parlait bien, mais je ne voulais pas le croire. Les premiers signes sont trompeurs.

— Mais qu'est-ce qu'elle a voulu dire à propos de mamé ?

— Elle est dérangée, je te dis, ma fille.

— Pas tant que ça. Tu sais très bien que les souvenirs anciens deviennent plus nets que ceux de la mémoire immédiate.

— On dit ça, on dit ça, et alors ?

— Alors, j'ai appris à la veillée que mamé était montée à Paris. Maman me l'a confirmé hier mais elle n'en sait pas plus. Toi, tu dois te souvenir.

Je la gratifie de mon plus beau sourire, elle soupire, pas dupe.

— Je te rappelle, ma cocotte, que j'avais dix ans de moins que ta grand-mère et dix ans, ça compte, surtout quand on est jeune. Je n'ai pas tout suivi et Lisette ne m'a pas tout raconté, bien sûr.

— Mais encore…

— Qu'est-ce que tu peux être têtue quand tu t'y mets, toi ! Pire que ton grand-père et ta grand-mère réunis. Ce qui n'est pas peu dire.

Je me tais et attends. Je sais qu'il ne sert à rien de brusquer Marie. Elle remet une bûche au feu, nous ressert un fond de chocolat chaud, enfin comble le silence de mille petits gestes pour repousser le début de son récit.

Elle s'assied enfin, le visage agité de petits tics nerveux et me lance un regard lourd de reproches.

— Qu'est-ce que tu cherches à savoir ? Lisette n'a-t-elle pas été une grand-mère merveilleuse ? N'est-ce pas l'essentiel ?

Et comme je m'obstine à ne rien dire, renouvelant juste mon plus beau sourire, elle poursuit dans un grand soupir.

— Le premier souvenir que j'ai de Lisette, c'est quand elle a eu son brevet. Je n'avais que quatre ans à l'époque et tu penses que pour toute la famille, ce fut un événement. À quatorze ans, Lisette commençait déjà à ressembler à une femme. Elle était jolie, mais pas le genre de beauté que l'on trouve par ici. Elle ressemblait à une fée. Voilà ! C'est ça, du haut de mes quatre ans, elle me faisait l'effet d'une fée avec son teint de porcelaine, ses longs cheveux bouclés et ses mains si fines et si douces. Le brevet lui a donné une assurance, une autorité muette. Mes parents m'avaient dit que si elle le voulait, elle pouvait devenir institutrice elle aussi, une autorité, une grande dame, quoi. Au fond d'elle, je suis sûre qu'elle se sentait différente de nous. Mais tu sais, elle était fière et secrète, et à part Louison, Mme Lebrun, elle avait peu de confidentes. Je me souviens qu'elle m'a prise sur ses genoux et qu'elle m'a dit : "Tu verras, l'école c'est bien. Tu apprends plein de choses et d'abord à voyager dans ta tête."

« Cette phrase est restée parce qu'elle m'a longtemps intriguée. L'instruction, la lecture, ce n'était pas la priorité des parents. Encore moins pour une fille. Il y avait la propriété à faire tourner et les filles se marieraient et partiraient ; à quoi bon investir sur elles ?

« Ton arrière-grand-père raisonnait comme mes parents. Lisette avait son brevet, c'était bien, il avait fait son devoir et même au-delà. Seulement voilà, Lisette ne l'entendait pas de cette oreille et elle avait mis l'instituteur dans sa poche. Ce n'avait pas été difficile, remarque. C'était un tout jeune instituteur, fier de la réussite de son élève, convaincu des bienfaits de l'éducation et du rôle stratégique qu'il tenait pour permettre aux petites gens de sortir du rang, et surtout sous le charme encore ingénu certes mais déjà envoûtant de son élève.

« Alors, un dimanche après-midi, comme il était sûr de trouver tout le monde réuni au mas, il avait gravi vaillamment le chemin sous le soleil de juin, pour accomplir son devoir. Il portait son costume du dimanche, preuve de la solennité de l'instant, et avançait d'un pas décidé.

« Le papé a roumégué un “qu'est-ce qu'il nous veut celui-là” en patois, mais dès que l'instituteur a été à portée de voix, il s'est avancé pour l'accueillir. On a du respect pour l'instituteur, le pasteur et le médecin dans nos montagnes. Parfois le maire, mais il faut qu'on soit du même bord. En attendant, le papé a fait preuve de civilité pour accueillir le jeune instituteur, ce qui a donné confiance à ce dernier. On est bien éduqué dans nos campagnes, quand même. Les choses se sont gâtées quand il est entré dans le vif du sujet : “Monsieur, comme vous le savez, votre fille Lise a brillamment réussi son brevet. J'en suis très fier mais je ne peux pas m'en accorder tout le bénéfice. C'est surtout grâce à ses exceptionnelles capacités qu'elle a réussi. Nous avons longuement discuté, Lise et moi. Je l'ai testée, évaluée. J'ai demandé l'avis de collègues plus expérimentés, et il ressort qu'il serait vraiment dommage que Lise s'arrête en si bon chemin. En clair, je souhaiterais, pour Lise, entendez-le bien, que votre fille poursuive ses études au moins jusqu'au baccalauréat.”

« Je me souviens encore qu'à cet instant-là, un silence lourd a accueilli la tirade de M. l'instituteur. Et même moi, du haut de mes quatre ans, j'ai senti l'orage couver et je me suis faite toute petite avant qu'il n'éclate.

« Le papé vieux avait des colères froides qui étaient encore pires que les cris. Il a regardé l'instituteur droit dans les yeux sans rien dire, puis il a regardé Lisette. Il avait un regard très bleu et dans ces moments-là, on oubliait ses cheveux blancs, les rides qui ravageaient son visage tanné par les longues journées en plein air, pour se noyer dans cet océan bleu glacial. Lisette se tenait bien droite sur sa chaise. Elle affronta le regard de son père avec courage et presque provocation. Elle n'a baissé les yeux à aucun moment, alors même que sa mère tortillait son mouchoir entre ses mains.

« Le papé vieux aimait sa fille, mais il ne supportait pas qu'on lui manque de respect. Même en silence. Peut-être qu'une attitude un peu plus soumise l'aurait fait fléchir, quoi qu'il en soit, il se leva et dit simplement : "Au revoir, monsieur l'instituteur."

« Et il ouvrit la porte.

"Monsieur, permettez-moi d'insister…

— Je n'aime pas me répéter, monsieur l'instituteur.

— L'affaire est d'importance, pourtant.

— C'est à moi d'en juger. J'ai dit *au revoir*."

« L'instituteur échangea avec Lisette un regard désolé et partit tête basse. Nous restâmes tous figés, tous sauf Lisette qui se dressa face à son père : "Je veux continuer mes études. Et je le ferai."

« Une gifle magistrale s'abattit sur la joue de Lisette. Deux larmes perlèrent à ses yeux mais elle ne pleura pas. Elle avait le caractère de son père, feu contre feu cela faisait des étincelles et laissait des brûlures profondes. Elle sortit en claquant la porte. Oh ! Elle n'alla pas loin, trop fine mouche pour risquer la rupture. Non, elle choisit une sortie théâtrale et alla s'installer au pied d'un vieux châtaignier qui surplombait la maison. Elle resta longtemps seule, immobile.

« Maintenant que j'y pense, je crois qu'elle avait besoin de se calmer d'abord, de trouver une issue à ce conflit, avant de penser à ménager ses effets. Rappelle-toi qu'elle n'avait que quatorze ans. Elle était avant tout intuitive. Plus tard, après les épreuves de la vie, elle a agi de façon plus réfléchie, plus préméditée. Pas ce jour-là.

— Et que s'est-il passé ensuite ? Elle était médecin. Elle a donc réussi à convaincre son père.

— Ce qui s'est passé ensuite, je ne le sais pas vraiment. Ce jour-là, j'étais présente. Je me suis imprégnée de l'atmosphère et puis cette journée a été maintes fois répétée. Ensuite, je n'en ai eu qu'un récit indirect. Et j'y ai moins prêté attention.

— Fais un effort, toi seule peux me raconter.

— Pas la seule, non. Une des dernières, oui.

— À qui penses-tu ?

— À Louison.

— Oh oui, bien sûr. Mais elle est tellement diminuée.

— Oui et non. Comme tu le disais, seule sa mémoire immédiate est atteinte. C'est le côté insidieux de cette maladie. Ceux qui ne la côtoient pas au quotidien, peuvent même penser qu'elle n'est pas malade. La dernière fois que je suis allée la voir, nous avons ressorti un album de sa jeunesse et je t'assure que j'ai appris des choses que je ne savais pas. Et pourtant, j'ai passé ma vie ici.

— Oui, mais toi, tu as toute ta tête et je suis sûre que tu as encore plein de choses à me dire. Pour être bachelière, il fallait aller au lycée, donc quitter les montagnes. Et pour cela, il fallait de l'argent. Et même si la propriété était prospère à l'époque, je n'imagine pas le papé vieux faire ce genre de sacrifice.

— Tu me fatigues. Vraiment, là, tu me fatigues.

— Donc ?

— Quoi, donc ? Donc, il y a des bobines qui sont bien embobinées et qu'il est dangereux de dérouler.

Comme tout à l'heure, je me contente de sourire.

— Et ne me fais pas tes yeux de merlan frit, s'il te plaît.

J'éclate de rire et dépose un baiser furtif sur la joue ridée mais douce de Marie.

— Ce n'est pas bien ce que tu me fais faire. Vraiment, ce n'est pas bien. Je te connais, je vais te donner la main et tu voudras le bras, puis le corps tout entier.

— Alors, autant tout me dire tout de suite. Cela nous fera gagner du temps.

— Gagner du temps, vous n'avez que ça à la bouche aujourd'hui. L'heure viendra de toute façon. Et tu seras peut-être passée à côté de ta vie à force de courir.

— Mais non, tu vois ; là, j'ai tout mon temps pour t'écouter.

— Ah ! Bien sûr, quand ça t'arrange.

— Donc, nous savons que Lisette a réussi à gagner le lycée.

— Le papé vieux est resté de longues semaines sans adresser la parole à sa fille. Lisette, elle, vaquait à tous les travaux habituels avec une énergie renouvelée afin que son père ne puisse lui faire aucun reproche. À aucun moment, elle n'aborda le sujet, mais un événement montra bientôt qu'elle œuvrait en secret pour parvenir à ses fins. Elle était la première à proposer d'aller au village pour faire les commissions et comme le village est à une heure de marche, et qu'en été, le travail des champs ne manque pas, ses parents la laissèrent faire. Et je pense que c'est à ce moment-là qu'elle a réussi à monter son plan avec l'instituteur. Chaque année, la Compagnie des Mines dotait un jeune méritant d'une bourse pour poursuivre ses études. Pour que le choix soit le plus impartial possible, un petit concours local était organisé. Les candidats étaient soigneusement choisis au préalable ; les familles devaient elles-mêmes être méritantes et tous devaient être issus de familles de mineurs.

— Mais ils n'étaient pas mineurs…

— C'est là que le plan de l'instituteur intervient. L'instituteur était bien introduit à la Compagnie. Tu te doutes comment…

— Euh… non.

— M'enfin, le directeur de la Compagnie des Mines de la région possédait à l'époque le château. Il aimait tenir salon et le petit instituteur de campagne amenait un peu d'agrément au milieu de ses relations parisiennes qui venaient quelques jours durant jouer au *gentleman farmer*. Donc, M. l'instituteur parla du « cas Lisette » à M. de Valras, qui trouva l'histoire charmante et pittoresque. Il demanda à rencontrer ce petit prodige et ce fut fait dans le plus grand secret, bien évidemment. M. de Valras commanda des pélardons au papé vieux et Lisette fut opportunément chargée de les porter au château.

« D'après ce qu'on m'a rapporté, Lisette n'était jamais entrée au château avant. Si elle en fut impressionnée, elle ne le montra pas. M. de Valras la reçut en personne, dans son bureau, ce qui ne passa pas inaperçu auprès des domestiques, qui tous connaissaient Lisette et ne voyaient en elle en cet instant que la commissionnaire. Pour l'avoir visité après la guerre, le bureau de M. de Valras ne pouvait qu'impressionner.

C'était plus qu'une bibliothèque ; tout un univers contenu dans une majestueuse pièce. Les murs étaient couverts de livres richement reliés. Les moulures aux murs et les peintures au plafond ne faisaient que renforcer cette impression de luxe. Le bureau de M. de Valras trônait au milieu de la pièce sur un tapis persan. M. de Valras se tenait donc à sa table de travail quand il fit introduire Lisette. Tenant toujours son panier de pélardons à la main, elle s'avança, très raide. Si l'instituteur était un monsieur, M. de Valras était un seigneur. Et ce tête-à-tête était très inhabituel.

« — Mademoiselle, M. l'instituteur m'a vanté vos mérites au point de vouloir vous inscrire à mon concours.

« Lisette ne répondit rien, elle attendait.

« — Je ne vous cacherai pas que j'ai d'abord eu quelques réticences. Mais il paraît que je devrais surmonter mes idées premières. Maintenant, à vous de me prouver que M. l'instituteur a raison d'insister.

« Là encore, Lisette ne répondit rien. Comme toi, tout à l'heure, tiens.

« — Vous ne dites rien ? Ne craignez rien, mon enfant !

« — Je ne suis pas un animal de foire. Faites-moi passer le concours et vous verrez.

« D'abord interloqué par son aplomb, M. de Valras éclata de rire.

« — Eh bien, mademoiselle, vous n'avez pas froid aux yeux, au moins. Savez-vous que mon fils, qui a à peu près votre âge, n'a jamais osé me parler avec cette liberté de parole ?

« — C'est bien triste pour vous.

« — Qu'est-ce qui est bien triste ?

« — Qu'un père et un fils ne puissent se parler librement.

« — Décidément mademoiselle, vous me plaisez. Je trouverai un moyen de justifier votre inscription à mon concours. Mais ne me décevez pas.

« — Je ne vous décevrai pas pour la simple et bonne raison que j'ai besoin de cette bourse. Et que donc, je l'aurai.

« L'entretien prit fin ainsi. Ce n'était que le début d'une longue relation avec la famille de Valras. M. de Valras tint sa promesse ; il modifia le règlement du concours, y incluant les fournisseurs de la Compagnie des Mines. Et le papé vieux devint fournisseur exclusif de la Compagnie en pélardons. Et bien sûr, Lisette fut lauréate du concours. Voilà, tu sais tout !

— Ah, non ! Ce n'est que le début. Quelle est cette relation avec la famille de Valras ? On n'en parle jamais à la maison, des de Valras. Le château ne leur appartient plus puisqu'il est propriété communale. Que sont-ils devenus ?

— Ah, ma petite, ça, c'est une autre histoire. Et ça suffit pour ce soir. Té, la nuit est tombée. Ils vont t'attendre pour la soupe. Sauve-toi.

— Tu me mets à la porte.

— C'est ça, je te mets à la porte.

— Mais tu sais, Marie, que tu n'as fait que me mettre l'eau à la bouche.

— Oh ! Ça, je m'en doute. Tu as toujours été trop romanesque. Allez, file avant que je me fâche.

Après le repas du soir et le coucher des enfants, je me précipite sur le téléphone pour raconter à Myriam ma conversation avec Marie qui induit de nombreuses questions, la première étant : le mystérieux Charles ne s'appellerait-il pas de Valras ?

Je me couche très excitée et j'ai beaucoup de mal à m'endormir. David râle à mes côtés parce que je passe mon temps à bouger et que bon Dieu, j'accorde beaucoup d'importance à de vieilles histoires tout à coup.

Ce que je ne peux lui dire, c'est que ces vieilles histoires m'intéressent d'abord parce qu'elles m'aident à me connaître, ou du moins à me retrouver.

8.
La cousine Marie

Effectivement, cette première rencontre a marqué un tournant dans ma vie. Dans ma vie au quotidien et dans ma façon d'appréhender la vie. Si je n'avais pas réussi à franchir cette étape première, l'accès au baccalauréat (qui soit dit en passant avait autrement plus de valeur que maintenant), je n'aurais pas eu la foi en mes capacités, la foi en ma bonne étoile qui m'a toujours accompagnée.

À entendre Marie, j'ai manœuvré pour cela. Oui, peut-être. Mais j'ai eu beaucoup de chance.

Je ne regrette pas cette première rencontre, même si par la suite M. de Valras m'a fait souffrir. Mais c'était sur un autre sujet, plus personnel, plus intime.

Maintenant, je peux dire que je lui suis reconnaissante... malgré tout.

Ce que je ne sais pas, c'est que ma venue a réveillé des vieux démons chez la douce Marie. Elle, d'apparence si lisse, toujours avenante, toujours d'humeur égale, se sent envahie de sentiments violents et contraires, jusque-là bien enfouis. Le feu de la passion ronge à nouveau son cœur, tout son être est parcouru d'une excitation inhabituelle, et en même temps elle se sent accablée, atterrée ; les dés sont jetés. On ne peut pas refaire l'histoire et encore moins la revivre.

Allongée sur le lit ancestral, lit qui a été celui de ses parents, Marie entend sonner toutes les heures. Elle déteste chercher le sommeil et plus elle s'énerve, plus le sommeil la fuit. Mais cette nuit, c'est volontairement qu'elle fuit le sommeil. Car elle sent bien que dès que ses paupières deviennent lourdes, dès que son corps s'engourdit, elle est envahie des fantômes du passé. Oh ! Pas des fantômes effrayants comme dans les livres pour enfants, juste des visages du passé qui surgissent devant ses yeux sans prévenir.

Les morts sont parfois plus présents que les vivants. L'empreinte de certaines personnes reste longtemps vivace dans le souvenir de ceux qui restent au point de continuer à les influencer.

C'est le cas de Lisette. Ce fantôme-là ne la quittera pas de sitôt. Surtout si ses petites-filles se mettent en tête de jouer les détectives.

Marie entend sonner trois heures. Ah ! Elle sera fraîche demain matin.

Cette nuit lui rappelle la nuit qui avait suivi le retour de Lisette de Paris. Elle n'avait pas fermé l'œil. Tout s'était joué ce jour-là. Toute sa vie. Elle l'avait su instantanément, mais elle n'avait pas su empêcher le cours inéluctable des choses. Elle avait quinze ans à l'époque, elle était timide et gauche. Ses cheveux noirs étaient un peu trop épais, son visage un peu trop poupin, gardant trop de traces de l'enfance pour attirer le regard des hommes. Non, son corps n'était pas encore celui d'une femme mais son cœur, oui. Elle aimait.

Comme on aime la première fois. En secret mais avec passion.

Tant que sa cousine était à Paris, elle était heureuse. Confiante en l'avenir. Elle allait grandir. Son corps allait s'affiner, ses formes s'affirmer. Il la regarderait. Ce n'était qu'une question de temps. Et quand on a quinze ans, on a l'éternité devant soi. Alors pour se préparer à son futur rôle de femme, elle écoutait avec attention tous les conseils pour bien cuisiner, pour bien coudre. Elle commençait même à broder son trousseau. Sa fougue et son application dans ce travail patient et ingrat impressionnaient ses parents. Mais aucun n'avait compris qu'elle savait à qui elle le destinait.

Elle adorait la période des foins, car elle pouvait passer des heures à travailler en silence à côté de lui. Sa présence lui suffisait. Il la taquinait comme on taquine une enfant, mais au moins elle existait à ses yeux. Elle aimait s'asseoir à l'ombre des châtaigniers et casser la croûte avec lui. De tous les jeunes hommes venus aider aux foins, il était le plus doux, le plus calme. Il se dégageait de lui une assurance, une force qui la rassuraient plus qu'un grand discours. D'ailleurs, elle non plus n'était pas douée pour les discours. Parfois, il lui demandait ce qu'elle ferait plus tard.

— Je travaillerai à la magnanerie, en attendant…

— En attendant quoi ?

Elle avait rougi et s'était détournée.

— Tu feras une bonne épouse, avait-il dit après un silence.

La discussion avait été close mais l'avait rendue heureuse pendant des jours. Elle allait grandir. Dans deux, voire trois années, il la regarderait comme une femme.

Elle serait une bonne épouse pour lui. Elle savait que dans sa bouche, c'était le plus beau compliment dont il était capable.

Et puis, il y eut cette lettre de Lisette. Elle ne l'apprit pas tout de suite, ses parents aussi la considéraient encore comme une enfant. Ne le voyant pas pour la coupe du regain, mi-juillet, elle les interrogea et obtint une réponse sibylline.

— Il est allé chercher Lisette à Paris.

— Lisette, mais pourquoi ?

— Tout ce que j'en sais, c'est que dès qu'il a reçu la lettre de Lisette, il est allé voir les parents. Et le lendemain, il prenait le train pour Paris.

— C'est grave ?

— Les grands mots ! Lisette a besoin de lui, c'est tout.

Alphonse était en train d'aiguiser sa faux quand Dédé, le facteur, était apparu au détour du dernier virage. Le soleil était déjà haut et la sueur perlait sur le front du facteur.

Alphonse le salua d'un grand geste avant même qu'il soit à portée de voix. Il était rare d'avoir du courrier et c'était toujours un plaisir d'échanger des nouvelles avec le facteur.

Alphonse connaissait bien Dédé. Il devait être facteur depuis plus de quinze ans désormais et savait sa tournée sur le bout des doigts. Pour amener les nouvelles aux mas reculés, il lui fallait bien compter huit heures de marche. Et heureusement qu'il connaissait tous les chemins de traverse, les raccourcis, dont la pente devenait, les années passant, un peu plus raide.

Aussi, dès que le facteur se présentait au mas, le premier geste de chacun était de lui offrir à boire. Un café ou un petit alcool, c'était selon.

C'est ce que s'empressa de faire la mère d'Alphonse, une femme aussi bavarde que son fils était taiseux.

Le sachant, Dédé attendit qu'elle soit partie à la cuisine pour tendre à Alphonse une lettre de Lisette.

— Tiens ! Je donnerai le reste du courrier à ta mère. Mais, comme ça, cela t'évitera des commentaires.

— Merci, dit simplement Alphonse, qui avait immédiatement reconnu l'écriture de Lisette.

Il écouta les dernières nouvelles du village d'une oreille distraite et prétexta du travail pour s'isoler et lire sa lettre.

Il s'assit à l'ombre d'un tilleul, loin des regards maternels. La figure de Lisette dansait déjà devant ses yeux. Celle de la petite fille qui levait toujours le doigt la première à l'école communale, celle de l'adolescente qui lui confiait ses révoltes, puis celle de la jeune femme qu'elle était devenue, presque inaccessible maintenant.

Leur amitié datait de l'école communale. Une classe commune avait été créée pour les mas isolés et malgré leurs deux années de différence, Alphonse et Lise étaient camarades d'école. Au départ, ils s'ignoraient royalement. Alphonse était avec ses copains, Lise avec les filles qui n'étaient pas toutes ses copines à vrai dire, jalousie oblige. Ils grandissaient ensemble, voilà tout. Comme les générations précédentes avant eux et peut-être les suivantes après eux…

Le début de leur amitié date d'une blague qui faillit mal tourner. Alphonse devait apporter l'argent d'un livre au maître et quand il se présenta devant son instituteur, il ne découvrit dans son porte-monnaie que des « pécoles » de chèvre. Il devint tout rouge, l'instituteur se fâcha, la classe entière partit dans un éclat de rire communicatif, à l'exception de Lise. Elle resta bien droite sur sa chaise, bien sérieuse. Puis quand les rires se calmèrent, elle dit d'une voix forte : « C'est même pas drôle ! J'espère que celui qui a fait ça va rendre l'argent ! » Elle fut la seule voix accusatrice, la seule à ébranler la certitude de l'instituteur qu'Alphonse se moquait de lui, la seule à oser. Elle avait dix ans.

À partir de ce jour, sans s'être concertés, Alphonse et Lise firent le chemin ensemble et peu à peu s'ouvrirent l'un à l'autre, se protégeant l'un l'autre.

Quand Lisette poursuivit ses études, Alphonse préféra s'arrêter là, même si l'instituteur lui trouvait également des capacités.

Pour lui, la route avait toujours été toute tracée et il ne s'était jamais révolté. Reprendre l'exploitation. Même si les revenus étaient maigres et le labeur dur. Parce que cela lui convenait. Il ne se voyait pas vivre ailleurs. Pour quoi faire ? Pour courir après quelle gloire ? Après quelle reconnaissance ?

Les révoltes de Lisette, il les avait écoutées. Pas toujours comprises mais écoutées. Il avait été là pour elle, confident silencieux. Il n'était pas sûr qu'elle fût plus heureuse d'être partie. Mais il respectait son choix. Il n'attendait rien de Lisette, ne lui demandait rien en retour.

Au fur et à mesure qu'il parcourut la lettre, ses sourcils se froncèrent et ses poings se serrèrent de colère contenue. Il sentait une furieuse envie d'en découdre avec de Valras Junior, comme il se plaisait à l'appeler. Mais à quoi cela aurait-il servi ?

Il prit la seule décision qui s'imposait. Il descendit au village chercher un billet de train pour Paris, en profita pour poster une lettre à l'attention de Lisette très laconique, lui annonçant son arrivée. Puis, il s'arrêta chez les parents de Lisette pour leur dire : « Je pars chercher Lisette. Elle est diplômée maintenant. Elle rentre à la maison. » Personne ne posa de questions.

Lisette, Marie ne l'avait pas revue depuis des années. Combien au juste ? Cinq, six ans. Bien sûr, elle savait, que le baccalauréat en poche, elle était partie à Paris. Personne ne pouvait passer à côté de Lisette, même absente, à BoisRedon. On la citait toujours comme référence, surtout aux jeunes filles. Lisette a gagné le concours de la Compagnie des Mines, Lisette a eu son baccalauréat haut la main. Lisette continuait ses études à Paris. Pourquoi Paris ? Pourquoi si loin ? Marie ne le savait pas et n'avait pas cherché à le savoir. Ce qu'elle savait, c'était qu'absente, elle était déjà bien envahissante. Alors qu'en serait-il quand elle serait de retour ?

Ce jour-là, Marie passa beaucoup de temps devant l'unique glace de la maison ; un vieux miroir piqué aux quatre coins. L'image qu'il lui renvoyait ne pouvait tenir la comparaison avec l'image qu'elle se faisait de Lisette : une fée. Lorsqu'elle était partie à Paris, Lisette avait déjà une élégance dans les manières, une délicatesse dans le moindre de ses gestes qui contrastait avec son caractère qu'on connaissait bien trempé.

Lisette, elle, était à part. Et le pire, c'est qu'elle ne faisait rien pour ça. Elle restait disponible pour les autres, mais ce sont les autres qui se sentaient humbles devant elle. Naturellement. Et puis Lisette était belle. Marie était jolie (les années passant, comme elle s'y attendait, elle s'était affinée), tout le monde s'accordait à le dire, mais Lisette était belle.

Dans les propos de sa mère, Marie n'avait retenu qu'une chose ; quand Lisette avait appelé à l'aide, c'est vers lui qu'elle s'était tournée. Et il était immédiatement parti, abandonnant ce qui lui tenait le plus à cœur : son travail, en pleine saison ! Elle cherchait dans ses souvenirs d'enfant quels liens unissaient ces êtres qu'elle aimait. Ils avaient grandi ensemble. D'abord comme frère et sœur et maintenant ? Mais peut-être que cela suffisait-il après tout.

Une terreur envahit Marie. Non ! Elle ne voulait pas l'envisager. Lisette ne pouvait pas lui faire ça. Lisette ne pouvait pas le lui prendre. Pas elle. Elle avait vécu à Paris. Elle avait dû en croiser des hommes. Des élégants, des cultivés, des raffinés. Alors, qu'elle lui laisse celui-là.

Les journées tardaient à s'étirer. Marie s'étiolait ; elle se minait dans l'attente. Même ses parents, pourtant de braves paysans peu enclins aux considérations psychologiques, pour qui le spleen était une maladie de riches, d'inactifs, s'en inquiétèrent.

Au fur et à mesure des questions de Marie, sa mère entrevit la vérité. Si évidente, si naturelle.

— Tu sais, ma fille. Lisette et Alphonse ont grandi ensemble. Ils ont toujours été très proches. Ils se comprennent. C'est pour ça que Lisette l'a appelé. Parce qu'elle lui fait confiance.

— Mais pourquoi n'a-t-elle pas tout simplement pris le train si elle voulait rentrer ?

— Parce que je crois que c'est difficile pour elle de rentrer. Elle a beaucoup espéré. Elle a vécu de belles choses mais aussi des plus difficiles. Et pour tourner cette page, elle a besoin d'être soutenue. Et elle a naturellement pensé à Alphonse. Tu comprends ?

Marie ne comprenait pas vraiment mais elle avait retenu une seule chose : Alphonse et Lisette étaient très proches. Et elle n'aurait pas le temps de grandir. Un grand froid l'avait envahie.

Le dimanche suivant, on fêtait le retour de Lisette au mas des grands-parents. Toute la famille était réunie et au premier rang, Alphonse. Marie l'observa du coin de l'œil. Il était égal à lui-même : jovial, calme et fort. Il avait mis une chemise blanche dont il avait retroussé les manches. Il portait un pantalon marron à pinces et des espadrilles. Dans son costume du dimanche, il était encore plus beau. Quand il aperçut Marie, il vint lui faire la bise et lui dire à l'oreille :

— Je t'ai fait faux bond pour le regain, ma belle. Tu ne m'en veux pas ?

Marie était incapable de lui répondre. Elle sourit, rougit. Elle ne savait plus trop. Alphonse s'éloignait déjà en souriant. Marie l'observa toute la journée du coin de l'œil. Certes, il était allé chercher Lisette à Paris, mais rien ne semblait avoir changé dans son attitude. Alors ?

Alors, Lisette était de retour. Elle portait une robe fluide qui volait délicatement à la moindre brise et dévoilait des jambes fines. Elle se tenait un peu en retrait, mais elle était le centre de l'attention. Elle le savait et ne savait comment l'éviter.

Paris. Tout le monde avait ce mot à la bouche. C'était comment Paris ? Et les Grands Boulevards ? Et les halles ? Et les grands magasins ? Paris, la capitale. Personne de BoisRedon n'y était allé. Personne, sauf Lisette. Encore elle. Alors, c'était exotique d'en parler. Peut-être plus exotique que de parler des colonies lointaines. Lisette se prêtait au jeu, décrivait la foule, l'affluence des voitures, la splendeur des immeubles haussmanniens abritant de splendides appartements, autant de petits palais (une cheminée en marbre dans chaque pièce, du parquet ciré partout, des moulures aux murs et des fauteuils voluptueux, et...).

— Rendez-vous compte, il y a l'eau courante dans toutes les maisons. Du coup, le travail des femmes de chambre s'en trouve facilité et elles aussi peuvent être coquettes.

Elle décrivait les après-midi au bois de Boulogne, les dimanches aux courses de chevaux et la tenue des élégantes. Elle décrivait les gens qui couraient après la mode, après le temps.

— Dès le matin, c'est une foule compacte qui court. Elle afflue des banlieues, envahit Paris et se perd dans des bureaux, des usines, des magasins. Une véritable fourmilière. Au début, ça donne le tournis. Et puis on s'habitue. On apprend à marcher au même rythme qu'eux, on prend la cadence. Et le soir, c'est le reflux. Toute cette marée humaine rentre chez elle, harassée. La plupart n'ont pas vu la couleur du ciel de la journée. D'ailleurs, ils n'ont rien perdu, il fait tout le temps gris.

Elle décrivait mais elle ne parlait jamais d'elle. Alphonse la regardait en silence et c'est à cet instant que Marie sut. Dans son regard, elle lut tout l'amour du monde. Un amour évident, un amour d'adultes. Dans son regard, elle lut tout ce que Lisette ne disait pas et qu'elle partageait seule avec Alphonse. Dans son regard, elle lut la fin de l'attente, la sérénité de quelqu'un dont les efforts sont couronnés de succès. Dans son regard, elle lut la fin de son rêve.

En fin d'après-midi, Lisette s'approcha d'elle.

— Qu'est-ce que tu as changé, ma petite Marie. Tu sais que j'aurais eu du mal à te reconnaître si je t'avais croisée dans la rue, tu es devenue une vraie jeune fille.

Marie leva les yeux et fut frappée par la franchise du regard de la jeune femme. Lisette la regardait bien en face, sans arrière-pensée. Comment aurait-elle pu d'ailleurs ?

— Viens, j'ai un cadeau pour toi.

— Pour moi ?

— Bien sûr, tu es mon unique cousine, tu ne l'as pas oublié ?

Lisette entraîna Marie dans sa chambre. Elle n'y était pas allée depuis des années et pourtant tout était fidèle à son souvenir ; les murs blanchis à la chaux, le parquet bien ciré, le lit en châtaignier, le couvre-lit au crochet (tiens, un autre talent de la parfaite Lisette) et l'armoire massive, héritage des grands-parents. Comme touche personnelle, Lisette y avait ajouté une coiffeuse dénichée sur un marché que son père avait rafraîchie en râlant beaucoup (de l'utilité d'un tel objet) et une bibliothèque qui semblait à Marie aussi garnie que celle de M. l'instituteur.

La valise de Lisette n'était pas encore entièrement vidée et gisait au sol, à demi éventrée. Marie y jeta un œil qu'elle détourna comme si elle avait violé l'intimité de sa cousine. Sans y prêter attention, Lisette se pencha vers la valise, farfouilla à demi accroupie puis triomphante, retira sa main et l'agita au-dessus de Marie.

— Je ne suis pas bien ordonnée mais je savais bien que je ne l'avais pas oublié.

Lisette tendit une boîte à Marie avec un grand sourire.

— Eh bien ! Ouvre ! Ne sois pas si timide.

Marie saisit délicatement le paquet sur lequel était indiqué un nom qui à lui seul faisait rêver : « Parfumerie Chanel »…

— Qu'est-ce que…

— Pas grand-chose, ouvre !

Marie découvrit un poudrier doré finement ciselé. Elle l'ouvrit avec respect ; une poudre fine et délicatement parfumée se présenta à elle, symbolisant à elle seule tout le luxe et l'élégance parisiens.

Impatiente comme une enfant, Lisette guettait sa réaction. Comme elle n'en vit aucune, elle anticipa :

— J'ai pensé que tu avais grandi. Il te faut des accessoires de jeune fille maintenant. Ça te plaît ?

Marie hocha la tête sans un mot, la gorge nouée. Dans la même journée, elle lui volait son rêve et lui faisait un cadeau de princesse. Pour se faire pardonner ? Même pas. C'était ça le pire ; même pas. Elle avait simplement voulu lui faire plaisir. Marie avait des armes contre la méchanceté, contre la duplicité, contre la fourberie, mais contre cette gentillesse-là : aucune. Et c'est ça qui lui fit le plus mal.

— Regarde, je t'explique comment on l'applique. À ton âge, on n'en a pas besoin de beaucoup.

Lisette rayonnait, virevoltant autour d'elle.

Marie s'agite dans son lit. Cette journée a été belle et terrible. Mais maintenant que les années ont passé, que Lisette n'est plus (là encore, elle a gagné ; elle a rejoint Alphonse avant elle), Marie repense à ce poudrier Chanel. Comment sa cousine avait-elle pu lui faire un cadeau aussi luxueux ? Quelle vie avait-elle donc menée à Paris pour faire d'un poudrier Chanel un objet ordinaire de sa panoplie ? Et pourquoi la page parisienne avait-elle été si difficile à tourner qu'il avait fallu qu'elle fasse appel à Alphonse ?

Les détails passés inaperçus reprennent du relief à la faveur de la nuit et des années passées.

Marie se tourne et se retourne dans son lit. Elle repense à Estelle, à son entêtement. Elle l'a amusée avec ses questions, maintenant elle l'agace. Qu'est-ce que, elle, Marie, n'a pas vu en passant toute une vie à côté de Lisette qu'Estelle veut découvrir maintenant ?

Et quelle force la pousse à mener plus avant son investigation ? Elle et sa sœur Myriam. Car elle le sait, depuis toujours l'une ne va pas sans l'autre.

Marie ferme les yeux. Elle ferme fort les yeux mais plus elle se concentre, plus l'image du poudrier se fait précise. Trop précise. Trop décalé par rapport à la vie à BoisRedon. Et puis elle pense à la veillée. Elle revoit Louison s'écrier : « Il n'avait pas de valeur l'avis de Louison comparé à celui du beau Charles. » Charles de Valras. La belle, la parfaite Lisette avait suivi le beau Charles à Paris et les études n'étaient qu'un prétexte. Mais comment ses parents, fiers parpaillots, droits de cœur et d'esprit, avaient-ils pu cautionner cela ? Et que s'était-il passé à Paris pour que les rêves de grandeur de sa cousine soient brisés ?

Ça y est, Estelle a gagné ! J'ai la migraine ! rage Marie.

Cinq heures sonnent à la pendule du salon. De toute façon, elle ne dormira plus. Marie se lève et se prépare un café bien fort, la journée sera longue. Dehors la nuit est encore bien noire et les étoiles sont encore bien visibles. Il fera froid aujourd'hui.

9.

Retour à la réalité

Si Marie savait à quel point je ne me sentais pas rayonnante à l'intérieur lors de ce dimanche de retrouvailles. J'avais besoin de sentir toute la force d'Alphonse pour tenir debout. C'est lors de cette épreuve, quand j'ai cherché une main tendue dans ma noyade, qu'un seul s'est imposé ; celui qui m'avait toujours accompagnée sans jamais me juger (de ma volonté de poursuivre mes études à la nécessité que j'avais de quitter BoisRedon), celui qui avait eu la grandeur d'âme d'être mon confident au plus fort de mon amour pour Charles, sans jamais avoir un propos déplacé, malveillant, celui qui savait écouter et consoler. Un trésor irremplaçable et pour un cœur meurtri, un cadeau du ciel.

Les deux dernières semaines, j'avais eu l'impression de m'enfoncer dans un trou sans fin, sans aucune aspérité à laquelle me retenir.

Entre l'hôtel Lutetia et ces jours-là, quatre ans avaient passé. Quatre années qui étaient passées comme un rêve entre études et amour, avec une rapidité déconcertante. Aux yeux de ses parents, Charles était devenu suffisamment assidu dans ses études pour réussir brillamment ses examens (tout comme moi, mais pour eux, ce n'était pas l'important), et ils m'en étaient reconnaissants. Ils avaient bien perçu notre complicité grandissante (la nommer autrement leur semblait inconcevable), mais ils s'obstinaient à la cantonner aux études. Il est vrai que Charles continuait à avoir une vie sociale en dehors de moi. Mais comment leur expliquer que c'était aussi de l'amour que de le laisser briller en société puisque cela lui était nécessaire, alors que moi, cela m'ennuyait voire me tétanisait. Mais comment leur expliquer que nous gardions précieusement le secret de notre amour, car il gardait ainsi sa pureté et son caractère intemporel. M. et Mme de Valras étaient tout sauf des gens romantiques. Je ne sais même pas dire s'ils partageaient encore un sentiment quelconque en dehors d'une estime mutuelle, à voir s'ils en avaient jamais nourri un l'un pour l'autre. Alors comment expliquer à des cœurs secs et las le sentiment qui nous unissait ?

Ils auraient compris, je pense, une aventure de leur fils : « Il faut bien que jeunesse se passe. » Cela les aurait peut-être flattés de me voir succomber (comme d'autres) au charme de leur fils. Mais accepter un amour sincère et respectueux était inconcevable, inadmissible et dangereux. Les sentiments n'avaient jamais guidé la vie des de Valras, cela n'allait pas commencer.

Nous étions convenus, Charles et moi, d'attendre que nous soyons diplômés (ce qui était presque une intronisation pour moi) pour annoncer nos intentions : nous marier.

Nous nous en faisions une fête et nous rêvions de transformer le château en grande partie de campagne où se mêleraient familles et amis, riches et pauvres, en une grande communion. Car, pour moi, il était impensable de prévoir mon mariage ailleurs qu'à BoisRedon. Charles s'en moquait tendrement. Il m'appelait sa petite paysanne avant de me couvrir de baisers.

Nous n'étions plus des enfants et la plupart de mes amies étaient mariées et mères de famille à mon âge, mais nous ne nous sentions pas libres. Charles, lié à ses parents par le poids de l'éducation, qui place le respect des aînés avant l'affection, moi, liée à ses parents par la reconnaissance d'avoir pu réaliser mon rêve en devenant médecin.

Nos années d'études nous avaient aussi préservés du monde réel. Tout ce que l'on nous demandait, c'était de réussir. Et cette obligation nous dédouanait des autres de manière assez artificielle. Nous avions beau côtoyer la maladie et la mort, en dehors de notre métier, aucune responsabilité ne nous incombait. Mes parents me laissaient libre, un peu dépassés par les événements, peut-être un peu complexés aussi, et les de Valras se complaisaient dans cette situation où l'un comme l'autre nous étions dépendants d'eux.

Mais, voilà, nous étions prêts à prendre notre envol. Nous avions enfin un métier, et un métier plus qu'honorable. Nous prenions notre place dans la société et peut-être pas celle qu'ils souhaitaient.

Après la remise des diplômes, M. et Mme de Valras firent une grande fête réunissant tout ce que Paris comptait de gens influents, à défaut de gens brillants. Ils n'étaient pas du genre à tenir salon et à s'entourer d'artistes ; le retour sur investissement est trop incertain. Bien évidemment, la fête était en l'honneur de

Charles. Il n'a jamais été aussi superbe que ce soir-là ; son côté dandy se transformait petit à petit en une élégance discrète et à son aura naturelle une autorité nouvelle s'ajoutait. De toute la soirée, il papillonna de l'un à l'autre et eut peu de temps à me consacrer. Je me raccrochais à la chaleur de ses regards, à défaut de la chaleur de ses bras. Il était dans son monde. Moi, non, malgré tous mes efforts, malgré mes études, malgré mon intelligence diraient certains, je ne me sentais pas à l'aise. La soirée fut pesante mais elle ne fut rien au regard du lendemain.

Le lendemain, il n'était pas huit heures du matin quand Charles vint frapper à la porte de ma chambre. J'étais encore tout ensommeillée et en chemise de nuit quand je lui ouvris la porte. Lui était encore en smoking et très réveillé.

— Tu n'as pas dormi de la nuit ?

— Non, je viens de marcher deux heures dans les jardins du Luxembourg. Nous allons leur parler aujourd'hui. Maintenant.

— Leur parler de quoi si tôt ?

— De notre mariage. La soirée a été insupportable hier, tu n'as pas trouvé ?

— Je n'ai pas eu l'impression que tu la trouvais si insupportable que ça, non.

— Je croyais que tu me connaissais. Au moins toi.

Je le regardai ; il avait l'air sincère et aujourd'hui encore, je pense qu'il l'était. Je l'ai toujours pensé d'ailleurs sinon, je n'aurais pas fait tout ce que j'ai fait pour lui par la suite.

— Tu crois que c'est une bonne idée, comme ça au réveil ?

— À ton avis, y a-t-il un bon moment ?

Je ne répondis pas car une boule s'était nouée dans ma gorge et je sentais la panique m'envahir. Avoir une protégée qui réussit, c'est flatteur, avoir une belle-fille d'origine paysanne, protestante de surcroît, même médecin, c'est autre chose. Je sentais tous mes complexes revenir au galop. J'aurais tout donné pour repousser encore et encore ce moment. Charles ne l'entendait pas de cette oreille.

— Prépare-toi. Je t'attends.

Et ce disant, il s'assit sur le lit, les bras croisés.

Pendant que je me débarbouillais, la tête à l'envers, je ne pouvais m'empêcher de lui communiquer mon angoisse :

— Ils ne me voudront jamais.

— Penses-tu ! Ils sont fiers de toi. Habille-toi.

— Et s'ils refusent quand même ?

— Je suis fils unique. Ils ne peuvent rien me refuser.

— Le crois-tu vraiment ?

Je pense que Charles voulait le croire et qu'il était aussi angoissé que moi, mais trop fier pour le montrer. Le voir m'attendre me stressait encore plus, même si à l'époque on n'utilisait pas ce terme.

— Va te changer toi aussi et reviens me chercher, on ne se présente pas devant tes parents en smoking.

Il revint une heure plus tard, en complète tenue Lacoste, le nec plus ultra, cheveux gominés et rasé de frais. Il était impeccable, plus que ça, superbe. Je jetai un regard sur l'image que mon petit miroir me renvoyait ; la robe blanche était très bien coupée et très propre, mais elle n'avait rien d'une robe de haute couture. Mon allure était honnête, presque jolie, mais on ne m'aurait pas qualifiée d'élégante. Peut-être parce qu'il me manquait cette arrogance dans le regard qui fait d'une jolie fille une belle femme, cette arrogance que je n'aurais jamais, et surtout pas en cet instant critique.

Charles m'enlaça tendrement, puis me prit la main et sans un mot me traîna à la salle à manger où ses parents, malgré l'heure tardive, déjeunaient encore. Il est vrai que la nuit s'était prolongée.

Contrairement à ses habitudes, Charles ne me lâcha pas la main quand nous pénétrâmes dans la salle. M. de Valras était absorbé par la lecture de son quotidien pendant que Madame lui commentait la soirée et se contentait de ses acquiescements occasionnels. Charmante ambiance, cela vous met en condition. Madame leva bien un sourcil quand elle nous vit entrer main dans la main, mais elle se contenta de ça, attendant peut-être la suite. La suite ne tarda guère, Charles avait perdu toute sa superbe, fonçait tête baissée, nerveux.

— Mère, Père. Pouvons-nous vous parler, Lise et moi ?

M. de Valras posa son journal, Madame me regarda droit dans les yeux à me faire froid dans le dos, mais aucun ne prononça une parole. Charles s'engouffra dans la brèche.

— Comme vous le savez, Lise compte beaucoup pour moi. Je ne serai jamais devenu médecin sans elle.

— Ni elle sans nous, laissa tomber Madame.

Charles fut décontenancé par cette réflexion, il essaya de se rétablir néanmoins.

— Ce que je voulais vous dire, c'est que Lise compte pour moi à plus d'un titre. Je voulais que vous le sachiez.

— Mais bien sûr, c'est très bien, dit Monsieur.

Charles se tourna vers moi rayonnant, il n'avait pas saisi l'ironie de ces mots. Moi, oui. Je me raidissais à chaque mot un peu plus, reculant instinctivement vers la porte. Et Charles qui s'obstinait à me tenir la main et à me pousser en avant, tout contre lui.

— Alors, je pense que vous serez heureux d'apprendre que nous souhaitons nous marier.

— Que vous vous aimiez, c'est une chose, mais le mariage... commença Mme de Valras.

— Oui, Mère, le mariage est un engagement sacré et c'est pour cela que nous le souhaitons.

Madame échangea un de ces regards avec son mari qui semblait dire : « Ils n'ont rien compris. Dis-leur, toi. »

— Je pense que ta mère veut dire que le mariage n'est pas une simple question d'amour.

— Une question de quoi, alors ? demanda Charles.

Moi, je me taisais, je craignais trop la suite, à défaut de la connaître.

M. de Valras prit alors un ton avec son fils que je trouvai insupportable, insultant. Mais nous étions tellement noyés l'un comme l'autre que nous le laissâmes aller jusqu'au bout du sordide.

— Le mariage, c'est d'abord un homme et une femme qui ont un profond respect l'un pour l'autre. Tu sais, mon fils, le désir n'a qu'un temps. Je ne dis pas qu'il ne faut pas en profiter, mais il ne faut pas tout baser dessus, vois-tu. C'est un homme et une femme qui partagent la même conception de la vie, la même culture, les mêmes intérêts. Je ne parle pas que des intérêts matériels, bien sûr, mais cela compte et c'est de notre devoir de faire en sorte que tu ne les

négliges pas, tu nous en seras reconnaissant plus tard. Comprends-tu ?

— Oui, mais je ne vois pas en quoi cette description ne nous correspond pas. Lise et moi sommes médecins, tous les deux, nous…

— Charles, je t'en prie. Arrête, dis-je.

— J'étais sûre que vous seriez plus raisonnable que lui, ma petite Lise, dit Madame. Vous êtes pragmatique et intelligente, et ces deux qualités réunies font que vous ne pouvez pas croire un seul instant à ce mariage. Attention, je ne vous empêche pas de vous aimer. Qui le pourrait, d'ailleurs ? On ne commande pas aux sentiments. Je trouve cela charmant. Aimez-vous, librement. Mais oubliez le mariage !

— Mère, te rends-tu compte de l'ignominie de tes propos ? Tu veux que je fasse de Lise ma maîtresse et uniquement cela, et encore qu'elle m'en remercie !

— Mais qui crois-tu qui a le beau rôle, l'épouse qu'on respecte ou la maîtresse qu'on aime ?

— Mais pourquoi exclure tout amour du mariage ? Nous sommes en 1938 et…

— Et ne m'as-tu pas dit, hier, que tu rêverais de travailler avec le professeur Dumonteil, cet illustre chercheur, cet homme si brillant que tout Paris est à ses pieds, ministres compris ? demanda Monsieur.

— Mais quel rapport ?

— Quel rapport ? Crois-tu être le seul jeune médecin à nourrir ce rêve ? Crois-tu que cet illustre professeur va être si intègre que cela pour choisir son assistant, son élève ? Ne crois-tu pas qu'il risque de se laisser influencer par des critères plus subjectifs ?

— Des critères plus subjectifs ?

— Que tu es naïf, mon pauvre garçon ! Pourquoi crois-tu que je les ai invités hier, lui, son épouse ET *sa fille ?*

— Sa fille ? Mais elle a dix-huit ans, sa fille. Elle est charmante, certes, mais c'est une gamine.

— Une gamine peut-être, mais qui est parfaitement en âge de se marier et que tu ne laisses pas indifférente. L'as-tu vu rougir à tes propos, hier ?

— Mais c'était des propos sans conséquence, voyons. Je ne ressens rien pour elle.

— Tu la trouves charmante. Cela suffit pour préjuger d'un bon mariage.

— Mais puisque je vous dis que c'est Lise que je veux épouser.

— Arrêtons avec ces stupidités, voulez-vous ! Vous n'êtes pas des gamins, ni l'un ni l'autre, et je ne souhaite pas avoir de propos désagréables vis-à-vis de vous, ma petite Lise, mais ne me poussez pas à bout.

À ces mots, je lâchai la main de Charles et avant qu'il ait eu le temps de me retenir, je m'enfuis dans ma chambre. Je ne sais pas combien de temps Charles resta encore avec ses parents à défendre notre cause. Mais j'avais compris que ce combat était perdu d'avance. Charles aimait trop la vie brillante pour s'en priver par amour pour moi. Il pourrait le faire un temps mais ensuite il me le reprocherait. Je pleurai sur moi, sur mon amour, sur ma naïveté, longtemps. Et je sombrai ensuite dans un sommeil anesthésiant duquel je ne sortis que lorsque Charles me rejoignit.

Il était assis à même le sol à côté de mon lit quand j'ouvris un œil. Oh ! Je ne devais pas être très belle à voir, les yeux rouges et les cheveux en bataille.

Lui était pâle, comme absent de lui-même. Un semblant de vie éclaira ses pupilles quand il croisa mon regard.

— Soyons patients. Nous parviendrons à les convaincre.

— Tu sais bien que non. Ils n'auront de cesse que tu épouses la fille Dumonteil.

— Je te promets que jamais je ne l'épouserai.

— Ne m'insulte pas en faisant une promesse que tu ne pourras tenir.

— Mais bon sang, on est au XXe siècle !

— Peut-être, mais je serai toujours la petite boursière.

— Le temps...

— Le temps n'y changera rien. Je ne serai jamais à l'aise dans tes soirées mondaines. Ta mère a raison. Et toi, tu as besoin de mondanités !

— Es-tu en train de me dire que j'ai plus besoin de mondanités que de toi ? Me crois-tu aussi superficiel que cela ?

— Mais non, je n'ai pas dit ça...

— Je trouve que tu baisses bien vite les bras...

Il se leva et partit.

Je ne dormis pas de la nuit et le lendemain, je ne quittai pas ma chambre. Mes voisines de palier, mes confidentes, m'amenèrent des en-cas qu'elles me forcèrent à manger avec une amicale autorité, mais je les connaissais trop pour être dupe. Elles voulaient simplement me consoler de la fin de mon rêve. Minuit a sonné, Cendrillon réveille-toi. Charles ne vint pas de la journée et je sus par les femmes de chambre que lui aussi passait la journée enfermé dans sa chambre. Mais lui, une bouteille à la main.

Je me calmai, pris une feuille et écrivis à Alphonse. J'avais besoin de rentrer au pays, de me sentir entourée (pas adulée mais presque), de me laver de ces propos sales qui faisaient de moi une « putain », j'avais besoin de me retrouver au milieu de gens simples, pas angéliques mais humains. À Alphonse, je dis tout : la fin de mes études et la fin de mon rêve. Et je conclus par cette phrase :

« Alphonse, j'ai besoin de toi. Je ne serai pas assez forte pour partir si tu n'es pas là pour me tenir la main. Je ne serai pas assez forte pour quitter Charles si je ne sens pas ta présence réconfortante à mes côtés. Alphonse, je veux être honnête. J'aime Charles et je crois que je vais continuer à l'aimer même si aujourd'hui, je me vois dans l'obligation de le quitter. C'est un amour profond, ancien, dont tu as été le premier confident. Mais c'est aujourd'hui un amour qui me fait plus de mal que de bien et j'ai besoin de toi pour l'enfouir. Je n'ai pas dit le tuer, me comprends-tu ? J'ai dit l'enfouir. Je suis honnête avec toi, tu le mérites. Acceptes-tu de venir m'aider ? Peux-tu venir me chercher ? S'il te plaît, mon Alphonse ! »

Peut-être que Charles avait raison, peut-être que j'avais capitulé trop vite. Mais je ne m'imaginais pas pénétrer dans une famille où je ne serais pas acceptée. J'avais une moralité de petite bourgeoise et les illusions qui allaient avec. Et j'ai eu peur, peur d'une vie trop différente de mon univers, peur qu'en dehors de nous deux, de cette exclusivité, je ne trouve pas ma place. En attendant la réponse d'Alphonse, je continuais à travailler à l'hospice. Je leur annonçai mon départ prochain, prétextant des contraintes familiales. Certains furent dupes ou n'eurent pas la curiosité ni l'intérêt de chercher plus avant, d'autres ne le furent pas. Cela ne m'étonna pas de nos proches amis qui connaissaient nos liens et qui avaient accueilli un Charles perdu. Ils essayèrent de faire le lien entre nous, de nous redonner espoir. Mais en vain. Le seul qui m'atteignit au cœur fut Samuel, le plus discret de notre groupe. Toujours très calme, toujours très à l'écoute des patients, il parlait très peu et encore moins de lui. Tout juste savions-nous qu'il était jeune marié.

— Qu'est-ce que j'apprends ? Tu nous quittes ?

— Oui, des contraintes familiales impératives.

— Pas à moi. Tu ne vas pas tout quitter pour un chagrin d'amour ! Il ne le mérite pas. Il ne te mérite pas !

— Mais Samuel...

— Qu'est-ce qui s'est passé ? Il t'a promis le mariage et maintenant il se défile ?

— Non, il ne se défile pas. Mais ses parents...

— Ah ! L'excuse classique ! L'avis des parents, c'est fait pour être transgressé !

Comme j'ouvrais de grands yeux, il continua sur sa lancée :

— Mais bien sûr ! Qu'est-ce qu'il craint ? Que ses parents lui coupent les vivres ? Mais vous êtes médecins tous les deux, il y a pire comme misère, tu ne trouves pas ? S'il t'aime vraiment, il t'épouse et ses parents sont comme tous les parents, ils reviendront à de meilleurs sentiments et s'ils ne le font pas, ce ne sont que de braves cons.

— Je ne peux pas lui demander de choisir entre ses parents et moi. Et puis ses parents m'ont tellement aidée...

— Oui, ils t'ont aidée. C'est une des rares choses bien qu'ils aient jamais faite. Mais reconnais qu'ils y ont trouvé leur intérêt. Car maintenant, grâce à toi, leur petit chéri a un métier qui fait toujours de l'effet dans les salons. Et donc, puisque tu ne veux pas qu'il se sacrifie, c'est toi qui te sacrifies.

— Je ne sais pas si on peut parler de sacrifice. Je vais exercer mon métier au milieu des miens. Au milieu de gens qui m'acceptent telle que je suis. Qui ne me demandent pas de paraître.

— Parce que tu as l'impression que tu n'es pas acceptée telle que tu es, ici ?

— C'est-à-dire...

— Ah ! J'oubliais la vraie vie de monsieur, les mondanités.

— Pourquoi es-tu aussi dur avec Charles ? Qu'est-ce que tu lui reproches ?

— Mais tu es à ce point aveugle ! C'est un garçon qui a tout pour lui (ne me dis pas le contraire) ; il est beau (c'est son drame), il est brillant (deuxième drame), il est riche (troisième drame) et il est aimé d'une fille formidable. Seulement voilà, monsieur a toujours tout eu sur un plateau. Alors, à la moindre résistance, il ne sait pas se battre. Il capitule. Oh ! Pas ouvertement, mais il capitule. Dis-moi que j'ai tort et je te regarderai partir rassuré !

Mais je ne dis rien.

Longtemps après, après la guerre, quand la blessure s'est refermée, j'ai cherché à renouer avec mes amis des Hospices parisiens, au premier rang desquels Samuel. On m'apprit qu'il avait été déporté, avec sa femme et leur petit garçon de trois ans. On ne sut pas me dire dans quel camp. Mais aucun d'entre eux n'en était rescapé.

Je pris sa judéité en pleine figure. À aucun moment, la religion n'avait eu d'importance entre nous. Nous étions des compagnons de galère. Voilà tout.

J'aimais son sourire doux, un peu de travers, comme s'il contenait des sous-entendus si intimes qu'ils ne pouvaient être énoncés. J'aimais la manière dont il abordait les patients. Il commençait toujours par un « racontez-moi » et prêtait une oreille plus qu'attentive au récit qui lui était fait. Je me souviens d'une vieille dame hautaine, aussi riche qu'elle était revêche. Elle souffrait et avait consulté moult médecins, tous plus incompétents les uns que les autres (d'après elle !). Et elle n'avait suivi aucun des traitements qui lui avaient été prescrits. Elle avait commencé par prendre de haut Samuel, comme tous ses prédécesseurs. Ses lèvres étaient pincées, son menton levé, son regard glaçant. Comme à chaque fois, il commença par son « racontez-moi ». Quand elle eut fini de hurler que ce n'était pas à elle d'établir le diagnostic, qu'elle souffrait et qu'elle était en droit d'être prise en charge, elle fut surprise de voir que Samuel n'avait pas bougé d'un iota et qu'il ne s'était pas départi de son sourire bienveillant. Elle resta un instant bouche bée. Puis, elle parla, longtemps, très longtemps. Et ensuite, elle ne jura plus que par Samuel, acceptant les traitements les plus contraignants qu'il lui prescrivait.

Étaient-ce ces mêmes personnes qui s'arrêtant à l'étoile de David l'avaient jeté en pâture aux SS ? Aujourd'hui encore, je suis frappée de stupeur et d'incompréhension. Et de culpabilité pour ma passivité, notre passivité.

Samuel reste une lumière jamais éteinte dans ma mémoire.

En rentrant, je trouvai la lettre d'Alphonse ; il serait là dans trois jours. Je lus et relus sa lettre, pourtant brève mais qui à elle seule concrétisait un tournant capital de ma vie. La nuit était déjà bien avancée, je n'arrivais pas à dormir et pour la première fois, ce fut moi qui allai frapper à la porte de Charles. De la lumière filtrait sous sa porte ; lui non plus ne dormait pas.

Je tenais toujours la lettre à la main et la laissai tomber de saisissement quand il ouvrit la porte et que je découvris un Charles dévasté. Oublié le dandy, un homme mal rasé, débraillé et sentant l'alcool se tenait devant moi, le regard vitreux.

J'entrai dans la chambre de force, cela empestait la fumée et l'alcool.

— Depuis quand n'es-tu pas sorti de ta chambre ?

Il eut un geste las, exprimant qu'il avait même perdu la notion du temps. Malgré l'heure tardive, j'ouvris toutes grandes les fenêtres, défis le lit, secouai les draps à la fenêtre, refis le lit. Il me regardait faire sans comprendre.

— Remue-toi ! Je ne veux pas d'un homme avachi ! Viens te laver ! J'ai besoin que tu m'écoutes et je ne veux pas que tu aies l'esprit embrumé !

Et ce faisant, je lui dégrafai sa chemise sans ménagement.

— Mais qu'est-ce que...

— Je vais te laver, comme un enfant que tu es, puisque tu n'as pas été capable de le faire toi-même !

— Mais il n'y a pas d'eau chaude à cette heure-ci.

— L'eau froide n'a jamais tué personne, surtout en plein été. Et c'est tout ce qu'il te faut !

Une heure plus tard, Charles avait repris figure humaine et je le jugeai apte à m'écouter.

Je m'assis au bord du lit, il se tenait debout à la fenêtre, trop nerveux pour se poser.

— Tiens, dis-je simplement en lui tendant la lettre d'Alphonse.

Je voulais qu'il sache tout jusqu'à mon incapacité à le quitter sans l'aide d'Alphonse.

Mes deux hommes étaient très différents ; Charles était brillant, Alphonse était réservé. Charles était étourdissant d'énergie, Alphonse était doté d'une force rassurante. Le yin et le yang. Mais attention, je n'ai jamais dit et je ne dirais jamais le mal et le bien, malgré tout ce qui se passa ensuite ou ce que les gens du village imaginèrent. Ils étaient très différents mais bizarrement, ils s'estimaient. Ce fut pour moi une grande chance.

S'il avait pu blêmir encore, Charles l'aurait fait.

— Tu me quittes... Tu me quittes...

— Je ne sais pas comment faire autrement... Nous avons rêvé et ce rêve était merveilleux. Un merveilleux cadeau de la vie.

— Mais ce n'est pas un rêve. Ce que je ressens est réel. Mais peut-être pas toi, après tout ?

L'injustice de sa colère me fit mal et je laissai librement les larmes couler sur mes joues. Mais il resta distant, drapé dans sa douleur. Quelques secondes (minutes ?) s'écoulèrent dans un silence pesant. Nous nous sentions tous deux coupables, et là encore notre orgueil nous interdisait de nous l'avouer.

Je me levai et me dirigeai vers la porte. J'attendais un geste de lui, un seul. Il n'en eut pas. Je me sentis glacée à l'intérieur, morte. J'allai pleurer dans les bras de mes amies femmes de chambre en attendant l'arrivée d'Alphonse. Entre deux sanglots, je répétais « et ne me dites pas "on t'avait prévenue !" ». La journée fut occupée en préparatifs divers et variés, afin de me laisser le moins de temps pour penser. Le soir, je m'effondrai sur mon lit avec une seule pensée : « Demain, à cette heure, je serai dans le train de nuit pour rentrer. » Mais il n'était pas dit que je dormirais cette nuit-là encore. Cette nuit-là, Charles ne frappa même pas à ma porte, il entra, tout simplement. Il se coucha sur les draps à côté de moi et me réveilla doucement en me caressant le visage. Je voulus éclairer mais d'un geste, il m'en empêcha.

— Ne pars pas, murmura-t-il.

— Viens avec moi.

— Pour faire quoi ?

— Ton métier !

— Mais nous pouvons l'exercer tous deux ici. Pourquoi en pleine campagne ?

— Allez, dis-le, pourquoi s'enterrer ?

— Je ne veux pas me disputer avec toi, pas ce soir, pas notre dernier soir, dit-il en m'embrassant.

Je sentis le goût de ses larmes et le poids de ses chaînes. Il était prisonnier de son monde, comme moi du mien. Nous avions fait un pas l'un vers l'autre mais pas suffisant. Ce goût de sel sur mes lèvres, ses mains fébriles sur ma peau me firent tourner la tête. Je me laissai aller à l'amour, heureuse et coupable à la fois de m'abandonner, de donner ainsi raison à Mme de Valras ; je devins la maîtresse de Charles. Et pourtant, que la nuit fut douce et passionnée, enivrante et apaisante, charnelle et sentimentale. Un adieu d'adultes.

Mais le lendemain, Alphonse se présenta et je sentis mes bonnes résolutions m'abandonner.

Je racontai tout à Alphonse, tout jusqu'à la nuit passée. J'étais trop malheureuse pour avoir honte devant lui. Il ne dit rien, aucune critique, aucun jugement. De sa voix posée, il me donna des nouvelles du pays, il me gronda de l'avoir fait abandonner les foins, il me ramena doucement à la vraie vie, celle que j'avais trop longtemps délaissée.

Charles m'attendait dans le hall de l'immeuble pour un adieu en dehors de la présence de ses parents. Alphonse sortit discrètement et alluma une cigarette en patientant.

Je me trouvais empruntée avec ma valise trop pleine et mon bouquet de fleurs dans les bras (cadeau des femmes de chambre). Il était là, élégant et froid comme il savait si bien l'être, un véritable mur. Où était mon amant ?

— Au revoir... dis-je d'une toute petite voix.

Charles ne disait toujours rien. Je lui tournai le dos et me dirigeais donc vers la sortie, la gorge nouée, quand je sentis ses bras m'enlacer à me faire mal. Je sentis son souffle dans mon cou, sa chaleur contre ma chaleur. Pas un mot ne fut prononcé, nous nous embrassâmes une dernière fois, une dernière fois nous mélangeâmes nos larmes, puis je m'échappai.

Alphonse avait fini sa cigarette. Il me prit simplement la valise des mains et m'entraîna dans le métro et de là vers BoisRedon.

Le long voyage en train me servit de sas de décompression. Je commençai par plonger dans un sommeil lourd où toute sensation disparaissait. Alphonse somnolait aussi, mais d'un sommeil plus léger et plus serein. Quand je me réveillai, la tête lourde mais l'œil sec, il feuilletait Le Chasseur français, *sa bible de toujours. Je souris. Alors, j'avais rêvé ? Rien n'avait changé ?*

Dès que j'aperçus les premiers châtaigniers, ma gorge se dénoua et le poids sur ma poitrine s'allégea. Je revenais chez moi, où rien de mal, jamais ne pourrait m'atteindre.

À BoisRedon, personne ne me posa de question ; j'étais médecin et cela suffisait. Mais mes parents n'étaient pas dupes de ce retour précipité et ils organisèrent très vite ce dimanche de retrouvailles pour exorciser le mal.

Non, Charles n'était pas le mal mais ce jour-là, seulement une blessure ouverte, trop fraîche pour être cicatrisée. J'avais besoin de me retrouver dans mes montagnes, là où le temps coulait au ralenti, pour retrouver mes repères, me retrouver et donc retrouver ma sérénité.

Et ce jour-là encore, j'ai été d'un égoïsme épouvantable, je n'ai pas perçu l'amour immense que Marie portait à Alphonse. Comment aurais-je pu m'en douter ? Car reconnaissons-le honnêtement, je m'octroyais le droit de partir, de vivre une histoire d'amour, mais il était tacitement convenu qu'Alphonse m'appartenait. Aucun mot n'avait été prononcé, aucun geste non plus, mais pourtant, j'avais cette assurance. Je revenais et il était normal qu'Alphonse soit là pour moi, normal qu'il m'ait attendue.

10.

Le débarquement américain

Mamé Lisette me manque. Elle savait, comme personne, écouter les histoires de cœur. Et surtout celles de ses petites-filles. Avec maman, je n'osais pas, j'étais trop grande pour paraître si puérile. Mais avec mamé, ce n'était pas pareil. Je ne grandissais pas à ses yeux. Je pouvais l'espace d'un instant redevenir la petite fille qui se blottissait sur ses genoux quand je ne voulais voir personne. Je pouvais à nouveau sentir sa main fine et pourtant rugueuse du travail des champs soulever mon menton et me dire :

— Pleure, ma péquélette. Ça fait du bien quand ça sort.

Oui, mamé savait m'écouter.

Cette nuit, j'ai vu passer toutes les heures. J'avais beau me répéter inlassablement « Dors ! Tu seras complètement lessivée, sinon », plus je me le répétais, plus je m'énervais à sentir le sommeil me fuir. Et tout ça, pour quoi ? Rien ? Le ton sec de David hier soir. Son refus de m'expliquer son retard. Son ton qui est monté très vite dès que les enfants se sont chamaillés. Les pleurs des enfants. Notre engueulade… Moi, qui le plante en plein repas avec les enfants à gérer et vais m'enfermer dans ma chambre à pleurer. La migraine qui monte. Les enfants qui m'appellent et se font gronder quand ils répondent : « Elle ne fait pas comme ça, maman... » Le silence qui s'installe avec la nuit dans la maison. Je fais semblant de dormir quand David vient se coucher. La nuit est longue... La nuit amplifie toutes mes terreurs. Je me repasse le film de la soirée. Il n'aurait pas dû. Je n'aurais pas dû... Il n'y a pas de gagnant dans ce combat.

Vers trois heures du matin, j'ai dû m'endormir d'épuisement. Le réveil me tire d'un sommeil lourd mais pas réparateur. Et au petit déjeuner, la vie normale reprend comme si de rien n'était. Attitude de personnes intelligentes qui préfèrent oublier ou hypocrisie ?

Que m'aurait dit mamé ?

Ses mots me reviennent du temps où je lui confiais mes amours adolescentes.

— Tu es bien jeune pour savoir ce qu'aimer veut dire. Il faut parfois toute une vie pour l'apprendre. Certains ont de la chance, ils aiment une fois et pour la vie. D'autres souffrent avant d'aimer vraiment. Ils sont à chaque fois sincères, mais ils se trompent. Jusqu'au jour où, après bien des pleurs et des saignements de cœur, ils se laissent aller. Leur esprit ne guide plus leur cœur, c'est leur cœur qui guide leur esprit. Et alors, ils sont prêts. Prêts à reconnaître le véritable amour et à s'y laisser aller. Et ceux-là, ils ont tellement souffert qu'ils apprécient doublement la chance qu'ils ont. Tu comprends, ma mignonne ?

J'avais dit que je comprenais, bien sûr. Mais en y repensant ce soir, je ne suis même pas sûre d'avoir compris aujourd'hui encore. La preuve, je me sens perdue aujourd'hui.

Fatigue ? Lassitude ? La vie quotidienne nous a-t-elle éloignés l'un de l'autre ? Est-ce seulement cela ? Ou David s'éloigne-t-il tout simplement de moi ? Ou me suis-je perdue moi-même ? En endossant le rôle d'épouse et de mère, ai-je oublié la femme que je suis et qui a attiré David ? À force d'être trop lisse, trop sage, trop organisée, est-ce que j'ai oublié mes rêves et mes impatiences, ces petits défauts qui font le charme ?

« Certains ont de la chance ; ils aiment une fois et pour la vie. D'autres souffrent avant d'aimer vraiment. Ils sont à chaque fois sincères, mais néanmoins, ils se trompent. »

Et si par ces mots, mamé parlait d'elle aussi. Que s'était-il passé entre Lisette et Charles ? Cette interrogation m'aide à chasser d'autres interrogations et m'apaise. En me posant des questions sur le passé, je m'en pose moins sur le présent. Et c'est peut-être mieux ainsi. *Alea jacta est.*

Je laisse vagabonder mon esprit pendant que défilent devant moi les virages qui nous conduisent à BoisRedon. Les enfants dorment à l'arrière et David est très silencieux.

Les vacances sont là. Demain, les cloches vont passer et toute la famille sera réunie pour l'événement.

En ces lieux immuables, je vais reprendre pied avec la réalité. Sur cette terre rude qui a forgé le caractère bien trempé de plusieurs générations de Cévenols, j'ai toujours eu l'impression que les choses importantes prenaient plus de relief. Ces montagnes ont toujours été mon refuge, dans les bons comme dans les mauvais moments. Et dans ces moments-là, elles m'ont toujours apporté la paix que je ne trouvais pas ailleurs. Peut-être tout simplement parce qu'elles ne laissent pas la place aux états d'âme. Et qu'après tout, c'est mieux ainsi. Mais ce n'est pas le monde d'aujourd'hui. Où que se posent mes yeux, magazines ou télévision, on s'analyse, on se regarde le nombril, sous toutes les coutures. Séries télévisées, talk-shows, magazines féminins, tous exploitent le filon. Ils auraient tort de ne pas le faire, les gens en redemandent. « Parlez-moi de moi, y a que ça qui m'intéresse », comme disait la chanson. Mais pendant qu'on fait cela, on n'avance pas. Et mamé Lisette m'a toujours appris qu'il fallait aller de l'avant. Toujours. « Les choses n'arrivent que parce que tu les provoques », me répétait-elle. Et je sais qu'elle s'énervait quand les gens lui enviaient sa propriété si bien entretenue, son jardin si luxuriant et sa maison si bien soignée, étonnamment bien décorée pour un simple mas. Elle leur offrait son plus beau sourire, mais elle n'en pensait pas un mot. Un jour, après un de ces compliments dont elle « raffolait », elle s'est penchée vers moi et a murmuré à mon oreille : « Ils n'ont qu'à relever leurs manches au lieu d'enrager à jalouser les autres. » J'avais quoi ? Sept, huit ans ? Ce jour-là, j'ai compris que ma grand-mère n'était pas une grand-mère comme les autres. Elle était considérée, enviée, jalousée peut-être. Je la voyais active du lever du jour à la nuit tombée. Elle était en mouvement perpétuel. Rien ne lui échappait. J'avais le sentiment qu'elle prenait la vie à bras-le-corps. Et j'ai été très surprise quand le pasteur a dit qu'elle avait eu le sentiment d'être spectatrice de sa propre vie.

Le dernier virage passé, le mas s'offre à nous, massif au milieu des barres, solide comme s'il savait qu'il lui faut affronter les ans et demeurer pour toutes les générations successives le refuge.

Nous sommes les derniers à rejoindre le mas puisque j'aperçois les voitures de mes parents et de Myriam. Les enfants ont dû sentir que l'on arrivait car ils se réveillent et demandent en chœur, sans attendre de réponse : « On est arrivé ? » Au son de leurs voix, on perçoit la joie et l'excitation. Le mas, c'est la liberté. C'est l'aventure. Je me tourne vers David et pour la première fois depuis longtemps (enfin, il me semble), nous nous sourions, heureux. Il faut peu de chose, un mot d'enfant, un sourire, pour que les couleurs deviennent plus belles et que les choses reprennent leur place.

À peine la voiture a-t-elle stoppé que les enfants en jaillissent comme des diables d'une boîte. Déjà la montagne résonne de leurs cris et je sais que mamé Lisette les accueille en souriant, où qu'elle soit.

Maman ne me laisse pas décharger les bagages et m'interpelle :

— La mairie vient d'appeler. Il faudrait que tu y ailles tout de suite. D'après ce que j'ai compris, il y a des Américains qui leur posent des questions dans un français plus qu'approximatif. Et comme l'anglais n'est pas leur fort, ils ont pensé à toi.

— Maintenant ?

— Ben oui ! Ils les font patienter depuis deux heures de l'après-midi. Une histoire d'arbre généalogique, je crois.

David me regarde et éclate de rire devant mon air interloqué.

— Des Américains à BoisRedon ? On aura tout vu.

— Ce sont peut-être des cousins, va savoir, me dit Myriam qui débouche du jardin, plus rayonnante que jamais dans ses bottes et son bleu de travail.

— Mais vas-y toi, si tu as envie d'agrandir la famille…

— Oh non ! Non ! C'est toi que MONSIEUR le maire a appelée. Pas moi. Voilà à quoi ça mène de dire que tu travailles dans une multinationale.

— Mais je suis comptable dans cette multinationale !

— Mais tu parles anglais, insiste maman.

— Mais Myriam aussi, et sûrement mieux que moi. J'utilise toujours le même vocabulaire. Technique. Cela fait des années que je n'ai pas eu une conversation de la vie courante en anglais…

— C'est comme le vélo. Cela ne s'oublie pas. Et puis, on ne refuse rien à Fernand. Dépêche-toi.

Papa a parlé. Je n'ai qu'à m'exécuter.

— Vous me mettez à la porte à peine arrivée, c'est ça ?

— C'est ça, me dit maman. Les enfants ont goûté ?

En fait, Fernand voit encore en moi l'étudiante qui donnait des cours d'anglais à sa fille, Sophie, pendant les vacances. J'avais quatre ans de plus qu'elle, il était facile pour moi d'étaler ma science toute nouvelle. Au début, je le fis pour avoir de l'argent de poche à moi, vraiment à moi. Ensuite, je trouvai la gamine attachante et encore aujourd'hui, je suis contente de la croiser et de papoter maintenant sur un pied d'égalité de nos vies. Mais Fernand est resté bloqué sur cette période, peut-être le refus inconscient de vieillir.

Et comme on ne refuse rien à Fernand, me voilà repartie. Quand je disais que dans ces Cévennes, on n'avait pas le temps de se poser de questions… Mais là, c'est un peu trop. Des Américains maintenant. On aura tout vu. D'habitude, lorsqu'ils font le tour du Vieux Continent, les Américains font le périple classique : les capitales (Londres, Paris, Rome, Madrid…), parfois ils s'attardent dans les châteaux (châteaux de la Loire, châteaux de Louis II de Bavière). BoisRedon n'a jamais été dans un guide touristique américain quelconque. Mais les Américains peuvent parfois être extravagants. Et retrouver leurs racines fait partie de ces extravagances. Quoique celle-là, je sois à même de la comprendre.

En chemin, je réfléchis aux familles qui ont pu avoir des grands-parents ou arrière-grands-parents qui ont émigré aux États-Unis. Aucun nom ne me vient spontanément à l'esprit. Quitte à décevoir Myriam, je ne me souviens pas qu'il y en ait eu dans la nôtre. Peu de chances que ces Américains soient nos cousins.

La mairie est une vieille bâtisse sans charme particulier, bien qu'assez imposante. Elle se dresse au milieu de la place du village et semble accuser les jeunes d'abandonner les montagnes en affichant sans complexe un crépi défraîchi et des volets à la couleur incertaine. Mais elle porte encore fièrement le drapeau tricolore et reste le lieu où tout converge.

La place, délimitée par de classiques platanes centenaires, est très calme. Peu d'affluence dans les commerces en cette fin d'après-midi. Seule la boulangerie située à la perpendiculaire de la mairie (c'est dire si elle a un emplacement stratégique) semble avoir un peu d'activité.

Je me gare en soupirant. Ma venue doit être guettée car à peine ai-je fermé la voiture que je vois la porte de la mairie s'ouvrir en grand. Véronique, la secrétaire de mairie, une fille (une femme devrais-je dire) de mon âge, m'accueille avec un grand sourire. Véronique, c'est mes quinze ans. Les bals du 14 Juillet, les baignades dans la rivière, les pique-niques en bande. Véronique avait deux passions : les garçons et ses Cévennes. Elle n'a pas changé depuis cette époque. Sauf que maintenant, les bals, c'est elle qui les organise. Elle a toujours refusé de quitter son village et malgré sa vivacité d'esprit, elle a préféré rester et être secrétaire de mairie plutôt que de « réussir » mais partir. Elle semble heureuse et je la regarde presque envieuse.

— Salut, Estelle ! Tu es attendue…

— Il paraît. Qu'est-ce que c'est que cette histoire encore ?

— Génial, non ? Un peu d'animation, ça ne fait pas de mal. Tu ne crois pas ?

— C'est un point de vue…

— Monte, vite. Sinon, je vais me faire étriper par le maire.

— Dis-moi, d'abord. Vous n'aviez vraiment personne d'autre que moi à appeler ?

— Pourquoi, ça t'embête ?

— Non, non ! Mais tu sais, je ne parle pas si bien que ça…

— Ah ! Tu as la trouille ? Tu ne changes pas, allez ! Bon, tu montes ?

— Je monte, je monte.

Bonjour, le week-end pascal. Moi qui voulais avoir du temps pour moi, pour faire le point, c'est loupé.

L'escalier est sombre et étroit. Il n'a pas dû voir un coup de pinceau depuis quarante ans.

J'entends des éclats de voix et reconnais celle du maire, tonitruante et chaleureuse, qui domine celles des autres en essayant maladroitement de parler anglais. Après tout, je ne peux pas faire pire. Cela m'enlève un grand poids.

Je pousse la porte de la salle des mariages (une grande salle aux murs blanchis et au sol damassé ; rien d'extraordinaire, donc) et me retrouve face à une véritable petite assemblée.

Le maire s'agite debout devant un monsieur très digne mais qui semble garder le silence et une dame raffinée et plus expansive. Tous deux sont très bien vêtus, très droits sur leur chaise, un peu abasourdis de tant d'agitation. Mes Américains, sûrement. Derrière Fernand, le maire, le premier adjoint assis derrière une pile de vieux papiers et à ses côtés un conseiller municipal d'opposition (il faut au moins ça pour recevoir des représentants du Nouveau Monde), bientôt rejoints par une Véronique tout excitée.

En me voyant, le maire se tait et cela doit être un événement suffisamment notable pour que tout le monde se tourne vers moi.

— Ah ! Ma petite Estelle. C'est gentil d'être venue…

Comme si on m'avait laissé le choix, ne puis-je m'empêcher de penser.

Je me contente de sourire et salue tout le monde. Je termine par mes Américains et je perçois leur soulagement quand je les accueille dans un anglais à peu près compréhensible. C'est sûr, les langues n'ont jamais été le fort des Français, encore moins des Cévenols.

— Estelle, viens que je t'explique. Voilà. M. et Mme Grant viennent de Boston. Ils ont fait ce long voyage pour faire plaisir au papa de madame. Apparemment, il aurait vécu ici. Puis serait parti. Mais je n'ai pas compris son nom. Il formule une demande particulière que je ne suis pas sûr de bien comprendre.

— Vous en avez appris pas mal quand même.

— Oui, n'est-ce pas ? Je ne me suis pas si mal débrouillé en fait. Pour tout te dire, Mme Grant parle un peu français… mais avec un accent américain. Mais un accent… Et M. Grant ne parle pas du tout…

— Je vais voir ce que je peux faire.

J'avance une chaise et m'installe face à mes Américains. Je les observe un instant en souriant. Ils ont l'air charmants. Un couple très uni, comme si en vieillissant ils en étaient venus à se ressembler. Même regard franc, même sourire avenant, même tenue soignée, classique mais chic. L'élégance discrète. Quel âge ? La cinquantaine dynamique ?

Pour faciliter le dialogue, je ne parle qu'anglais et me lance :

— M. le maire a commencé à me raconter votre histoire. Mais si cela ne vous ennuie pas, vous pourriez reprendre ? Pour que je sois sûre d'avoir bien compris.

— Oh ! Bien sûr, avec plaisir, dit M. Grant. Je vais laisser parler ma femme, car il s'agit de l'histoire de sa famille.

— Je vous en prie, madame.

— Eh bien, voilà. Mon père est très malade et il a une requête très particulière ; finir sa vie dans la maison qu'il a le plus aimée. Mais pour bien comprendre en quoi sa demande est particulière, il faut que je vous en dise plus. Papa a quitté la France dans des conditions très dramatiques, et surtout très injustes. Il a été chassé et son nom a été traîné dans la boue. Il en a gardé la blessure toute sa vie. Mais jamais, malgré tout ce qu'il a subi, il ne s'est plaint. Jamais, il n'a détesté la France. Au contraire. Il en a gardé une nostalgie profonde et à l'heure de sa mort, il m'a chargée d'une requête : l'autoriser à vivre ses derniers jours dans ce qui fut sa maison. Oh ! Il avait bien gardé un appartement à Paris, nous en venons. Mais ses souvenirs sont ici et les êtres qui lui furent chers aussi.

— Et vous espérez retrouver à BoisRedon la maison de votre papa intacte comme dans ses souvenirs ?

— Comme avant, je ne sais pas. Mais je sais que plus qu'à Paris, c'est à BoisRedon qu'il a laissé son âme.

— À qui appartient la maison de votre papa aujourd'hui ?

— À la commune.

— Et quel est le nom de votre papa ? M. le maire ne me l'a pas dit.

— Je ne le lui ai pas donné. Mon père s'appelle Charles de Valras.

À ce nom, je me fige, stupéfaite. Ma réaction n'a échappé à personne car Fernand se précipite vers moi.

— Qu'est-ce qu'elle t'a dit ? Elle n'a pas dit de Valras ?

— Oui, son père est Charles de Valras. C'est bien le « fils du château » ?

— Oui, murmure Fernand, devenu soudain très pâle.

— Aviez-vous compris qu'il souhaitait habiter le château jusqu'à sa mort ?

— Comment ? Mais c'est impossible ! C'est un bien communal maintenant ! Pas un hôtel !

— Ils le savent ! C'est pour ça qu'ils sont là. Depuis quand le château appartient-il à la mairie ?

— C'est vieux ! Cela date de la Libération, je crois !

— Elle a dit aussi que son père avait été contraint de quitter la France, je cite, dans des conditions dramatiques ET injustes. Vous savez de quoi elle parle ?

À ma dernière question, lui d'habitude si exubérant, si volubile, se raidit et se tait. Il échange un regard lourd de sous-entendus avec Marcel, son premier conseiller. Quel âge ont-ils tous les deux ? Soixante-cinq, soixante-dix ans ? Trop jeunes en tout cas pour se souvenir de la guerre. À moins que ce nom n'évoque un fait marquant, maintes fois répété de génération en génération. Mais qu'évoque ce nom pour tous, ce nom que je viens à peine de découvrir et qui semble si étroitement lié à celui de ma grand-mère ?

Mme Grant semble une femme subtile. Elle a perçu les changements d'attitude.

— Vous le connaissiez ?

Sa question s'adresse à l'assemblée à travers moi. Mais je m'entends répondre, un peu par provocation.

— Je crois qu'il connaissait ma grand-mère, en effet. Mais je n'en sais pas plus. Si vous le permettez, je vais demander à M. le maire ce qu'il sait de votre papa.

— Avec plaisir.

Je préfère me lever et fais signe à Fernand de me rejoindre. Il vient en traînant des pieds mais il connaît suffisamment mon air têtu pour savoir qu'il y a des moments où il ne sert à rien de discuter. À moins de vouloir perdre son temps.

— Qu'est-ce que vous savez sur son père ?

— Ce n'est pas joli joli.

— Mais encore.

— Il y a des choses qu'il vaut mieux laisser dormir. Cela remue trop de boue.

— Bon, soyons clairs maintenant. Je suis en week-end. Les enfants m'attendent. Vous m'appelez pour faire l'interprète. Je viens. Et au premier nom lâché, vous vous défilez. Je ne marche plus. Et d'ailleurs, comment le château est-il devenu propriété de la commune ?

— C'est vieux. Moi-même, je n'étais qu'un gamin… Mais Charles de Valras ici, il n'en est pas question.

— Et pourquoi pas ? Qu'est-ce que ce nom fait ressurgir, à part peut-être un lien avec ma mamé, mais cela ne vous concerne pas, je pense.

Là encore, Fernand marque un temps d'arrêt. Il m'observe, incrédule.

— Pourquoi parles-tu de ta grand-mère ?

— Parce que je sais qu'elle connaissait très bien Charles de Valras.

— Qu'entends-tu par très bien ?

— C'est à vous de me le dire.

— Oui, ils se connaissaient. Ils ont fait médecine ensemble.

— Et vous me dites cela le plus naturellement du monde ? Cela ne vous surprend pas que la paysanne et le fils de bonne famille fassent médecine « ensemble ».

— Ah ! Ne t'énerve pas comme ça. J'ai l'impression de voir ta grand-mère. Une dans la famille, cela suffit.

— Je vous écoute.

Fernand me lance un regard noir, en dessous. Marcel s'approche. Ils se consultent silencieusement.

— Écoute, tout ce que je peux te dire, c'est que Charles de Valras était un collabo. Et qu'il s'est enfui en Amérique pour échapper à la Résistance qui le traquait. Et maintenant, explique-moi comment je vais dire ça à sa fille ?

— Ça, c'est mon affaire. De Valras était peut-être collabo, mais ma grand-mère ?

— Estelle, ma petite, je t'aime bien mais ne pousse pas mémé dans les orties, d'accord ?

Je n'ai pas le temps de répondre, interpellée par Mme Grant, impatiente de savoir ce que nous complotons.

— M. le maire se souvient de votre papa, même s'il était enfant. D'après ce qu'il m'a dit, il a gagné précipitamment les États-Unis pendant l'Occupation.

— Oh ! Je devine ce que vous n'osez pas me dire. Je le vois à votre mine gênée. On vous a raconté de vilaines choses sur mon père. Je vous disais qu'il était parti dans des circonstances dramatiques et injustes. Laissez-moi vous raconter. Mais je voudrais que tout le monde l'entende. Pourriez-vous leur traduire ?

— Bien sûr !

Je me tourne vers l'assemblée et obtiens instantanément le silence (foutue curiosité !).

— Mme Grant est la fille de Charles de Valras. D'après ce que Fernand me dit, ce monsieur était connu à BoisRedon pour être un collabo et se serait enfui aux États-Unis. Mme Grant souhaite vous donner sa version. Le moins que nous puissions faire, c'est de l'écouter. Je traduirai au fur et à mesure.

Fernand approuve silencieusement et montre l'exemple en s'asseyant bien en face de « l'Américaine », bras croisés, mine fermée. Véronique frétille et ne parvient pas à cacher son excitation. C'est mieux que dans tous les polars qu'elle dévore. Ça s'est passé ici.

Mme Grant me sourit presque avec complicité. Je m'assois précipitamment et me mets en position d'élève la plus sérieuse de la classe. La maîtresse aujourd'hui est Américaine et elle va nous parler d'histoire avec un petit, mais aussi un grand H.

Elle commence son récit et moi ma traduction.

— Je voulais d'abord vous dire que mon père est très malade et n'a qu'un désir à la fin de sa vie, c'est de revoir son pays. Quelle que soit l'image que vous avez de lui, vous ou vos parents, sachez qu'il aime son pays. Parce que même naturalisé américain, il est resté Français.

Fernand se racle la gorge, signe de scepticisme chez lui. Il échange un regard avec Marcel qui en dit long sur leur avis sur le sujet. Mme Grant ne semble pas s'en apercevoir et continue.

— J'ai toujours su que papa avait dû quitter la France précipitamment en décembre 1943. Je sais qu'il était accusé de trahison envers son pays. Mais je crois mon père (normal, me direz-vous) quand il me dit qu'il s'agissait d'un malentendu.

— Malentendu, malentendu… Elle a de ses termes… maugrée Fernand.

— Pour comprendre mon père, il faut d'abord savoir qu'il était médecin avant tout.

Là, j'arrête mon rôle de traductrice et en anglais je demande à Mme Grant :

— M. le maire vient de me le dire, mais savez-vous où il a fait ses études ? À Montpellier ?

— Non, à Paris. Pourquoi cette question ?

— Je vous expliquerai plus tard. Continuez, je vous en prie.

J'ai la gorge nouée. Les pièces d'un puzzle enfoui depuis des années ressurgissent toutes soixante ans plus tard. Le temps qu'il faut pour pardonner ?

— Je disais donc que mon père était avant tout un médecin. Et un médecin qui vivait son métier comme une vocation, un vrai sacerdoce. Ses patients pouvaient le déranger à n'importe quelle heure du jour et de la nuit. Ma mère s'en plaignait beaucoup. Mais elle le respectait aussi pour son dévouement. Il faut garder ça à l'esprit pour comprendre les événements qui ont tout déclenché.

— Je vais vous dire ce qui s'est passé, moi ! l'interrompt un Fernand, n'y tenant plus. Votre père et votre grand-père ont hébergé les Allemands et ils ont fricoté avec eux. Et il n'y a pas de malentendu là-dessus.

— Vous avez raison, monsieur. Les Allemands ont bien occupé le château. Mais ce n'était pas à l'invitation de ma famille, ils l'ont réquisitionné.

— L'argument de « l'Américaine » se tient. Le château était et est toujours la plus belle demeure de BoisRedon, et j'imagine que les officiers allemands l'ont trouvé à leur goût.

— Admettons, mais ils se sont bien entendus.

— Si vous voulez dire par là que mon père n'a jamais cherché à assassiner aucun Allemand, je vous le confirme. Mais est-ce un crime ? Est-ce un crime pour un médecin de ne pas vouloir ôter la vie ?

Personne ne répond. Fernand croise et décroise nerveusement les jambes. Ce n'est pas bon pour les prochaines élections que ces vieilles histoires ressortent. Elles vont faire ressurgir des rancœurs, raviver les passions et créer des clivages toujours néfastes. Non, vraiment, elle aurait pu s'abstenir, l'Américaine, de faire son pèlerinage.

— Écoutez, personne n'y était. Les morts régleront leurs comptes là-haut. Je vous ferai visiter le château demain, c'est tout ce que je peux faire pour vous.

Je me tourne vers Ferdinand, surprise et frustrée. Que lui prend-il ?

Mme Grant sourit. Elle n'est pas dupe. Elle a l'élégance de ne pas insister pour poursuivre.

— Nous allons rester quelques jours au Relais de Stevenson. Vous pourrez nous y contacter dès que vous le souhaiterez. La journée est longue. Je vous remercie du temps que vous avez bien voulu nous accorder. Mais pensez-y ! Mon père est un homme mourant. Il a été injustement traité, dépouillé de ses biens et il a l'élégance de ne pas revenir sur cela. Il veut juste mourir là où il a été le plus heureux.

M. Grant comprend à l'attitude de sa femme qu'il est temps de partir et il déploie ses grandes jambes. Il salue tout le monde d'un grand geste à la John Wayne et s'efface devant sa femme, très digne et très gracieuse, quelles que soient les circonstances.

Moi, je n'ai pas envie d'être gracieuse. Je rassemble mes affaires et quitte la pièce sans un mot, sans un regard. Je me retiens de ne pas claquer la porte.

La nuit est définitivement tombée sur la place et un petit vent frais s'est levé. Il fera beau demain, mais je n'en ai cure. Je fonce au mas et conduis sans même voir la route. Une lumière a été laissée à la porte d'entrée pour m'éclairer dans la nuit. Le volet de la cuisine n'est pas fermé, on guettait mon retour. Je suis énervée. Pleine de frustration et de colère rentrée. Aussi, suis-je soulagée de savoir les enfants couchés, je crois que je n'aurais pas supporté leurs chamailleries.

Un couvert est disposé sur la table et c'est en le découvrant que je me rends compte de l'heure tardive.

— Alors ? demandent en chœur Myriam et David.

— Laissez-la manger. Ce n'est déjà pas une heure pour manger.

Mais le scoop est trop gros pour que je le garde pour moi, ne serait-ce que le temps d'un repas.

— C'est la fille de Charles de Valras.

Myriam ouvre de grands yeux. David lâche : « Tiens ! Tiens ! » Mais moi, je regarde mes parents : que savent-ils ?

— Charles de Valras ? Ce n'est pas le fils du château ? Celui qui s'est enfui aux États-Unis après je ne sais quelle sombre histoire ? demande papa en se tournant vers maman.

— Oui, c'est ça. Une histoire un peu exagérée, d'après ce que me disait maman. Mais une histoire qui a marqué au fer rouge les esprits. Je n'ai jamais vraiment su pourquoi. Le genre d'histoire dont personne ne parlait devant nous.

— Mais pourquoi ? Quand j'ai demandé à Fernand des précisions, il m'a dit qu'il ne voulait pas m'en donner. Il n'a pas dit qu'il ne voulait pas en donner. Il ne voulait pas *m'*en donner. C'est différent non ?

— Parce que tu es la petite-fille de Lisette ? demande Myriam. Elle a toujours été comme ça, ma sœur. Auréolée de ses boucles blondes, à l'image de ma grand-mère, elle s'est toujours permis de poser les questions que personne n'osait poser et sa bouille d'ange faisait passer l'outrage.

Maman ne semble pas réagir plus que ça. Aucun trouble ne la gagne quand elle répond :

— Ta grand-mère et Charles de Valras ont fait leur médecine ensemble. Ça crée des liens que les gens peuvent mal interpréter dans certaines circonstances.

Les questions se bousculent dans ma tête, mais elles attendront encore un peu. Là, maintenant, à cet instant, je n'ai envie que d'une chose : dormir.

— Je suis fatiguée. J'ai perdu l'habitude de parler anglais et de traduire, des heures durant. Je monte. Tu viens, David ?

— J'arrive.

Je me couche la première dans des draps lourds et rêches. Je frissonne de froid et de fatigue. Je somnole mais n'arrive à m'endormir que quand sous mon bras je sens la respiration régulière et rassurante de David. Et je sais en cet instant que lui seul peut m'éviter de m'enfoncer dans un puits sans fond. Auprès de qui mamé Lisette éprouvait-elle ce sentiment de sécurité ? Charles ou Alphonse ? C'est sur cette pensée que je m'endors. Mon sommeil est lourd et sans rêve.

Au cas où je l'aurais oublié, les enfants se chargent de me le rappeler en sautant dans mon lit.

— Maman, les cloches sont passées ?

— Et papa, il est où ?

Les cloches ? Papa ? Il me faut chasser la brume de mon esprit avant de pouvoir leur répondre. Je jette un œil sur le réveil, à peine huit heures. Je gémis de sommeil.

— Du calme ! Du calme ! Les cloches ne passent que si les petits enfants ont quelque chose dans le ventre et des chaussures aux pieds.

Sans attendre leur reste, Adrien et Clara dévalent les escaliers. Je n'ai pas encore enfilé ma robe de chambre que j'entends la « douce » voix de mon fils exiger plus que demander son petit déjeuner à sa grand-mère. Pourvu que David ait eu le temps de tout installer, je pressens que le petit déjeuner va être très court. Je suis rassurée en entendant le cri de joie de Clara en voyant son père. Avant de rejoindre mes troupes, je passe réveiller ma sœur qui grogne un « ayez des enfants, tiens », mais se lève aussitôt.

David a beau en avoir mis sur les murs, le portail, les arbres, au milieu des fleurs et des arbustes, la récolte est vite faite. En les voyant ramener leur « bertoul », ce petit panier en osier cévenol, je ne peux m'empêcher de songer que nous les gâtons vraiment trop.

Quand je « descends » au pain, dans la matinée, je sens bien que l'atmosphère est électrique. Sur la place du village, au milieu des stands du marché dominical, de petits groupes se sont formés et débattent avec animation. Un groupe attire mon attention ; il est composé des vétérans du village, des vieux qui habituellement s'ignorent royalement et qui sont là si absorbés par leurs propos qu'ils ne s'aperçoivent pas de ma présence.

— Je te dis qu'il va nous mettre dans la merde, le de Valras !

— Soixante ans après, tu rigoles ?

— Je rigole, je rigole… Pourquoi est-il revenu ? Pourquoi maintenant ?

— D'abord, il n'est pas revenu. Remarque bien qu'il n'a pas eu ce courage.

— Du courage, il n'en a jamais eu beaucoup… Mais de la ruse, ça oui ! Partir justement la nuit précédant notre descente au château.

— Oh, tu sais bien qu'il a été prévenu et par qui…

— Cela n'a jamais été prouvé. Et puis maintenant, nous ne le saurons jamais.

— Ouais, les morts emmènent leurs secrets dans la tombe. Eh bien, qu'il meure vite celui-là.

11.

Charles, le maudit

1938-1943. À BoisRedon, les tumultes qui secouaient la France me parvenaient atténués. Par la distance, par l'isolement et par ma farouche volonté à vouloir me renfermer sur moi-même. J'avais décidé d'oublier Charles et mes rêves grandioses. J'avais décidé de vivre comme ma mère avait vécu et ma grand-mère avant elle, maîtresse de maison et cheville ouvrière de la propriété. Les saisons s'écoulaient et je vivais au rythme de la nature, doucement, tranquillement, loin du tumulte de la passion. Personne ne m'aurait comprise, alors à quoi bon jouer les Don Quichotte ?

Le renoncement avait été progressif. Les premiers temps, je me partageais entre seconder le médecin du village et seconder mes parents. J'étais encore dans l'attente. Les mots de Samuel résonnaient à mes oreilles de manière cruelle : « Qu'est-ce qu'il craint ? Que ses parents lui coupent les vivres ? Mais vous êtes médecins tous les deux, il y a pire comme misère, tu ne trouves pas ? S'il t'aime vraiment, il t'épouse. » Mais six mois passèrent sans un mot de Charles. Je me disais que c'était mieux ainsi, que nous n'aurions pas été heureux... mais lorsque Samuel (encore lui, un des seuls avec qui j'entretenais une correspondance régulière) m'annonça les fiançailles de Charles avec Sophie Dumonteil, je m'effondrai. Était-ce là tout l'amour qu'il me portait ? Moi, partie, ses parents avaient eu le champ libre et apparemment peu de difficultés pour le ranger dans le clan de la raison, des intérêts et peut-être un peu de l'amour ? Après tout, il la trouvait charmante !

Alors, quand Alphonse me demanda en mariage, le soir de Noël 1938, je n'hésitai pas et à la grande joie de tous (la mienne comprise), je dis oui. Ce fut une période heureuse ; je vivais avec un homme qui me connaissait par cœur et qui m'adorait. Nous étions complices, amis et amants. J'ai le souvenir d'un grand éclat de rire, de parties de campagne insouciantes et de joies simples. Mais nous avions beau être jeunes et insouciants en cet été 1939, la réalité nous rattrapa brutalement, avec l'invasion de la Pologne et la déclaration de guerre. J'appris le même jour la mobilisation d'Alphonse et ma grossesse. Je ne sais plus très bien si je pleurai de joie ou de tristesse, toujours est-il que je pleurai beaucoup ce jour-là. Je n'eus même pas une pensée pour Charles ; que risquait-il ? Ses relations et son métier le placeraient à l'arrière du front, pas Alphonse.

Ma période sombre commença, une période de solitude et de lutte. Les hommes partirent à la guerre et il me fallut abandonner mon mi-temps de médecin pour me consacrer à la propriété, mes parents étant vieillissants. Les femmes sont endurantes dans nos montagnes et la mobilisation des hommes fut vécue avec fatalisme. Même si la guerre fut éclair, les saisons passèrent, imposant à chacune du travail dans les champs. Il nous fallut châtaigner seules, peser notre récolte, vendre le surplus et faire sécher notre réserve. Il nous fallut nous occuper seules des bêtes. Au mas, nous nous limitions à quelques chèvres, une vache, un cheval, des poules et des lapins. Mais nous n'avions pas la force des hommes et chaque tâche pesait plus sur nos membres, et nous devions compenser notre faiblesse par l'endurance. Dans ma mémoire, le plus difficile fut quand je dus aider mon père à débiter du bois. J'en pleurais d'impuissance et sans la solidarité des voisins, je crois que nous aurions eu bien froid. Et quand il nous restait du temps, nous guettions le facteur, avides de nouvelles soit par les lettres (et elles étaient rares), soit par les journaux. Je n'ai jamais été grande amatrice de presse, préférant de loin la littérature, mais à cette période, j'étais avide d'informations. Alors, j'épluchais les nouvelles, essayant de traquer les faits derrière la propagande. Ce fut une période noire car les défaites se succédaient, quoi qu'en dise le gouvernement. Je restai sans nouvelle d'Alphonse six mois durant. Six mois pendant lesquels mon ventre s'arrondit, six mois durant lesquels je vécus dans l'angoisse de mettre au monde un orphelin. Puis, il y eut cette lettre ; soulagement d'apprendre qu'il était vivant, douleur d'apprendre qu'il ne rentrerait pas avant des mois, voire des années. Alphonse était prisonnier, loin, très loin de chez nous, en Sibérie. Ma fille Isabelle naquit pendant la guerre. La joie de sa venue fut gâchée par cette angoisse ; combien de temps grandirait-elle sans son père ? Dans quelles conditions ? Il est des questions qu'il ne faut pas trop se poser, sinon on n'avance pas. Et je n'avais pas le choix, il fallait que j'avance.

Par la suite, j'ai lu beaucoup sur cette période de notre Histoire. Mais sur le moment, il me semble que je suis passée à côté. Et pourtant, je continuais ma lecture quotidienne du journal. Mais je n'arrivais pas à dépasser mon angoisse et à remettre les faits en perspective. Je ne cherchais dans la lecture de ces informations que ce qui pourrait m'indiquer une date de retour possible d'Alphonse. Le reste, je ne l'assimilais pas. Comprenez-moi bien ; pour mener à bien toutes mes tâches : élever ma fille, faire marcher la propriété, m'occuper de mes parents, je n'avais qu'une solution. Toujours la même, la seule arme que je possédais, être égoïste. Et donc, inconsciemment, je ne cherchais pas à approfondir les choses, nous étions en zone libre, nous étions dans une ferme (traduisez : nous ne manquions de rien ou presque) et Alphonse était en vie. Quelque part très loin, mais en vie. Je voyais bien les petits coqs du village s'agitouiller avec des airs importants, brassards aux bras, fusils de chasse en bandoulière. Mais ils étaient des enfants (certains avaient tout juste quinze ans) et je les regardais comme tels. Avec hauteur et suffisance, trop peut-être. Mais ils ne me semblaient pas crédibles. Je n'y pouvais rien. Pourtant, les réseaux se multipliaient à mon insu dans mes Cévennes, et des actions concrètes commençaient à être menées et à faire parler d'elles. Cela prit une autre dimension quand la zone libre fut occupée et que l'on vit pour la première fois un uniforme allemand sur la place du village. Nous passions de l'abstrait au concret. Du concept à la réalité.

L'après-midi pascal se transforme en conseil de famille élargi. Sans se concerter, sans nous contacter au préalable, la cousine Marie et les Lebrun nous ont rejoints. Comme attirés par un aimant. L'après-midi est chaude, trop chaude pour un 15 avril, aussi nous installons-nous à l'ombre fraîche du tilleul, retrouvant instinctivement nos places des veillées estivales.

Le sujet est dans toutes les têtes, mais personne n'ose l'aborder. J'observe Mme Lebrun. Elle semble sereine, comme apaisée. Son mari lui tient discrètement la main, un peu pour la rassurer, un peu pour se rassurer de la sentir toujours là à son côté, au moins physiquement. La cousine Marie est, elle, rêveuse.

Mes deux pots de colle jouent les vedettes et tant qu'ils sont là, personne et surtout pas les anciens n'aborderont LE sujet. Pour une fois, j'ai l'avantage, alors, je laisse venir. C'est maman qui prend les choses en main en envoyant Adrien et Clara à la sieste. La sieste, déjà, ils n'aiment pas beaucoup, mais que ce soit mamie qui le demande, ils n'aiment pas du tout. Où est leur mamie à eux, celle qui prend toujours leur défense même lorsqu'ils sont indéfendables, celle qui essuie leurs larmes après les plus vilains caprices ? Et papi qui ne dit rien. Mais que se passe-t-il ? Ce doit être important pour qu'on nous envoie nous coucher, donc il faut rester.

Tout y passe : le charme, les supplications, le chantage, les cris, les larmes. Rien n'y fait, tout ce qu'ils gagnent, c'est que leur père les accompagne à la sieste et ne redescende qu'eux endormis.

À peine se sont-ils éloignés que maman aborde la première la question brûlante. J'en suis étonnée, mais après tout, elle est la plus concernée de nous tous. C'est de sa mère qu'il s'agit. Indirectement d'accord. Non, indirectement dans un premier temps serait plus juste. Quel souvenir peut-elle garder de la guerre ? Aucun, en décembre 1943, elle n'avait pas encore quatre ans.

— Maintenant que nous sommes entre nous, il est grand temps que vous nous disiez ce que vous savez sur ce Charles de Valras.

La cousine Marie ouvre de grands yeux, faisant mine de ne pas comprendre. M. Lebrun élude.

Il n'y a que Mme Lebrun qui s'agite, comme habitée par un dilemme insoutenable. Tellement insoutenable qu'elle se met à en débattre à voix haute, à la stupeur de tous.

— Non, je ne l'aime pas ton Charles. Je n'y peux rien, je ne l'aime pas. Ah ! Pour être beau, il est beau. Et distingué avec ça, jamais un mot plus haut que l'autre, jamais naturel, quoi ! Tu ne vois pas qu'un homme comme lui ne peut pas être honnête ? Mais non, je ne suis pas stupide. Non, je ne suis pas jalouse, il ne manquerait plus que ça, être jalouse ! Non mais ! Pour qui tu me prends ! Mais regarde-toi, ma pauvre fille. Un beau parleur et tout repart. Et ne me dis pas que j'ai tort. Mais bien sûr que tu t'occupes bien de ta fille (encore heureux), mais bien sûr que tu aimes ton mari (il ne manquerait plus que ça, c'est un homme, un vrai, lui). Mais dès qu'il paraît, tu n'es plus la même. Ne me dis pas le contraire, je te connais mieux que tu ne te connais ! Et si tu me dis que tu dois partir, que tu as du travail, c'est que j'ai raison. Écoute-moi ! Qu'est-ce que tu peux y faire ? Mais je n'en sais rien moi, c'est toi le médecin, pas moi. Mais là tu vois, tout médecin que tu es, tu es aussi stupide que moi pour ces histoires de cœur.

Louison Lebrun s'interrompt brutalement, elle nous regarde tous en souriant, étonnée de nous découvrir tous ahuris.

— Vous en faites des têtes. C'est la chaleur ?

— Un petit verre d'eau ? propose maman.

— Oui, merci, je ne sais pas pourquoi mais j'ai la bouche sèche, comme si j'avais parlé des heures. Ah *que calor* !

— Louison, dites-moi, demande maman avec beaucoup de douceur, vous vous souvenez de Charles de Valras ?

M. Lebrun tente de s'interposer, mais Louison semble avoir retrouvé ses esprits et la mémoire de sa jeunesse.

— Pourquoi parler de Charles maintenant que ta pauvre maman n'est plus là ? Je ne peux pas te parler de Charles sans te parler de ta maman. Si elle n'a pas jugé utile d'en parler, c'est qu'il n'avait plus d'importance. Alors, à quoi bon ?

— Madame Lebrun, Charles de Valras souhaite revenir au château, précise Myriam.

— Revenir au château… Mais pour quoi faire, bon Dieu !

— Il est très malade. Il veut y finir sa vie. Il a envoyé sa fille en messager, je l'ai vue hier, reprends-je.

— Charles. Cela fait si longtemps. Si longtemps. Et il arrive quand ?

— Fernand ne veut pas en entendre parler.

— Le contraire m'aurait étonnée.

— Mais pourquoi ? insiste maman.

— Ma petite Isabelle, je crois que Louison a raison. À quoi bon remuer tout ça ? intervient la cousine Marie.

— Mais tout ça quoi, à la fin ? C'est énervant ! Pourquoi ne nous dit-on pas en quoi le nom de Charles de Valras est maudit ?

Je n'ai jamais vu maman ainsi. Myriam doit avoir eu la même pensée, car elle me lance un regard lourd.

— Oh ! Et puis crotte ! Lisette, j'en ai assez de toujours faire ton sale boulot ! Tu veux le savoir, Isabelle, tu veux vraiment le savoir ? demande Louison, très rouge.

Maman hoche simplement la tête.

— Eh bien voilà. Charles de Valras a été le grand amour de ta mère. Là, c'est dit, tu peux te retourner dans ta tombe, Lisette, c'est dit !

Un grand silence s'abat sur nous. Un silence tellement pesant que j'ai même l'impression que les oiseaux se sont arrêtés de chanter. Un silence tellement pesant que mes épaules fléchissent, ma nuque se courbe. J'ai presque honte de l'avoir deviné avant maman. J'ai plus que honte d'avoir idéalisé cet amour. J'avais occulté la souffrance de ma mère, sa souffrance de fille, de petite enfant.

— Et c'est parce qu'il était le grand amour de mamé Lisette qu'il est maudit dans le village ? C'est donc un si grand crime que cela lui a coûté jusqu'à son château, jusqu'à son pays ?

Papa a rompu le silence. Il a raison, la vraie question est-elle son histoire sentimentale ou l'autre histoire, celle qui rejoint l'Histoire avec un grand H ? Et puis sa remarque a un autre mérite, celui de sortir mamé Lisette du feu des projecteurs. Du moins, je l'espère. Je l'espère très fort car, je crois que maman ne s'en remettrait pas.

— J'étais jeune à l'époque. Et cela fait tellement longtemps… commence la cousine Marie.

— Allons ! Cela doit être suffisamment grave pour que ce monsieur ne soit toujours pas le bienvenu chez nous soixante ans après ! insiste papa.

— Bien sûr que c'était grave ! Il était accusé d'être collabo.

— Mais Marie, vous dites « était accusé ». Il était ou il n'était pas collabo ?

— Mais ce sont des choses difficiles à prouver, voyons…

Papa la regarde droit dans les yeux, de ce regard qui nous faisait toujours baisser les yeux à Myriam et à moi, quand nous étions enfants. Apparemment, il fait le même effet à Marie. Elle rougit et bégaye :

— Les gens du village le disaient. Mais Lisette disait le contraire. Alors, moi…

— Mais bien sûr que Lisette disait le contraire. Il aurait été pris en flagrant délit qu'elle lui aurait encore trouvé des excuses. Tu le sais bien, ma pauvre Marie ! réagit Louison.

— Il a quand même hébergé des Allemands ! intervient M. Lebrun, soudain rajeuni par cette histoire.

— Sa fille nous l'a dit hier, dis-je.

— Et elle vous a dit aussi qu'il était le médecin personnel du commandant ? Ce n'est pas une preuve suffisante, ça ?

Je comprends mieux la remarque de Mme Grant : *Mon père était médecin avant tout.* Est-ce sa manière de plaider la cause de son père ; la déontologie d'un médecin est de soigner comme celle d'un avocat de défendre son client et cela quel qu'il soit. Est-ce là tout son crime ?

— Vous l'avez donc connu, monsieur Lebrun ?

— Connu, c'est un bien grand mot. Je l'ai côtoyé, voilà. Mais il ne faisait pas partie de mes fréquentations, si vous voulez tout savoir.

— Mais s'il était si peu recommandable, comment se fait-il que mamé Lisette soit tombée amoureuse de lui ? Elle était sensée, il me semble... ne puis-je m'empêcher de demander.

— Oh ! Ma petite, leur amour ne datait pas de la guerre, non, non, dit Louison. Il était bien plus vieux que ça. Je crois même qu'il a commencé dès qu'ils se sont rencontrés. Ils étaient jeunes à l'époque. Au début, ils ne savaient même pas qu'ils s'aimaient. Ils se chamaillaient en permanence, mais ils ne pouvaient pas passer une journée sans se voir. Et puis, Lise et Charles ont commencé leur médecine. Ils avaient grandi. Les études les ont rapprochés, beaucoup. À Paris, loin des siens, Lise a cru que tout était possible. Même de vivre cet amour-là.

— Mais s'ils s'aimaient autant, pourquoi ne se sont-ils pas mariés ?

— M. et Mme de Valras s'y sont opposés. Comme de bien entendu...

— Ils auraient pu insister...

— Tu sais, à l'époque, on ne se rebellait pas aussi facilement. On avait le respect des anciens, à tort ou à raison. Mais c'était comme ça. Et même si je n'aimais pas Charles, je ne peux lui enlever ça.

— Mais mon père... dit simplement maman, la voix blanche.

— Ne t'inquiète pas, ma petite Isabelle, le mariage de tes parents n'était pas un mariage arrangé.

— Je ne comprends pas alors…

— Alphonse était au courant de tout. De vraiment tout. Ton père et ta mère ont grandi ensemble. Il a été son meilleur ami avant de devenir son mari. Elle l'a aimé… aussi…

— J'ai l'impression de ne pas avoir connu ma mère. Je ne peux imaginer maman avec un autre que papa. C'est impossible…

Je comprends sa réaction. À une époque où les divorces sont la norme et où l'on ne parle que de familles recomposées, notre famille est un des rares bastions où génération après génération les couples restent unis… jusqu'à la mort comme on dit. Et une mère est une mère avant d'être une femme. Or, là, maman découvre que sa mère a été une femme. Une femme vibrante, passionnée, qui existait en dehors d'elle, en dehors du cercle familial. C'est presque un crime de lèse-majesté !

— Oh ! Ces enfants ! J'aurais mieux fait de me taire, tiens ! Ta mère reste ta mère. Ce que je viens de dire ne change rien ! Que les enfants sont donc égoïstes !

Je n'ose regarder ma mère dans les yeux. J'ai trop peur d'en voir émerger des larmes. Et ça, je ne pourrais le supporter. Je sens que tous ses muscles se tendent, que les traits de son visage, toujours si serein d'habitude, ne sont que contractures. Ses certitudes s'écroulent et elle qui a tant le pied montagnard se découvre marcher sur des sables mouvants.

12.

L'occupation gagne BoisRedon

C'est vrai, ma Louison, les enfants sont égoïstes. Je ne peux pas le leur reprocher, puisque je suis la première à reconnaître que l'égoïsme est ma forteresse. Ce qui déroute mon Isabelle, c'est qu'elle ne me savait pas égoïste. Il y a plusieurs formes d'égoïsme, la plus courante est celle qui touche au matériel. Tout pour moi, comme un éternel enfant gâté, un enfant gâché. J'avais l'égoïsme plus subtil, plus sournois aussi. Je ne cherchais pas à gagner les choses (le matériel m'importait peu en définitive), mais à gagner les êtres, et c'est là le pire. Mes parents, Alphonse, Charles, Isabelle... tous ceux qui m'étaient chers devaient m'appartenir exclusivement, entièrement. La vie était ma principale adversaire, mais j'ai toujours manœuvré face aux vicissitudes pour reprendre l'avantage et être au centre, toujours. Oh ! Mes manœuvres étaient suffisamment fines pour être prises pour de l'altruisme ; la bonne fille qui s'occupait de la propriété aux côtés de ses parents (où était le sacrifice, cette propriété était mon oxygène après mon métier de médecin), la femme dévouée qui attend son mari, l'inonde de lettres et de colis pour alléger sa captivité (en vérité, je paniquais à l'idée d'être seule ; je me raccrochais à Alphonse comme la seule constance dans ma vie, malmenée par la tourmente de la guerre), la bonne mère si dévouée à sa fille (dans l'amour maternel, aussi, il y a beaucoup d'égoïsme ; l'amour d'un enfant est acquis pour la vie, il amène de la sécurité, mais aussi de l'inquiétude dans votre vie). Alors, oui, pour tous, j'ai été bonne épouse et bonne mère. Mais au final, je n'ai eu que ce que je souhaitais, une vie sereine et équilibrée, entourée de personnes qui m'étaient acquises.

Mais pour arriver à une vie sereine, il m'a fallu livrer des combats et d'abord contre moi-même. Personne n'est uniforme, lisse. Il fallait que je canalise mon énergie négative, que j'enfouisse au plus profond de moi ma part d'ombre ou mon trop-plein de flammes. Cela dépend de quel côté on se place.

L'Occupation, la séparation d'avec Alphonse, j'aurais pu la vivre plutôt bien si Charles n'était pas revenu. Bien sûr, je m'y attendais ! Bien sûr, c'était son droit de réinvestir le château, droit d'autant plus légitime que nous étions jusqu'à présent plus épargnés qu'à Paris.

Il y a d'abord eu la rumeur, un murmure puis un tumulte assourdissant. Les de Valras sont de retour. J'aurais dû aller les saluer, cela aurait été juste au regard de tout ce qu'ils avaient officiellement fait pour moi. Cela aurait sauvé les apparences et dans les campagnes comme dans la bourgeoisie, les apparences importent beaucoup. Mais les apparences ne m'ont personnellement jamais préoccupée. J'aurais peut-être dû. Je n'ai pas pu, voilà la vérité. Je m'imaginais déjà face à Mme de Valras : « Ah ! Ma petite Lise ! Que ça me fait plaisir de vous voir ! J'ai appris que vous étiez mariée et que vous aviez une charmante petite fille. Reconnaissez avec moi que Charles et vous... Enfin, oublions ces gamineries... maintenant que tout le monde a retrouvé ses esprits ! Et pour le plus grand bonheur de tous, n'est-ce pas ? » Non, ces paroles sonnaient avec trop de vérité à mes oreilles. Elles étaient plus réelles qu'un souvenir. Je savais qu'elle dirait cela, ou si les mots n'étaient pas prononcés, le regard suffirait et je ne le supporterais pas. Alors, non, je n'y allai pas. Je préférais passer pour ingrate, indifférente, tout ce que vous voulez, je préférais alimenter les commérages, mais je restais bien calfeutrée dans mon mas. Quel risque avais-je de les croiser ? Ils ne faisaient pas leurs courses eux-mêmes (à moins qu'ils aient beaucoup changé), ils avaient leur médecin attitré et je n'avais aucune raison de me présenter au château.

En novembre 1942, la zone libre ne fut bientôt plus zone libre et en même temps que les Allemands investissaient à la fois le village et le château, Charles réapparut. La rumeur, là encore, insistante, assourdissante, m'emplissant complètement, ravivant mes blessures, secouant ma torpeur. Je n'ai jamais su qui des Allemands ou de Charles était arrivé le premier. J'avoue que sur le moment, cela m'importait peu.

Néanmoins, lorsque je vis le premier uniforme allemand, le premier camion militaire sur la place du village, j'eus un électrochoc. C'était dimanche, jour de marché, matinée habituellement conviviale. On échangeait des nouvelles des uns et des autres, on partageait les difficultés, on organisait le travail tout autant que les soirées. Le marché alimentaire passait en second. Or, ce dimanche-là, la préoccupation de chacun était uniquement (et pour tous) le marché. Je ne sais pas si j'exprime le sentiment de tous, mais ce matin-là, je me suis sentie souillée, au plus profond de mon être, au plus profond de ma terre. Et pourtant, il ne s'était encore rien passé. Les soldats allemands observaient, silencieux mais attentifs, mitraillettes en bandoulière. Les officiers s'affairaient sur la place avec un naturel insolent. Je serrai la main de ma petite fille, très fort, comme pour me réchauffer à la chaleur de son amour tant je sentais un grand froid m'envahir. Une vague déferlante de culpabilité s'abattit sur moi, fracassant sur son passage ma barrière d'égoïsme ; m'étais-je vraiment perdue pendant toutes ces années ? Moi, qui avais voulu m'en sortir à force d'obstination et d'éducation, moi, qui me targuais d'être volontaire et intelligente, moi que tout le village estimait parce que j'avais réussi ma médecine, moi, donc, dont le métier était autant d'écouter les autres que de les soigner, moi, je n'avais rien vu. Ce dimanche-là, je fis mes courses, machinalement, comme un robot, je n'avais qu'une hâte, fuir, fuir et retrouver mon mas, mes montagnes et leur paysage inchangé, rassurant. Mais mes pieds pesaient des tonnes, mon esprit résistait à l'appel de mon cœur, car je savais que ce n'est pas dans cette fuite que viendrait la délivrance. Dans quoi, je ne savais pas bien, mes idées s'embrouillaient et je me sentais impuissante, rageant d'être une faible femme. Je serrai les dents et pris tout mon temps pour remonter du village au mas. Tout mon temps pour observer l'étendue des dégâts...

Le village s'étirait paresseusement le long du cours d'eau, source de vie et de mort tout autant, comme lors des crues centenaires. La place du village était située sur la partie haute du village, celle qui dominait le plus la vallée, traversée de part en part par la « route du haut ». Cette topographie, je la connaissais par cœur. Mais aujourd'hui, je la regardais autrement (ou du moins tentais-je de le faire), avec les yeux du nouvel arrivant. Les Allemands étaient groupés sur les points hauts du village ; la mairie, le cimetière et le stade. Et ils avaient élu domicile au plus haut de ces points, le château. En dehors d'être la demeure la plus vaste et la plus riche du village, avec ses murs immenses, ses salles richement décorées et ses nombreuses dépendances, elle avait surtout l'avantage d'offrir une vue panoramique sur toute la vallée. Les châtelains d'autrefois n'étaient pas différents des militaires d'aujourd'hui ; ils étaient stratèges. Cette considération ne me rassura guère, car nos mas isolés offraient eux aussi l'avantage de dominer la vallée, et même si c'était partiel, il y avait fort à parier que les Allemands s'en apercevraient bien vite. Je me sentis prise à la gorge, perdant toute maîtrise sur les événements. Et Alphonse qui n'était pas là. Je songeais au docteur Benoît, mon maître en ces lieux reculés. En dehors de sa médecine à Montpellier, il n'avait jamais quitté sa vallée et connaissait toutes les générations de ses patients. Il m'apportait la sagesse et l'expérience, je lui apportais l'enthousiasme et les nouvelles techniques. Mais depuis la naissance d'Isabelle, je passais moins de temps auprès de lui. Il s'en plaignait gentiment mais ne me faisait aucun reproche. Les reproches, c'est moi qui me les faisais aujourd'hui.

Comment allait-il faire face, seul, s'il y avait un affrontement et son lot de blessés et de morts ? Avais-je le droit d'abandonner mon métier alors qu'il pouvait être utile ?

Je me promis d'aller le voir et j'étais en train de prendre cette bonne résolution, pendant qu'Isabelle babillait à qui mieux mieux à côté de moi, quand je découvris Charles.

Abrité sous un gros châtaignier, à l'embranchement de mon raccourci, il était assis et attendait. Il m'attendait. Aucune équivoque possible. Il connaissait toutes mes habitudes dans mes montagnes, soit pour m'y avoir suivie, soit parce que je lui en parlais, là-haut dans ma chambre de bonne, quand le manque de mes Cévennes se faisait plus cruel. Il n'eut pas un geste en me voyant arriver, pas un signe de la main, pas un sourire. Il me fixait, c'était tout. Le soleil faisait danser des reflets changeants sur ses cheveux gominés et mettait en lumière une tenue de campagne impeccable ; chemise blanche et pantalon de toile. L'effet de surprise ne fut que pour moi. Quatre années auraient dû faire leur travail. Je le pensais, je le pensais vraiment. Mais ce dimanche était particulier et je ne savais plus si mes certitudes d'hier seraient celles de demain. Je ralentis ma marche. Je me revois encore avancer vers lui comme dans un film au ralenti, la gorge serrée. J'étais sourde à tout, même aux questions d'Isabelle (c'est qui ce monsieur ?), ou plutôt je n'entendais que les battements de mon cœur, de plus en plus assourdissants, de plus en plus frénétiques pour devenir incontrôlables.

Charles se leva simplement quand je fus proche de lui. Ses effluves m'envahirent et avec eux une vague de souvenirs qui me firent monter les larmes aux yeux. Il ne disait toujours rien et moi, j'étais incapable d'émettre le moindre son. Nous nous regardions, nous nous noyions dans la contemplation de l'autre, cette redécouverte, cette appropriation même muette d'une intimité retrouvée.

Isabelle tira sur ma manche un peu plus fort et répéta (pour la combientième fois ?) :

— Maman, c'est qui, ce monsieur ?

Charles s'agenouilla face à elle et lui sourit.

— Je suis un ami de ta maman. Je m'appelle Charles. Et toi ?

— Isabelle. Tu es un papa ?

— Non.

— Ah ? Pourquoi, tu n'es pas marié ?

— Non, je ne suis pas marié...

— Mais tu es vieux pourtant !

— Tu me trouves donc si vieux ?

Isabelle me regarda, inquiète d'avoir dit une grosse bêtise. Mais je ne fis que la serrer un peu plus fort contre moi, ne sachant comment la remercier d'avoir avec son innocence d'enfant posé toutes les questions que je n'aurais pas osé poser. Ou du moins pas directement, ou pas si vite.

Peut-être Charles fut-il aussi soulagé des questions d'Isabelle, toujours est-il que quand il se releva, il était souriant et avait retrouvé toute son assurance.

— Tu ne m'embrasses pas ?

Il me planta trois baisers sur les joues qui me donnèrent encore plus envie de pleurer. Des baisers amicaux, trois comme le veut la coutume. Nos baisers n'avaient pas ce goût-là. Son regard plongea dans le mien avec une ironie provocatrice que je ne connaissais que trop et que je craignais par-dessus tout. Il n'avait pas tort, il était même en mesure de me faire des reproches ; j'étais mariée, lui non. Mais est-ce à dire qu'il ne s'était pas marié à cause de moi ? Rien n'était moins sûr.

— Tu es encore plus belle... N'est-ce pas qu'elle est belle, ta maman ?

— C'est la plus belle des mamans du monde !

Et ce disant, Isabelle s'éloigna à la suite d'un papillon bleu qui la fascinait, nous laissant face à face.

— Je le pense vraiment...

— Quoi donc ?

— Que tu es encore plus belle...

— Le charme champêtre après les difficultés de la vie parisienne...

— Lise... et ce faisant il me prit la main.

— Quatre ans...

— Lise... et ce disant il me prit la taille.

Je me sentis faible contre lui. Je sentais son souffle dans mon cou, ses muscles contre ma poitrine, la pression de son bras autour de ma taille. Je m'accrochai à la vision de ma fille pour ne pas céder et me dégageai.

— Tu sais, j'ai épousé Alphonse.

— J'ai su.

— Samuel m'a parlé de tes fiançailles avec la fille Dumonteil ?

— Ah ! Tu l'as su ? Mais tu n'as pas su la suite, apparemment. Le brave Samuel s'en est bien gardé !

— Tu la trouvais charmante, si je me souviens bien.

— Mais, si tu te souviens bien, ce n'est pas elle que je voulais épouser.

— Charles, non !

— Pourquoi non ? C'est toi qui m'as appris à dire les choses. Vas-tu me le reprocher aujourd'hui ?

— S'il te plaît. Tant de choses ont changé...

— Le crois-tu vraiment ?

— Tu as vu la place du village, ce matin.

— Je crois être bien placé pour avoir noté ce changement, oui. Inutile de faire celle qui n'a pas compris. Regarde-moi dans les yeux et dis-moi que c'est Alphonse que tu aimes.

— Il faut que j'y aille.

— Lise, je suis là maintenant. Je serai toujours là pour toi. Tu le sais.

— Je suis en retard. Isabelle a faim...

Je détournai mon regard, préférant fuir aussi vite que les petites jambes d'Isabelle me permettaient d'avancer.

Ce jour-là, ma forteresse s'est effondrée. J'ai été rattrapée par la réalité ; la réalité de la guerre qui marquait au fer rouge notre quotidien, la réalité de mon amour pour Charles, amour que je pensais avoir enfoui derrière le trop-plein d'activité.

13.

Une affaire de famille… recomposée

Le Relais de Stevenson n'est pas franchement le lieu qui prête aux confidences. C'est plutôt une charmante auberge, installée dans un ancien mas, tout en pierre et poutres apparentes. Une auberge accueillante où trône une immense cheminée, une cheminée typiquement cévenole qui occupe tout le mur du fond de ce qui a été la pièce centrale du mas et de ce qui est maintenant la salle principale. Un décor à n'en pas douter suffisamment exotique pour plaire aux touristes, et surtout aux touristes américains. Car en ce lundi de Pâques, je me retrouve devant M. et Mme Grant, entourée de maman et Myriam. Maman n'a pas dormi de la nuit après la tirade de Louison et comme à chaque fois, elle s'est levée très résolue. Elle veut en savoir plus, autant aller à la source. Et nous voilà, avouons tout de suite que je me sens un peu bête, d'autant que la conversation tarde à s'engager une fois les présentations faites.

J'ai tout loisir pour observer Mme Grant. C'est une femme très fine de traits, racée, d'une élégance très sûre et très discrète, très loin des clichés que l'on peut avoir des Américains (son ascendance française ?). Elle a une cinquantaine d'années, guère plus, et je calcule que Charles de Valras a dû être père autour de la quarantaine. C'est assez vieux, surtout pour l'époque. Son mari est un homme au regard franc, direct, honnête. Un de ces hommes qui inspire immédiatement confiance et sympathie. Il n'a pas la même élégance que sa femme, il est plutôt du genre *gentleman farmer*, mais gentleman tout de même.

Maman n'est pas à l'aise ; elle se tait, signe de grande perturbation. Car si elle a hérité de la ténacité de sa mère, elle a également hérité du côté introverti de son père. Et quand elle a décidé de ne rien dire, elle ne dit rien. Son côté enfant butée. Me voilà bien avancée.

Myriam a l'air de bien s'amuser, elle. Elle offre aux regards un visage détendu et mutin. Elle ne cherche même pas à cacher sa curiosité, cela me gêne, même si cela ne semble pas gêner les Américains outre mesure.

— M. le maire a-t-il réfléchi ? me demande Mme Grant.

— Je ne sais pas. En fait, nous venons pour un autre sujet…

— Un autre sujet ?

— Enfin, cela concerne toujours votre papa. Mais c'est un peu délicat, voyez-vous…

— Quelles vilaines choses vous a-t-on encore racontées sur mon pauvre *daddy* ?

— Eh bien, voilà, votre papa vous a-t-il jamais parlé d'une dénommée Lise ou Lisette ?

Les yeux de Mme Grant se plissent, elle nous scrute intensément et prend tout son temps pour répondre.

— Avez-vous un lien de parenté avec Lise ?

— C'est, c'était ma mère ! s'écrie maman, la voix lourde de colère rentrée.

À ces mots, Mme Grant se tourne vers elle, lui prend les mains avec chaleur en s'exclamant :

— Si vous saviez combien de fois j'ai entendu parler de votre maman !

— À ce point…

— Bien sûr ! Si je peux vous rassurer sur un point, c'est que papa a toujours aimé votre maman et qu'il l'aime toujours.

Cela ne rassure pas maman, il n'y a qu'à voir son visage se décomposer pour comprendre. Et sans être grand psychologue, tout un chacun perçoit que ce n'est pas ce genre de réponse que souhaitait maman. Or Mme Grant est très fine.

— Je vous ai choquée ? Pardonnez-moi, ce n'était pas mon intention…

— Non, non… Tout est nouveau pour moi depuis quelques heures… Vous semblez bien connaître ma mère alors que moi, je découvre l'existence de votre père. Alors, je ne sais pas trop qu'en penser…

— Et cela vous dérange ?

— Je ne sais pas… Peut-être un peu.

— J'apprécie votre franchise. Alors, je vais vous faire une confidence. Pendant longtemps, j'ai été jalouse de votre maman. Elle était trop idéale et moi, trop humaine. Je ne pouvais lutter. Je la détestais parce que je pensais qu'elle nous enlevait à maman et à moi le plus bel amour que papa aurait pu nous donner. Et puis, j'ai grandi. Je suis devenue femme à mon tour, mère. Et j'ai compris que cet amour, loin de nous enlever papa, nous le rendait meilleur. Alors, j'ai été en paix, avec moi-même et avec Lise, si vous le permettez.

— Mais votre mère ?

— Ma mère était au courant de tout. Elle savait qu'elle épousait un homme avec un passé. Elle savait que la première place en son cœur serait pour Lise. Mais elle avait eu l'intelligence de comprendre que le cœur de mon père était suffisamment grand pour qu'elle y trouve sa place et moi la mienne. Et elle a eu raison.

— Mais que dit-elle de sa démarche ?

— Cette démarche n'aurait jamais eu lieu si elle était encore en vie. Il la respectait trop pour lui infliger ce chagrin. Cela fait maintenant cinq ans qu'elle nous a quittés.

— Je suis désolée.

— Oh ! Ce fut une délivrance. Tout comme pour votre maman.

— Mais comment ?

— Mon père a appris le décès de votre maman. Et je vais vous faire une confidence. Il a sauté dans le premier avion pour être avec vous pour l'accompagner à sa dernière demeure.

— Il était à l'enterrement…

— Oui. Et depuis, il n'a de cesse que de vouloir finir ses jours en France, près de Lise.

— C'est une plaisanterie ? Ce n'est pas là le vrai motif ?

— Vous trouvez sa requête extravagante, vous aussi ?

— Revenir dans son pays natal, je peux le comprendre. Mais affirmer qu'on veut y revenir pour retrouver une femme aimée, morte maintenant, j'ai plus de mal.

— Parce que c'est votre mère ?

— Non, enfin, peut-être. Je pense que si cette histoire était si importante pour elle, elle m'en aurait parlé.

— En êtes-vous bien sûre ? Je vais vous avouer encore une chose. Si votre maman n'était pas partie la première, papa n'aurait pas formulé cette requête.

— Je ne comprends pas. Il n'aurait pas eu envie de la revoir ?

— Oh ! Bien sûr qu'il en avait envie. Mais comme je l'ai dit, papa a été injustement accusé, sali. Il n'y a pas perdu la vie, mais ses biens et son pays. Or, pour que son retour soit accepté, il va falloir qu'il s'explique. Et il ne peut s'expliquer sans impliquer d'autres personnes. Et en premier lieu votre mère.

— Vous insinuez que ma mère, elle aussi, a trempé dans de sales affaires ?

— Ai-je dit ça ?

— Maman, je crois que Mme Grant veut dire que son père voulait protéger mamé, intervient Myriam.

— Mais la protéger de quoi ?

— Quand j'ai vu la réaction du maire au seul nom de mon père, j'ai compris que le passé n'était pas mort et que les vieilles histoires peuvent causer bien des dégâts.

— Mais enfin, soyez plus explicite !

— Est-ce à moi de l'être ? Quel crédit allez-vous apporter à mes propos ? Si je vous dis que mon père a fait son devoir de médecin, est-ce que cela vous suffira ? Non, n'est-ce pas ? Et pourtant, tout se résume à ça. Une seule personne l'a compris, Lise. Parce qu'elle était médecin, elle aussi et parce qu'elle l'aimait, peut-être aussi. Mais pour tous les autres, mon père était à la solde des Allemands. Le reste n'est que détails.

— Il y a des détails qui ont leur importance, pourtant…

— Pour que je réussisse à vous convaincre, il me faudrait des preuves. Je n'en ai aucune, malheureusement.

— Parlons des faits, justement. Si ma mère était son grand amour, il me semble qu'il a facilement abandonné.

— C'est effectivement l'impression que cela donne. Il m'a fallu beaucoup de temps, de détails récoltés au fil de ses brèves confidences pour comprendre. Mon père était très discret sur sa vie.

— Moins que ma mère, on dirait.

— Différemment, je suppose. S'il n'a rien caché de ses sentiments, il m'a fallu mettre bout à bout les bribes de leur histoire. Il avait beaucoup de mal à en parler. J'ai mis du temps à comprendre que sa mère lui avait clairement dit qu'elle ruinerait la réputation de Lise, jusque dans son métier de médecin, s'il s'obstinait à vouloir l'épouser, même s'il lui fallait souiller la réputation de sa belle-fille. Il savait sa mère parfaitement capable d'une telle bassesse. Et cela, il n'a pas voulu l'imposer à Lise. Simplement, il ne le lui a pas dit. Et il a endossé le mauvais rôle, celui de l'enfant gâté et obéissant. Quand il s'est senti capable de le lui expliquer, quand il a réussi à prendre suffisamment de distance avec ses parents, il a retrouvé Lise mariée, avec une adorable petite fille.

— Fin de l'histoire, dit maman.

— Fin de la première partie, dirais-je.

— Parce qu'il y a une deuxième partie ? s'étrangle maman, prête à étouffer.

— Mais cette partie est intimement liée à l'Occupation et j'ai beaucoup plus de mal à en parler. Il est encore plus discret sur cette période de sa vie. Tout ce que je peux dire, c'est qu'elle lui a sauvé la vie.

Les propos volés sur la place du marché me reviennent en mémoire : *Tu sais qu'il a été prévenu et par qui...* Mamé Lisette l'a aidé à fuir. S'est-elle contentée de cela ? Qu'allons-nous découvrir ?

J'ai toujours considéré les Cévennes, résumées pour moi en un seul mot : BoisRedon, comme immuables. Chaque fois que j'y reviens, j'éprouve un sentiment de sécurité ; chaque chose est restée à sa place, chose inouïe dans un monde en perpétuel changement. C'est du moins ce que je voulais en voir. Car rien n'arrête le cours du temps, pas plus sous les châtaigniers que sous les néons de la ville. Les vies passent, ponctuées de bonheurs et de malheurs et une génération succède à une autre. La forêt qui abrite mes promenades semble pourtant la même que celle qu'arpentait mamé Lisette, et pourtant, à bien y regarder de près, elle aussi a changé. Je sais dire quels arbres étaient là quand j'étais enfant, quel sentier était encore praticable quand je gardais les chèvres, petite, quel pré était auparavant un jardin. Oui, si je suis honnête, je sais que mes montagnes aussi sont en perpétuel changement. Même si c'est à un rythme plus lent que la frénésie des villes.

Maintenant, il faut que je me fasse à l'idée que l'image que j'avais de ma grand-mère va aussi changer.

Mme Grant, très pragmatique comme le sont (je le suppose) les Américains, ne me laisse pas le temps de m'appesantir sur mes états d'âme.

— Que comptez-vous faire pour la requête de mon père ?

Mme Grant est revenue au sujet qui l'obsède.

— Il faut que nous discutions avec Fernand, le maire. Et peut-être les anciens. Je ne suis pas sûre que notre génération ait la clé de toute cette histoire.

— Vous acceptez donc d'en parler ?

— Bien sûr.

— Puis-je vous demander si votre papa a une adresse mail ?

C'est Myriam qui a parlé et nous la regardons, maman et moi, avec effarement. Un mail ! Il était temps qu'elle sorte de sa vie parisienne ! Comment peut-elle imaginer qu'un vieillard puisse être familier avec ces nouvelles technologies !

Mais Mme Grant ne réagit pas exactement comme nous.

— C'est une très bonne idée. Je suis sûre que papa se fera une joie de répondre à vos questions. Et avec la webcam, si vous voulez aussi, ce sera un peu comme s'il était à côté de vous. Je vous donne ça tout de suite. C'est vraiment une très bonne idée.

Myriam prend l'adresse avec un grand sourire et se tourne vers moi avec un air de triomphe. Les choses vont trop vite pour moi. Et je ne parle même pas de maman. Cet après-midi, c'est sûr, elle a une migraine !

Nous prenons congé, laissant une Mme Grant très confiante et très enthousiaste. Je ne pense pas qu'on puisse en dire autant de maman. Le trajet de retour est silencieux.

14.

Les deux visages de Charles

La semaine suivant ma rencontre avec Charles, Louison a débarqué au mas, sous prétexte (mais avait-elle besoin de prétextes ?) de m'emprunter de la layette pour le bébé annoncé pour le mois suivant. Elle avait eu plus de chance que moi, son mari était revenu de la guerre et il avait repris sa place à la mine. Chance, tout était relatif, les conditions ne s'étaient pas améliorées. Maintenant, l'extraction du charbon se faisait sous contrôle allemand, en grande partie au profit des Allemands. La famille de Valras avait toujours été attentivement observée. À présent, le moindre de ses gestes était commenté. La collaboration et la bonne entente apparente de M. de Valras avec les officiers allemands ne firent qu'amplifier ce phénomène et les commérages devinrent vite critiques, puis agressifs. Or Louison se targuait d'être ma meilleure amie et s'était attribué la mission de me protéger, fût-ce de moi-même.

— Tu viens avec moi, j'ai quelque chose à te montrer.

Quand Louison prenait ce ton, inutile de discuter.

— Tu viens à peine d'arriver, repose-toi. Pense à ton bébé. Qu'y a-t-il de si urgent ?

— Je veux que tu le voies pour juger par toi-même. Sinon, tu vas me traiter de commère !

— C'est à propos de Charles ?

— À propos de qui donc veux-tu que ce soit ? Je vois bien que rien n'est fini. Et je puis t'assurer que cela me rend malade ! Tu entends, malade ! Et je ne dis pas le quart de ce que je sais à mon Gérard, car je crois qu'il t'étriperait ! Avec tout ce qu'il est obligé de subir à la mine...

— Charles ne se comporte pas comme ses parents...

— Voilà ! Voilà ! Quand je te dis qu'il faut que tu viennes, c'est maintenant, tout de suite ! Je veux que tu te réveilles, que tu cesses de le voir à travers je ne sais quel miroir déformé !

Ce disant, Louison se leva et commença à emprunter le raccourci qui menait au château. Je me taisais, partagée entre mon agacement envers Louison et une appréhension grandissante. C'est donc en silence que nous atteignîmes un rocher au sommet duquel nous pouvions apercevoir sans nous faire voir le château, ou plus exactement le parc du château. Un vrai parc à la française, aux lignes épurées, avec des essences rares, choyées comme des enfants, dans une immense serre, chauffée en hiver – luxe suprême. Cette vision magnifique est un peu décalée dans nos paysages sauvages, où l'homme doit lutter saison après saison pour domestiquer la nature. Le plaisir des yeux de contempler la magnificence de la nature domestiquée et sublimée fut immédiatement et brutalement gâchée par le va-et-vient de soldats allemands entre le château (siège des officiers) et les dépendances où étaient cantonnés les soldats. Ce fut comme un coup de poignard dans le ventre, un sentiment puissant de viol... Les voitures blindées, les motos, les camions stationnaient sur ce qui avait été un gazon anglais. Les bordures fleuries étaient maintenant clairsemées et la serre n'abritait plus des essences rares, mais les stocks de l'armée allemande. La nausée me monta aux lèvres.

— Bon, je suis venue. Les Allemands occupent le château. Grande nouveauté ! dis-je en essayant de garder le contrôle.

— Veux-tu te taire ! Attends, mais attends en silence !

Je sentais l'angoisse monter en moi. Je le savais, Louison ne m'amenait pas ici pour me montrer les dégâts de l'armée allemande sur le château et son parc. Elle me préparait une crasse sur Charles. Lui qu'elle avait toujours détesté. Je l'imaginais en compagnie d'autres femmes, riant à gorge déployée, serrant leur taille sans vergogne après les grandes déclarations d'amour qu'il m'avait faites. Je l'imaginais gâchant son talent de médecin en soirées futiles et autres occupations mondaines. Je l'imaginais tel que les autres le voyaient, dandy brillant mais superficiel. Mais je n'étais pas prête à imaginer ce que je découvris. Pourtant, après mûres réflexions et énièmes passages au ralenti de la scène, il n'y avait vraiment rien de répréhensible en soi dans ce que je découvris. Sauf que d'un côté, il y avait un Allemand et de l'autre un Français. Et que nous étions en temps de guerre. Un détail.

Deux hommes sortaient du château. L'un tenait l'autre par le bras avec une attitude compatissante, paternaliste. Les pas du premier étaient hésitants et l'on sentait bien qu'il avait besoin de ce bras pour s'appuyer. Je dégageai la branche qui me gênait, au risque de me découvrir, afin de mieux suivre la scène. Louison ne disait rien, mais je sentais son regard sur moi, victorieux. J'étouffai un cri en découvrant l'identité des deux hommes : Charles et le commandant allemand. Pétrifiée et subjuguée de manière presque malsaine, je ne bougeai plus et suivis le reste de la scène. Charles qui aidait un commandant allemand à s'installer sur une chaise longue, face à la forêt, pour profiter du soleil de ce début d'après-midi. Charles qui faisait la conversation avec cet officier et qui semblait y prendre plaisir, puisque tous les deux riaient. Un autre officier s'approcha, salua Charles avec respect (et peut-être amitié) et prit ses ordres auprès du commandant. Autrement dit, les Allemands se comportaient librement devant Charles, aussi librement que s'il était l'un des leurs. Je me sentis encore plus nauséeuse, mais pour rien au monde je n'aurais voulu l'avouer à Louison. Il devait y avoir une explication, il ne pouvait en être autrement. Charles pouvait avoir changé, s'être laissé attirer par les mondanités, mais pas par ça, pas au point d'oublier toute morale. Ce n'était pas possible ! Ce n'était pas lui ! Je n'avais pas pu me tromper à ce point sur lui. Ce n'était pas possible ! Louison m'avait vue pâlir.

— Maintenant, tu as vu... chuchota-t-elle.

Qu'avais-je vu ? Un homme qui servait à boire à son hôte ? Car si on oubliait les uniformes, ce n'était que de ça dont il était question. Mille questions s'agitaient en moi, mais je ne voulais les partager avec personne. Je ne voulais pas, je ne pouvais pas l'accuser sur un moment volé. C'était faire insulte à tout ce qui nous avait liés, tout ce qui nous liait encore.

— J'ai vu... Il n'est pas maltraité...

— Tu te moques de moi ?

— Qu'ai-je vu ? Deux hommes bien élevés qui discutent...

Louison se leva et s'éloigna du rocher pour laisser éclater sa colère loin des oreilles indiscrètes. J'avais peut-être poussé le bouchon un peu loin, mais je ne reconnaîtrais jamais que Charles puisse avoir tort. Et moi avec ! Surtout pas devant Louison.

— Deux hommes bien élevés qui discutent ! C'est tout ! Moi, je vois un Français qui fricote à la vue de tous avec l'occupant ! Voilà, ce que je vois !

— Qu'est-ce que tu veux voir ? Charles avec un pistolet à la main, menaçant le commandant au milieu de toute sa garnison ? Un patriote qui n'aurait pas plus de jugeote que ça ?

Louison était effarée ; elle ouvrit et ferma la bouche, sans émettre le moindre son, tant la colère l'étouffait. Je n'osais la regarder en face, j'étais allée trop loin. Je savais qu'elle avait raison, mais cela me faisait trop mal.

— Et tu crois qu'Alphonse est traité comme cela en Allemagne ? dit-elle en reprenant ses esprits.

L'attaque était déloyale et pourtant juste. J'encaissai le coup en pensant à la dernière lettre de mon mari, qui se plaignait de l'humidité du lieu et du manque d'isolation de leur baraquement. Il me demandait de lui tricoter des gants et des chaussettes en laine, des chaussettes qui montent bien haut. Les chaussettes étaient prêtes, il ne me manquait que les gants à rajouter. Ils seraient finis ce soir, c'était promis, même si je devais y passer la nuit.

Je baissai enfin la garde et le menton en déclarant d'une petite voix :

— Il doit y avoir une explication...

— Eh bien, je serais curieuse de savoir quel bobard il va te faire gober, cette fois-ci !

— Mais qu'est-ce qu'il t'a fait ?

— À moi, personnellement rien. Réfléchis plutôt à ce qu'il t'a fait à toi. Allez, laissons ce triste sire à sa joyeuse compagnie et rentrons. Je suis fatiguée.

— Tu en fais trop. Ce n'est pas bon pour le bébé. Si cela continue, je vais être obligée de t'aliter.

— Oui, docteur.

Cette nuit-là, je ne dormis pas. Je ne cherchai même pas à le faire car je savais que le sommeil me fuirait. Je tricotai les gants toute la nuit. Le tricot est une activité qui a le mérite de faciliter la réflexion. Les mains s'agitent machinalement et l'esprit est dégagé de tout rôle.

Une angoisse sourde montait en moi ; par son insouciance ou sa faiblesse, Charles se mettait en danger. À l'heure où la France était entièrement occupée, où le Service du travail obligatoire faisait trembler et réagir simultanément, je ne comprenais que trop ce que l'équivoque de son attitude avait de dangereux. L'attitude de Louison était suffisamment explicite. Le temps n'était pas au compromis ; il fallait choisir son camp, et hésiter équivalait à collaborer. Rien que l'idée que Charles ait choisi la facilité, le confort, et donc la collaboration me glaçait. Car cela signifiait aussi que je m'étais profondément trompée.

Est-ce que j'avais construit une image idéale de Charles, une image que je pouvais aimer, d'autant plus idéale que les années avaient passé, gommant de ma mémoire les défauts (grands ou petits) ? Et si ces défauts avaient pris le dessus ? Et si je m'étais trompée ? Et s'il m'avait trompée, si sa demande en mariage n'avait été qu'une comédie ? Et si... Non, j'allais trop loin. La réponse n'était pas loin pourtant. Elle était à moins d'un quart d'heure à pied. Mais elle était trop loin pour moi. Qu'allais-je lui demander ? « Alors, mon chéri, tu fricotes avec les Allemands ? » « Mais non, ma chérie. Il ne faut pas se fier aux apparences. Je fais mon devoir, au même titre que les autres. » Et qu'allais-je faire avec ça ? Rien. Tout remettre en cause pour un moment volé ! Il m'en fallait plus.

15.

Comme une bouteille à la mer

Myriam et moi sommes plantées devant l'écran lumineux de l'ordinateur, le petit papier où est notée l'adresse mail de Charles de Valras posé bien en évidence devant nous. Nous sommes songeuses, silencieuses, anxieuses. La réponse à beaucoup de nos questions se tient là, sur ce petit bout de papier. Les distances sont abolies, le temps s'est accéléré. En un clic, nous pourrons connaître l'homme qui a tant occupé les pensées de mamé. En un clic, nous pourrons peut-être connaître quel secret il détient, quelle faute il a commise pour tout perdre.

— Je ne sais pas si c'est une bonne idée… murmure Myriam.

— Comment cela ? Mais c'est la tienne, d'idée…

— C'est tentant, je le reconnais. Trop tentant et trop facile. Je ne sais pas. Depuis des semaines, nous découvrons que derrière mamé Lisette se cachait une vraie femme avec ses passions et ses faiblesses, et jusqu'à maintenant, nous n'avons pas été déçues. C'est même très romanesque, ou du moins c'est comme cela que je l'interprète. Mais maintenant, il ne va pas s'agir d'interpréter mais de connaître. Ce n'est pas pareil.

— Tu cales ? Si près du but ?

— Près de quel but ? Qu'avons-nous fait au juste, à part fouiller dans les affaires de mamé et faire ressortir une histoire dont elle s'était bien gardée de nous parler ?

— C'est un reproche ?

— Si c'est un reproche, je me le fais à moi aussi… Je ne sais pas. Vraiment, je ne sais pas. Pense à maman. Tu as vu la peine que cela lui a causée de savoir que mamé avait aimé quelqu'un d'autre que papé ? Mets-toi à sa place ! Est-ce que tu n'aurais pas réagi comme elle ?

— Mais bien sûr qu'elle est perturbée ! On le serait à moins ! Mais la question est : que faisons-nous ? L'envoyons-nous ou pas ce mail ?

— D'accord ! Et on dit quoi ? Quelque chose du genre : « Cher monsieur, nous avons appris que vous aviez bien connu notre grand-mère. Pourriez-vous nous préciser par retour de mail quelle était la nature précise de vos relations ? Dans l'attente de vous lire, bien cordialement, les petites-filles de Lise. »

J'éclate de rire. Myriam aussi.

— Le pire, c'est que tu as raison. Moi non plus, je ne sais pas par quel bout le prendre, ce foutu mail. Il ne s'agirait pas de le louper. Il peut être le sésame d'une drôle de boîte de Pandore.

— Si tu nous mets la pression, en plus, je ne sais pas si nous allons y arriver.

Ce disant, Myriam se connecte à son mail.

— Allez, respire un grand coup ! On se lance !

Myriam tapote sur le clavier et commence à créer un mail vierge. Nous voici face à la page blanche, et même si elle est électronique, l'angoisse qui l'accompagne est la même. Peut-être plus intense en ce qui nous concerne, parce que la sentence sera immédiate.

— Je commence ?

— Vas-y, je te reprendrai si besoin…

Myriam a une facilité avec l'écriture qui m'a toujours impressionnée. Une facilité dans tout, en fait. Des deux, c'est moi la laborieuse.

« Monsieur de Valras,

Nous venons de faire la connaissance de votre fille. Elle a fidèlement transmis votre requête. Autant vous le dire tout de suite, nous n'avons pas le pouvoir d'y accéder. Mais, comme vous vous en doutez, elle ne laisse personne indifférent.

Nous venons d'apprendre que vous étiez très lié à notre grand-mère Lisette. Elle ne nous avait jamais parlé de vous.

Alors, nous voudrions simplement que vous nous racontiez votre histoire.

Bien cordialement,

Estelle et Myriam. »

— J'envoie ?

— *Alea jacta est.*

Deux petites ailes matérialisent l'envoi. Effectivement, le sort est jeté. Nous venons de jeter un pont entre le passé et le présent, entre le Vieux Continent et les Amériques. Charles de Valras ne tardera pas à nous répondre, sur ça nous n'avons aucun doute. Mais le sentiment de malaise qui nous a envahies face à l'ordinateur ne s'est pas enfui, il a même grandi et quand nous nous retrouvons devant maman, au repas du soir, il s'empreint de culpabilité et devient angoissant. Pour nous en libérer, une seule solution, nous le savons depuis l'enfance : avouer, faire sortir ce poids pesant. Mais il faut l'occasion. Et comme pour tout sujet qui la dérange, maman évite bien consciencieusement de parler de Mme Grant ou de son père. Je lance bien des signes désespérés à David, mais s'il identifie que j'attends quelque chose de lui, il ne comprend pas quoi. C'est bien ma veine… En désespoir de cause, il nous faut aborder nous-mêmes le sujet.

Et comme souvent, c'est la plus effrontée de nous deux, la cadette, qui ose.

— Au fait, maman, on vient d'envoyer un mail à Charles de Valras. Tu te souviens que sa fille disait que c'était une bonne idée…

— C'est fantastique quand même, on écoute une étrangère mais on ne demande pas l'avis à sa mère !

— Mais maman, tu n'as rien dit contre, tenté-je.

— Quel âge vous avez, toutes les deux ? Vous n'avez pas passé l'âge des histoires de prince et de bergère ? On n'est pas dans les contes de fées, mes filles. On est dans la vraie vie. Et je me doute que tout ce qui va en ressortir va faire beaucoup de mal. Comment peut-il en être autrement, quand on veut faire revenir le loup dans la bergerie ?

— Mamé n'avait pas l'air de le craindre beaucoup ton loup !

— Et insolente, en plus ! Ne vous êtes-vous jamais demandé pourquoi votre grand-mère avait enfoui ce secret au plus profond d'elle-même, pourquoi elle est partie avec ? Et ce qu'elle s'était efforcée d'enfouir, sa vie durant, ce qu'elle savait nuisible pour tous et peut-être d'abord pour elle ? Vous savez tout, vous êtes modernes ! Vous avez Internet et cela résout tout !

— Non, mais…

— Non, c'est encore pire, vous n'êtes que des petites curieuses, des voyeuses !

— Mamé nous a gardé cette robe et cette photo, toutes ces années, peut-être pour que nous sachions, justement. Et ce n'est pas nous qui sommes allées chercher Mme Grant !

— Non, mais cela vous arrange bien ! Cela met un peu de romanesque dans vos vies trop fades. Mais une vie fade, pauvres malheureuses, ce n'est rien d'autre qu'une vie qui ne manque de rien. Cela, je ne peux vous le reprocher. Nous vous avons trop gâtées, comme vous gâtez trop vos enfants. Et voilà le résultat, de l'ingratitude !

— Voyons le bon côté des choses, peut-être parviendront-elles à convaincre Charles de Valras d'abandonner sa requête.

Toutes les têtes se tournent vers mon père. Ses interventions sont rares et de ce fait très écoutées. Celle-là ne fait pas exception. Elle a le mérite de clore le débat, si tant est qu'on puisse parler de débat.

Les enfants, sentant que la chape de plomb qui s'est abattue sur la tablée est levée, se remettent à babiller, à se disputer et font sainement dévier l'attention vers eux. Chacun retrouve sa place, son rôle et du coup reprend de l'assurance. Mais Myriam et moi n'osons pas nous regarder. Nous hésitions à envoyer ce mail. Maintenant, nous le regrettons.

Je laissai passer plusieurs jours sans descendre au village. Tous les prétextes étaient bons. Ma fille. Les foins. Mais je ne pus éternellement me cloîtrer. De plus, cela ne résolvait rien.

Un samedi, jour de marché, ma mère m'intima l'ordre d'aller faire les courses. Oh ! Ce n'est pas que nous manquions de grand-chose ; entre le potager et les animaux, nous ne connaissions pas la disette qui pouvait régner dans les grandes villes et les tickets de rationnement n'avaient pas le même impact, ici, à la campagne, qu'en ville. Ma mère me connaissait trop pour me laisser ainsi gagner par ce qu'elle appelait une mauvaise langueur. Elle m'avait déjà vue ainsi, c'était au retour de Paris. À l'époque, elle avait un remède qui s'était avéré très efficace : Alphonse. Mon ami d'enfance, mon confident, mon amoureux transi. Aujourd'hui, même s'il était devenu mon mari, Alphonse n'avait plus le pouvoir de me tirer de cette langueur malsaine. Même Isabelle, ma petite fille chérie, n'y parvenait pas. Alors, ma mère, en bonne paysanne, ne vit qu'un remède : le travail. Et le travail des champs ne me viderait pas la tête, elle le savait. Mais mon métier de médecin, oui. Cette passion pour mon métier m'aiderait à surmonter une autre passion, celle du corps.

Et comme elle l'avait prévu, au marché, je ne manquai pas de tomber sur le bon vieux médecin du village qui se fit un plaisir (un devoir ?) de me faire la leçon.

— Ma petite Lise ! Quelle petite mine tu as ! Je ne te reconnais pas ! Que se passe-t-il ?

— Ne vous inquiétez pas, monsieur Bastide, une fatigue passagère !

— Une fatigue, toi ? Et depuis quand ? Il faut que tu te soignes, tu me le dois bien ! N'oublie pas que tu as une dette envers moi.

— Oh docteur ! Quand vous commencez comme cela, c'est que vous avez une idée derrière la tête ?

— Eh oui ! J'ai besoin de toi. Je me fais vieux. La campagne s'est trop peuplée avec la guerre. Ce n'est pas à toi que je vais apprendre que tous ceux qui le peuvent se sont réfugiés dans leur famille à la campagne. Et pour un vieux médecin comme moi, trop c'est trop. Je t'embauche. Je t'attends tous les matins à mon cabinet.

— Mais docteur Bastide...

— Tu ne veux pas un mot d'excuse pour tes parents, j'espère ?

— Et mon remède pour mon coup de fatigue ?

— Eh bien ! Je viens de te le prescrire, il me semble, non ? Allez, à lundi, huit heures précises. Et sois ponctuelle, la salle d'attente est déjà pleine à cette heure-là.

— Docteur Bastide...

— Quoi encore ?

— Merci...

— Pff ! Merci, il ne manquait plus que cela !

Je ris à pleine gorge en regardant la silhouette tout à la fois énergique et incertaine du docteur Bastide s'enfoncer dans le marché. J'avais besoin de personnes comme lui, qui tout en étant extérieures à ma famille, m'étaient proches et pouvaient se permettre d'aller me chercher dans mes derniers retranchements pour me remettre dans le droit chemin. Et puis en fin de compte, j'étais ravie qu'on « m'oblige » à reprendre mon métier. Je m'étais mis en tête que la passion de mon métier était incompatible avec ma qualité de mère. J'étais la première d'une longue lignée de femmes de ma famille à avoir un métier et je manquais de références. Je tâtonnais. Là, quelqu'un me montrait la direction à prendre. Ce n'était peut-être pas la bonne. Mais nécessité fait force de loi et je n'allais pas laisser ce brave docteur Bastide s'épuiser à la tâche. Sans oublier que je ne m'étais pas battue tant d'années, jusqu'à partir pour mieux progresser, pour laisser tomber au moment où je pouvais exercer.

Je remontai au mas galvanisée et emplie d'une joie de vivre retrouvée. Surtout ne pas associer la médecine à Charles ! Surtout ne pas revivre la complicité de nos études, cette intimité qui me manquerait ma vie durant. Travailler ! Ne penser qu'à soigner et bien soigner !

Et c'est ainsi que je repris ma vie en main. Et tout compte fait, tout le monde à la maison y trouva son compte ; mes parents étaient flattés par mon « statut social », même à mi-temps, et ma fille gagnait en autonomie. Quant à moi, en paix avec moi-même, j'étais plus disponible pour chacun.

Tous les matins, la nuit encore noire en ces mois d'hiver, je partais par les chemins pour parcourir à pied les trois kilomètres qui séparaient le mas du village, et donc du cabinet du docteur Bastide. La présence des Allemands m'avait rendue craintive et j'avais appris à mes chiens à m'accompagner jusqu'à l'entrée du village puis à regagner le mas. Leur présence joyeuse me sécurisait. Cette année-là, la neige se faisait tardive, ce que j'étais loin de regretter.

Je profitais de cette activité physique pour faire le vide, des mauvaises pensées comme des mauvais sentiments, afin de me rendre disponible dès mon arrivée. C'était ma thérapie à moi, pour laisser à la porte du cabinet ma vie privée.

Lorsque j'apercevais les premières maisons, quelques rares fumées sortaient des cheminées ; il était encore bien tôt et il fallait économiser le charbon et le bois.

Le cabinet du docteur Bastide occupait tout le rez-de-chaussée d'une vieille maison dont le crépi malade laissait apparaître les pierres de schiste, ramassées dans la rivière à côté, il y a des générations de cela, pour construire cette demeure. L'extérieur du cabinet avait triste mine, mais l'intérieur était propre et tout avait été calculé pour avoir un maximum d'hygiène. La porte s'ouvrait directement sur la salle d'attente, qui elle-même s'ouvrait sur deux portes ; une pour le cabinet proprement dit, une pour le point d'eau et les toilettes. Les murs étaient blancs, le sol était carrelé pour faciliter le nettoyage, les fauteuils étaient quasiment neufs. Et pour éviter d'être un nid à acariens, pas de tapis, pas de parquet. Peu de décoration. Le docteur Bastide avait cherché à créer au fin fond des Cévennes un lieu fonctionnel et professionnel. En toute discrétion. Et cela me convenait.

Le docteur Bastide et moi avions déjà nos habitudes ; nous prenions le petit déjeuner ensemble afin d'échanger les nouvelles sur nos patients respectifs. Puis j'ouvrais le cabinet à huit heures et le docteur Bastide prenait sa canne de marche, en bon bois de châtaignier comme il se devait, disait-il, et il entamait la tournée des alités. Dans le village ou dans les mas les plus reculés.

Ce matin-là, le docteur Bastide n'était pas seul. Je l'entendais parler à une personne que je ne voyais pas. Il n'était pas sept heures ; quelle était cette urgence ? Je fermai la porte délicatement mais pas suffisamment pour ne pas signaler ma présence.

Le docteur Bastide apparut et d'un geste, il m'intima l'ordre de le rejoindre. J'obtempérai, il avait sa tête des mauvais jours et ce comportement était tellement inhabituel de sa part qu'il me dérouta.

Je sursautai en entrant dans le cabinet et en me trouvant nez à nez avec Charles. Comme il l'avait fait dans le pré, il me plaqua trois bises sur les joues et, sans paraître plus ému que cela, se rassit.

C'est le docteur Bastide, la mine toujours fermée, qui prit la parole.

— M. de Valras est venu nous soumettre un cas qui le préoccupe, un patient intransportable, sur lequel il tente un traitement expérimental. Le tout pour le tout, quoi !

— Voilà, j'ai détecté chez un patient âgé d'une cinquantaine d'années un cancer. Il me semble que l'origine a dû être le rein, mais sans examen plus poussé, je n'ai pas de certitude.

— Envoie-le à Montpellier.

— Ce patient ne veut pas que sa maladie soit connue. Ou du moins, pas l'ampleur de sa maladie.

— Mais il doit être affaibli.

— Certes, mais il y a mille raisons d'être fatigué. Une surcharge de travail. Une faiblesse cardiaque à surveiller. Mais que son pronostic vital soit engagé ne doit pas être connu.

— Pourquoi tant de mystères ? Sa famille ne serait pas en mesure de l'assumer ?

— Sa famille est loin. Elle sera sûrement la dernière au courant. C'est un patient qui a de lourdes responsabilités et qui craint de les perdre si sa maladie est connue.

— Mais de qui parles-tu à la fin ? Tu sais bien que nous sommes tenus au secret médical.

— Avant tout, sache que cet homme veut nous aider, quoique les apparences soient contre lui.

— Charles…

— Il s'agit du commandant allemand… dit-il enfin, après avoir cherché l'approbation du docteur Bastide du regard.

— …

— Tu ne dis rien ?

— Je pense que nous avons bien d'autres patients à soigner avant de gaspiller notre temps pour un Allemand.

— Ce commandant est un modéré, celui qui le remplacera risque d'être bien pire, dit Charles.

— Tu es médecin. Tu es son médecin personnel, si j'ai bien compris. Cela ne lui suffit pas ? Tu veux nous impliquer pour ne pas être le seul à être mouillé dans cette histoire ? Que cherches-tu ?

— Du calme, ma petite Lise. M. de Valras est venu demander conseil. J'ai parcouru le dossier, c'est un cas intéressant… euh, je veux dire, un cas difficile. Plusieurs approches sont possibles pour le prolonger un peu. Il ne s'agit que de discuter de cela…

— Si cela vous intéresse… Je vous laisse. Je reviendrai ouvrir le cabinet quand vous aurez fini votre discussion. J'ai une petite fille à élever, je vais de ce pas lui acheter une brioche si je trouve.

Le mail tant attendu ne tarde pas à arriver. Dès le lendemain, lorsque Myriam se connecte, une petite enveloppe l'informe qu'elle a un nouveau message. Elle attend que je la rejoigne dans le bureau pour l'ouvrir.

« Mes enfants,

Permettez-vous à un vieil homme de vous appeler ainsi ? Ces simples mots me rapprochent de la France et de BoisRedon.

Quelle joie de pouvoir m'expliquer, me différencier de mes parents.

Des années, j'ai peaufiné des lettres, que je n'ai jamais envoyées. Et puis voilà votre mail.

Il m'aborde par mon point faible ; votre grand-mère et là, mes lettres toutes faites sont vaines et futiles. Alors, même si j'y répugne de par mon parcours scientifique, il va falloir que j'improvise, que je me jette à l'eau.

Vous qui êtes si jeunes, cela peut vous sembler étrange que les sentiments vieux de parfois soixante-dix ans soient aussi neufs dans mon cœur qu'au premier jour. Rassurez-vous, et là, c'est le médecin qui vous parle, je ne suis pas atteint de démence sénile. C'est un mal qui m'a été épargné. Non, celui qui me ronge est celui qui a emporté votre grand-mère. C'est un mal insidieux, qu'elle comme moi connaissons bien pour l'avoir soigné auprès de bien des patients. C'est un mal traître qui vous enlève les forces une par une mais qui garde la conscience intacte. Et c'est de ça dont nous parlons, un exercice de mémoire et de conscience. À défaut de bonne conscience.

Pour que vous ne vous arrêtiez pas à la caricature dont m'affublent, à n'en pas douter, les gens du village, il faut que je vous parle de moi. Pour que vous compreniez qu'il faut aller au-delà des apparences. Lise a su le faire, toujours. Vous êtes ses petites-filles. Je suis sûr qu'elle a su vous transmettre cette ouverture d'esprit, cette ouverture qui vient du cœur.

Ma jeunesse a été une jeunesse dorée. J'avais tout : la richesse, l'intelligence (ce qui me permettait de travailler peu et de m'amuser beaucoup), la beauté, disait-on, et l'on m'accordait même du charisme. Mais j'avais aussi l'insolence qui va souvent de pair avec tant de dons. Et cette insolence gâcha tout. Je n'aimais rien tant qu'avoir l'assistance à mes pieds et je n'étais pas avare d'impertinence pour y parvenir. On me trouvait de l'esprit. Je me sentais fort, admiré, respecté. J'obtenais tout. De la vie et de tous. Jusqu'au jour où j'ai rencontré Lise. Elle n'était pas de "mon milieu", mais contrairement à d'autres, elle n'était pas impressionnée. Au premier trait d'esprit que je tentai devant elle, elle me planta ses grands yeux bleus dans les miens et m'assena : "Et vous trouvez cela drôle ? Vraiment, c'est pitoyable de se moquer des gens ainsi. L'intelligence sans le cœur n'est rien !" Et elle me planta là, sans plus de cérémonie. Elle n'avait que seize ans ! Pendant que je m'amusais à poursuivre la voie qui m'était tracée, le baccalauréat puis médecine, elle, elle s'acharnait à entrer dans cette voie. Tout ce qu'elle obtenait, elle l'obtenait de haute lutte. Non qu'elle soit moins intelligente que moi, loin de là. Non, simplement les fées ne s'étaient pas penchées sur son berceau de la même manière. Mais avec le recul, je dirais que les fées lui avaient fait un don merveilleux : la volonté. Jusqu'à l'entrée en médecine, nous ne faisions que nous croiser. Et nous étions alors comme chien et chat. Elle ne supportait pas que je gâche la chance que m'avait donnée la vie. Je ne supportais pas qu'elle me sonde au plus profond sans même ouvrir la bouche. Pour moi, c'était cela, la vraie insolence ! Le miroir de ses yeux me renvoyait une image de moi déplaisante que je ne voulais pas voir. Notre petit jeu n'échappa pas à mes parents. Ils eurent la brillante idée d'accorder une bourse d'études à Lise pour qu'elle puisse faire médecine, à condition que ce soit à Paris afin que son exemple m'influence.

Là, pour bien comprendre la suite, il faut que je vous parle un peu de mes parents. Avec le recul, je pense qu'ils n'étaient pas mauvais, même si les faits ne plaident pas en leur faveur et que ces faits-là sont malheureusement indéniables. Non, je pense qu'ils étaient dans un système, un environnement où il faut toujours être sûr de soi, où le paraître importe plus que l'être et où les questions métaphysiques n'ont pas lieu d'être. Prenons l'exemple de la médecine, ils n'ont pas voulu que je fasse ce métier parce qu'il consistait à soigner les gens, mais parce qu'il donnait un statut. Une respectabilité. Autre exemple, les bourses accordées à Lise comme à d'autres, mais à Lise plus qu'aux autres. Elles n'étaient pas la preuve d'une générosité mais d'une manœuvre, encore et toujours. En distribuant "généreusement" des bourses aux enfants des mineurs méritants, ils s'attachaient les parents et l'entourage plus sûrement que par un bon salaire. Autrement dit, leurs dons leur faisaient faire des économies. C'est sordide d'écrire cela froidement. C'est sordide quand on pense que c'est de mes parents dont je parle. Quoi que les gens du village vous disent, je m'étais écarté de ce chemin. Mais je les comprends, il est plus facile de faire un amalgame que de chercher à dénouer le fil empêtré de la vérité. Et puis, je suis le seul bouc émissaire encore vivant. Mes parents, ils leur ont réglé leur sort. Moi, ils ne m'ont pas eu et ils enragent sûrement de ça. Car je reste un témoin. Voire un acteur qui peut contester leur version des faits. Mais là, je m'égare.

Avec le début de nos études de médecine commença le début de notre complicité entre Lise et moi. Elle ne fut pas instantanée. Et un jour je l'ai regardée, le jour où elle m'a mis à la porte du bureau en pleine séance de travail ; la gamine avait grandi, elle avait toujours été jolie, elle était devenue belle. Et la colère lui donnait un éclat et une assurance qui me firent vaciller. À partir de ce jour-là, rien ne fut plus pareil. Mon orgueil céda et je mis tout en œuvre pour lui plaire. La première des choses qui me vint à l'esprit fut de me mettre au travail, pour qu'enfin elle me respecte et me regarde autrement. Et c'est parce qu'elle m'a forcé à quitter mon habit de futilité que je me suis découvert une véritable passion pour la médecine. Alors, plus question de feindre. Je travaillais avec bonheur. Mieux que ça, j'étais tellement passionné que je n'avais plus l'impression de travailler. De jour en jour, notre passion commune pour la médecine nous souda plus sûrement que des années de mariage. Parallèlement, je me rendais compte de la place que prenait Lise dans mon cœur et cela me faisait peur. J'avais d'abord peur qu'elle ne partage pas mes sentiments, peur qu'elle me rejette. Et ce sentiment était nouveau pour moi. Jusqu'à Lise, je ne doutais pas et séduisais à tour de bras. Mais avec elle, c'était différent et j'attendis le jour de ses vingt ans pour me déclarer. Je le fis à ma manière, en faisant de Lise une princesse d'un soir pour qu'elle comprenne qu'elle était ma princesse. Ce fut un moment magique. Un moment unique qui m'accompagne encore aujourd'hui, puisque la photo de nous deux ce soir-là trône depuis toujours sur mon bureau. Et ma femme a dû vivre avec.

Nous avons vécu cet amour secret comme un cadeau, un trésor que nous cachions jalousement jusqu'à la fin de nos études. Et quand j'ai voulu officialiser, notre rêve s'est brisé. Je n'ai pas su me battre suffisamment, j'en paye le prix tous les jours. Mes parents n'ont retenu qu'une chose, Lise avait pris une influence trop importante sur leur fils et il fallait à tout prix l'écarter. Pour que je redevienne leur joujou, malléable à souhait. Ainsi énoncé, tout paraît simple et sordide. Mais moi, il m'a fallu des années et la guerre pour le comprendre. En ce temps-là, dans mon milieu, l'autorité parentale avait une signification. Et rien dans mon éducation ne m'avait armé pour ce combat-là. Car leur refus n'était pas frontal. Il était pire, il était offensant. Que chacun reste à sa place, et les cochons seront bien gardés. Une amourette, c'est bien, c'est même flatteur. Un trophée de plus à mon actif. Mais faire entrer Lise dans notre famille était inconcevable. Et ma mère me fit bien comprendre qu'elle s'y opposerait en tout. Or, de mes parents, c'était elle qui était de plus noble lignée et qui à ce titre avait le plus d'influence, et qui dit influence dit connaissances. Et elle me signifia clairement qu'elle saurait en user. J'étais anéanti. En pliant comme le roseau sous le vent de la tempête, je pensais protéger Lise. En fait, je n'ai pas osé lutter. Je n'ai pas osé rompre avec ma famille. Tout plaquer, comme on dit aujourd'hui. La richesse est aussi une chaîne très sûre. Je n'ai pas su m'en dédouaner et je le regrette tous les jours. Alors, c'est Lise qui a tranché. Comme toujours, c'est elle qui a été la plus courageuse. Moi, j'aurais courbé l'échine, espéré les gagner à notre cause. Elle, elle n'a pas voulu. Peut-être parce qu'elle savait le combat perdu d'avance. Ce jour-là, quand je l'ai vue partir au bras de ce fidèle Alphonse, c'est comme si j'étais mort à l'intérieur. Je n'eus plus la notion du temps ni des choses. Je me réfugiai dans le travail, de consultations en recherches expérimentales. Je me lançai à corps perdu dans ma passion car à travers elle, j'étais toujours avec Lise. La guerre est arrivée, et je ne l'ai pas vue venir. Pour être franc, je n'en ai pas beaucoup souffert. En tant que médecin, j'étais à l'arrière. Je me sentais même mieux. C'est étrange à exprimer mais dans ce contexte d'urgence, je ne cherchais plus à paraître, j'agissais sans réfléchir, poussé par la nécessité et j'étais enfin à ma place, enfin utile. C'est à cette époque que j'ai rencontré le commandant Dietrich. Il était blessé, et faisait partie des blessés de guerre dont j'avais la charge. C'était un homme courtois, parlant très bien français (il lisait Voltaire dans le texte) et qui était entré dans la Wehrmacht par hasard. Nous avons longtemps débattu du régime nazi, de son idéologie et de ses méthodes. Le commandant m'expliqua que la Wehrmacht n'avait pas le pouvoir, le pouvoir étant détenu par les SS. À l'époque, je ne faisais pas encore la distinction, comme beaucoup de Français, je pense. Il me fit part de ses doutes, de ses frustrations, mais aussi de sa conviction ; il fallait qu'il reste. Pour que des hommes comme lui, des hommes avec une conscience, puissent au moins limiter les dégâts. Cette confidence était la preuve de la très grande confiance qu'il m'accordait. Nous parlâmes aussi longuement de son état de santé. Il craignait d'être atteint d'un cancer du rein. Je lui conseillai toute une batterie d'examens et un grand repos. Il me regarda en souriant : "Nous verrons cela après que cette folie sera finie, vous ne croyez pas ?" Il resta un mois au dispensaire. Nous échangeâmes nos coordonnées ; lui dans l'armée, moi à Paris et à BoisRedon. Voilà comment, pour la première fois, il entendit parler de BoisRedon. Après l'armistice, nous reprîmes le cours de nos vies. Nous échangions quelques courriers qui traitaient exclusivement de sa maladie. Il avait les premiers symptômes handicapants et se refusait à se faire examiner par un médecin allemand, de peur d'être renvoyé dans ses foyers. Le hasard a voulu que ce soit lui qui dirige la garnison cantonnée à BoisRedon et que ce soit lui encore qui réquisitionne notre château, sans pour autant nous en chasser. C'est comme cela que nous nous sommes retrouvés. Et comme cela que je suis devenu collabo. Car c'est bien de ce qualificatif dont je suis encore affublé des dizaines d'années plus tard, n'est-ce pas ? Mais qu'ai-je fait, à part amener un peu d'humanité dans ce conflit ? Était-ce vraiment un crime de voir un homme derrière l'uniforme ? Car tout ce qui a suivi n'est parti que de là. En voulant essayer de dépasser les clivages, je trahissais mon pays. Mais en faisant aimer mon pays aux Allemands, je le protégeais aussi. Tâche obscure, et ô combien mal comprise. Je plaide coupable sur une chose, une seule, je n'ai rien fait pour m'expliquer. Car j'étais encore très orgueilleux et je pensais ne devoir de comptes à personne. Mon image m'importait peu ; j'étais au-dessus de tout, au-dessus de tous. Voilà mon véritable crime, l'orgueil ! Mais ne croyez pas que j'aie collaboré activement, que j'aie dénoncé qui que ce soit ! Je peux dormir tranquille, je suis juste un peu peiné que ma fille unique soit confrontée à une image déformée de son père. Elle doit déjà assumer le poids de la faute de ses grands-parents face aux enfants de leurs meurtriers (justiciers, diront-ils, mais quelle justice expéditive !).

C'est ma parole contre la leur, et je sais qu'elle a peu de poids pour vous ; je suis un étranger. Mais je ne vous dirai qu'une chose, je n'aurais jamais rien fait dont j'aurais eu à rougir devant Lise.

Facile, me direz-vous, maintenant qu'elle est morte !

Sa mort est une souffrance pour nous tous, mais elle me délivre aussi de mon serment. Lorsque nous nous sommes quittés, elle m'a fait promettre de ne rien tenter pour revenir ni pour reprendre contact avec elle. Ainsi dit, cela doit vous sembler une mise à la porte ? Non, c'était une manière de garder intact notre amour, là au fond de nos cœurs, car la vie ne nous permettait pas de le vivre pleinement. Alors, nous avons choisi d'enfouir notre amour dans le coffre de notre cœur et nous en avons jeté la clé. Pour ne pas souffrir.

Mais maintenant, j'ai besoin de revenir pour me rapprocher d'elle avant de la rejoindre définitivement dans l'au-delà. Je ne vais pas provoquer ce moment, je suis chrétien. Je veux simplement revoir le cadre qui m'a vu grandir, et souffrir aussi. Et je veux peut-être aussi partir, réconcilié avec mon image.

Me comprenez-vous ?

Sincèrement vôtre,

Charles de Valras. »

L'écran scintille devant nous et nous n'arrivons pas à décrocher nos regards de ces lignes. Je ne sais pas dans quel état se trouve Myriam, mais moi, je ne suis pas bien. Mal à l'aise, hésitante (dois-je le croire), curieuse aussi. Et puis je pense à papé Alphonse. Nous l'avons peu connu mais il était quand même le héros de notre enfance. Celui qui nous bricolait d'un rien des jouets merveilleux, celui qui de sa voix chaude savait apaiser nos pleurs d'enfants. Je me souviens que même son silence me réconfortait. Alors, dois-je continuer à céder à ma curiosité naturelle sans le trahir pour autant ?

Là, devant cet écran impersonnel, je comprends mieux la réaction de ma mère. Elle veut garder intacte l'image de ses parents ensemble, l'harmonie qui se dégageait de leur couple.

Alors, je sais :

— Ce n'est pas là peine de faire lire ce mail à maman. Cela lui ferait trop de mal !

— Oui, je pense que tu as raison.

— Et nous, devons-nous lui répondre ?

— Tu ne crois pas que nous sommes allées trop loin pour nous arrêter au milieu du guet ?

— Oui, peut-être…

— Nous ne faisons pas de mal à mamé et papé. Nous ne faisons que découvrir ce qu'ils ont vécu. Nous ne leur prenons rien, tu sais.

— Non, c'est peut-être aux petites filles qui sont en nous que nous prenons quelque chose.

— Ces fillettes doivent grandir ! Que de mieux comprendre cette histoire du passé peut nous aider à mieux vivre aujourd'hui !

— Tu y crois vraiment ? Crois-tu que nous serions plus armées pour réagir si une guerre surgissait ?

— Qui te parle de guerre ? N'as-tu pas compris (la lettre est pourtant claire à ce sujet) que la guerre est annexe ? Cela peut nous sembler drôle, aujourd'hui, alors que l'on ne nous parle que de deux catégories de personnes : les bons (les résistants) et les méchants (les collabos), qu'un homme n'ait pas voulu prendre parti. Mais combien se sont comportés comme lui sans avoir l'honnêteté ou le courage de l'avouer ? Il voulait vivre tout simplement loin des clivages, loin des conflits.

— Mais c'est utopique, tu le sais bien !

— Oui, peut-être, je ne sais pas !

— Tu ne sais pas ? Mais avec le village occupé, comment pouvait-il rester indifférent ?

— Qui t'a parlé d'indifférence ? Je crois simplement qu'il ne mettait pas une majuscule à l'histoire là où nous la mettons.

— Je ne te comprends pas…

— Pour nous, l'Histoire avec un grand H est celle qui relate l'épopée des peuples. Pour lui, l'Histoire avec un grand H, c'est celle qu'il a vécue avec mamé Lisette. Tout est relatif.

— C'est quand même très centré sur son petit nombril.

— Égocentrique, ou alors très honnête. Que retiens-tu des années 1990 ? Les premières images qui te viennent en tête ? La guerre du Golfe ? La mort de Mitterrand ? Les chansons de Jean-Jacques Goldman ? Tu ne sais pas, eh bien, moi, je vais te le dire. Tu vas retenir tes virées avec les copains, tes discussions sans fin avec tes copines, ta rencontre avec David, ton mariage, la naissance de tes enfants. Voilà, ce que tu vas vraiment retenir. Je te défie de me dire le contraire.

— Oui, mais le contexte est différent, s'il y avait eu l'Occupation…

— Aucune de nous ne sait ce qu'elle aurait fait sous l'Occupation. Et je me refuse de jeter la pierre à quelqu'un qui a voulu traverser cette période trouble comme un équilibriste sur un fil ; en équilibre, la peur au ventre à chaque pas, à chaque instant.

— Cela me paraît pourtant difficile de rester neutre.

— Oui, eh bien, dis-moi si mamé Lisette a fait un quelconque acte de résistance ?

— Je ne sais pas, mais elle soignait les villageois.

— C'était son métier. Donc, que savons-nous ? Elle a continué à exercer son métier en grande partie pour nourrir sa famille (qui peut la condamner ?). La seule différence entre elle et lui, c'est que ses patients étaient du bon côté de la barrière.

— D'accord, elle n'a pas monté de réseau, elle n'était pas radio. Mais je trouve que Charles a fait de la collaboration passive. C'est trop facile de faire celui qui ne voit rien, surtout quand on abrite le QG allemand. On entend des choses, il ne pouvait en être autrement. S'il voulait vraiment être libre, il n'avait qu'à partir dans un pays neutre ; la Suisse, tiens ! Ses relations auraient pu l'y aider.

— Un point pour toi. Mais comment expliquer que mamé Lisette l'ait toujours défendu ?

— L'amour est aveugle !

— Allons donc ! Nous la connaissons suffisamment pour savoir que même amoureuse, mamé devait conserver ce qui la caractérisait : son bon sens paysan. Tout médecin qu'elle était !

— Oui, eh bien, tu vois, c'est ce qui me dérange le plus. J'ai peur de découvrir que mamé n'était pas si nette que ça !

— Moi aussi, ça me fait peur. Il y a autre chose qui me fait peur, j'ai cru comprendre que Charles accusait les gens du village d'avoir tué ses parents. Tu te souviens comment ils sont morts ?

— Non, je crois que mamé m'a dit qu'ils étaient morts pendant la guerre mais comment, je ne saurais dire.

— C'est une accusation grave, que, mine de rien, il glisse au milieu de son mail.

— Entre deux déclarations d'amour pour mamé Lisette…

— Tu vois, s'il a raison, nous allons peut-être apprendre de vilaines choses sur des gens que nous croyons bien connaître…

— J'aurais dû laisser cette robe dans son carton.

— Cela n'aurait pas empêché Mme Grant de venir en France.

16.

Le commandant Dietrich

Lorsque je revins au cabinet, Charles et le docteur Bastide avaient eu la bonne idée de s'éclipser. La matinée qui suivit se traîna en longueur, tant il me portait peine de masquer la tempête qui bouillonnait en moi.

Le dernier patient parti, je traversai le village au pas de course, car je voulais garder toute ma dignité, mais au fur et à mesure que les maisons s'espaçaient, que je me rapprochais de la forêt, mes foulées s'allongeaient. J'avais besoin de courir à bout de souffle, à la limite de mes forces, pour me sentir apaisée. Arrivée dans une clairière protégée des regards de tous, je m'effondrai dans l'herbe et laissai libre cours à ma fureur, à ma peine. Face contre terre, je pleurais, je criais, secouée de spasmes. Le temps passait, j'en oubliais toute notion et je ne réussissais pas à me calmer. « Je ne veux pas que ma petite Isabelle me voie comme cela ! » À cette pensée, je me mettais à sangloter de plus belle. Puis ce fut le trou noir ; dans sa miséricorde, le Seigneur m'envoya le sommeil. Un sommeil lourd sans rêve, pas reposant mais au moins apaisant. C'est le contact d'un tissu lourd sur mes épaules qui me fit émerger. Sans ouvrir les yeux, je le tâtai, le toucher était agréable, chaud et léger sur les épaules. Puis, toujours les yeux fermés, j'ouvris toutes grandes mes narines ; en plus de l'odeur familière du foin frais et du serpolet qui déjà repoussait, venait se mêler une odeur suave, enveloppante et sensuelle. Et surtout terriblement familière, même si elle était enfouie dans un coin de ma mémoire.

En un bond, je me redressai. Accoudé face à moi, Charles me souriait. Comme avant, comme s'il ne s'était rien passé ! En une fraction de seconde, ma gorge se noua, ma peau désira sa peau, mais ma gorge laissa exploser toute la colère trop longtemps contenue.

— Qu'est-ce que tu fais là ?

— J'étais inquiet pour toi ! Je sais que tu es en colère contre moi.

— Moi, en colère ! Donne-moi une seule bonne raison de ne pas l'être !

— D'accord, j'ai tous les torts. Tu es contente ? Maintenant, on peut parler ?

— Parler ? Parler de ton commandant ? Mais je n'en ai rien à faire de ton commandant !

Et ce disant, je sentis les larmes rouler sur mes joues malgré moi, et à cet instant je sus que j'avais perdu, que j'étais perdue. Charles se leva, et sans un mot, avec douceur, il m'entoura de ses bras et nicha son visage dans mon cou. Je continuais à pleurer mais doucement, sans souffrance, je laissais écouler ce trop-plein en moi, sans révolte. Je gardais les yeux fermés, de peur de briser mon rêve. Je me serrais un peu plus contre Charles pour mieux me convaincre et pour oublier le temps d'une étreinte les années de séparation et la vision de Charles avec les Allemands. Doucement, il se dégagea et je sentis comme un grand froid, déjà un manque. D'une main, il souleva mon menton et me força à plonger mon regard dans le sien. Son regard sur moi n'avait pas changé, c'était toujours celui du garçon qui avait fait de moi une princesse le soir de mes vingt ans. Et quand ses lèvres prirent les miennes, je frémis comme alors et nous retrouvâmes en un instant le bonheur de nos baisers. Je compris à cet instant que mon amour pour Alphonse n'était pas venu à bout de celui que je portais à Charles et que peut-être, en toute honnêteté, il n'y parviendrait jamais. La pensée d'Alphonse me fit m'écarter doucement, sans colère cette fois de Charles.

— Nous nous faisons du mal !

— Je n'ai pas su te le montrer, je sais, mais je t'aime.

— Nous voilà bien avancés, n'est-ce pas ? Moi, je suis mariée, mon mari est prisonnier et toi, tu héberges ceux qui l'ont fait prisonnier.

— Tu as de ces raccourcis sans pitié !

— Sans pitié, mais justes. Il y a quatre ans, nous avions une chance. Cette chance, nous l'avons laissé passer. Il faut tourner la page.

— Je me reproche tous les jours ma faiblesse de l'époque. Mais j'étais sincère, je pensais que mes parents accepteraient avec le temps. Mais toi, le temps, tu ne me l'as pas donné.

— Mais Charles, tu n'as pas fait un geste pour me retenir ! Tu t'es enfermé dans ta chambre, tu t'es saoulé et tu n'as rien fait ! Pourquoi crois-tu que j'ai demandé à Alphonse de venir me chercher ? Mais parce que je savais que seule, je n'aurais pas la force

de partir. Alors, Alphonse est venu. Tu l'as vu, tu nous as vus partir ensemble et rien. Un mot de toi et Alphonse repartait seul. Ce mot, tu ne l'as pas eu. Ni ce jour-là ni les semaines qui ont suivi. Car tu savais où j'étais, tu pouvais à tout moment venir me chercher ! Tu ne l'as pas fait !

— Vu comme cela, le jugement est sans appel, effectivement !

— Mais comment veux-tu que je voie les choses ? Tu me dis que tu as souffert ? Peut-être ! Mais il a quand même été question de fiançailles, si je ne m'abuse ! Alors où sont-elles, les preuves de ton amour ?

— Ces fiançailles rompues, par exemple... Lise, je ne peux pas tout t'expliquer, mais tu dois savoir une chose. Ma mère a beaucoup d'influence, dans la famille et dans la société. Tu n'es pas sans le savoir. Et elle m'a fait un chantage affreux te concernant.

— Quel genre de chantage ?

— Peu importe comment, elle était prête à te faire du mal si nous restions ensemble. Alors, j'ai eu peur pour toi. J'ai voulu te protéger, je t'ai laissé partir.

— ... Tu te souviens de Samuel, notre copain de fac ? Quand je lui ai annoncé mon départ, il m'a dit qu'à ta place, il aurait sacrifié sa famille, pas son amour. Tu as fait le choix inverse.

— Il a raison. C'est ce que j'aurais dû faire. Mais les choses étaient loin d'être aussi simples, aussi manichéennes. Mais il est vrai qu'en jouant au fils docile, jusque dans ces fiançailles arrangées, j'ai perdu un peu de mon âme. Bien sûr, il est facile de m'accabler, mais il s'agissait de mes parents, et les

écailles tombent bien plus lentement quand il s'agit des vôtres, tu ne crois pas ?

Je ne savais pas, je ne savais plus. Je me serrai un peu plus contre lui, pour me rassurer à sa chaleur et cacher mon visage ravagé. Mes jambes étaient faibles et toute volonté semblait m'avoir quittée. Il continuait à parler tout en me caressant lentement les cheveux, et ce geste réconfortant et tendre me berçait.

— Et puis, il y a eu la guerre. Et là, l'action est le maître mot. Il faut laisser ses états d'âme au vestiaire et agir. Eh bien, tu me croiras ou pas, je ne me suis jamais senti aussi bien de ma vie. J'étais utile. Oh ! Je l'étais aussi à l'hôpital. Mais le soir, je rentrais à la maison et je retrouvais mon univers doré et mes soirées futiles qui me semblaient essentielles alors. Ces soirées que tu avais en horreur, tu te le rappelles ? Là, c'était l'hôpital 24h/24 et 7j/7. Et j'ai découvert la solidarité, l'entraide...

— Mais alors, que fais-tu ici ? Rends-toi utile ! Va là où l'on a besoin de toi ; à Londres, en Afrique du Nord, que sais-je encore ! Mais pas ici !

— J'y ai pensé, crois-moi. Mais je ne suis pas sûr que je sois inutile ici. Et puis, tu es là...

— Mais enfin, Charles, tu n'es pas logique ! Tu reconnais que tu as été utile pendant les combats contre les Allemands et là, que fais-tu ? Tu cohabites avec eux ?

— Oui, c'est vrai. Mais j'ai appris à connaître les Allemands en les combattant, ou plutôt en les soignant. Et je pense que certains Allemands peuvent nous protéger d'autres, plus extrêmes, les purs produits du national-socialisme.

— Excuse-moi, mais je ne te suis pas, mais alors pas du tout...

— Pour que je t'explique, il faut que je te parle du commandant Dietrich.

— Nous y voilà !

— Allons, viens, asseyons-nous.

Et ce disant, il s'assit et me lova dans ses bras.

— Le commandant Dietrich est un modéré. Il respecte les lois de la guerre et les lois tout court. Il fait son devoir mais sans zèle aucun, en faisant fi du national-socialisme. Mais cela, bien sûr, il ne le dit pas ouvertement à sa hiérarchie ou à ses troupes. C'est trop risqué ! Pour lui, comme pour nous. Car s'il vient à disparaître, qui risquons-nous d'avoir ? Un pur produit du système qui va vouloir quitter très vite ce trou paumé et pour cela, va faire du zèle pour se faire remarquer. Et qui dit zèle dit exactions. Et je crois que c'est cela que nous souhaitons tous éviter, tu ne crois pas ?

— Je ne sais pas si on peut faire confiance à un Allemand. Je ne sais pas si tu ne t'es pas encore fait avoir ! Tu es d'une candeur parfois !

— J'ai confiance en la nature humaine.

— Moi, de moins en moins, à la lumière des derniers événements, tu m'excuseras.

— Fais-moi confiance.

Oh oui, lui faire confiance, je ne demandais que cela. M'appuyer sur une épaule masculine réconfortante, épaule qui me manquait tant depuis le départ d'Alphonse, me décharger sur cette épaule du poids des soucis, un rêve. Faire confiance à Charles était une chose, faire confiance aux Allemands en était une autre qui m'était (et cela presque physiquement, du plus profond de mes tripes) impossible. Et là, son bras autour de mes épaules, je compris qu'au lieu de nous éloigner de la guerre, nos retrouvailles nous y plongeaient impérativement. Et je compris aussi que toutes les barrières que j'avais élevées une à une, consciemment ou inconsciemment, allaient tomber. Très vite ! Et de manière brutale. Aussi, c'est une vague d'angoisse qui m'envahit alors même que j'aurais dû me sentir protégée.

17.

Actes de guerre

Oui, j'ai peur de découvrir une mamé Lisette qui me décevrait. Peur pour la petite fille que je suis toujours, au fond de moi.

Le lendemain est pluvieux, de ces pluies de printemps continues et lourdes qui nourrissent la terre mais nous étiolent un peu. Une de ces journées où les pensées vagabondent, où les enfants tournent en rond, où la famille est réunie dans la pièce commune, un peu contrainte et forcée mais ensemble. Bref, une journée idéale pour ressortir les vieilles photos et les vieilles lettres. La pluie est le prétexte, le prétexte pour occuper les enfants, ne serait-ce qu'une heure, une heure de calme pour tous, mais en fait j'y ai pensé toute la nuit.

Quand nous étions petites, Myriam et moi, mamé Lisette nous avait fait lire avec émotion les lettres de captivité de papé Alphonse. C'était juste après son décès et j'avais le souvenir d'une grand-mère remuée par la lecture des lettres de son amour disparu. Mais j'avais à peine dix ans, l'amour, je ne le connaissais qu'à travers les contes de fées. Et depuis, les lettres dormaient dans leur coffret, bien rangées, bien enfouies, oubliées.

Depuis, Charles de Valras est apparu. Bouleversant toutes mes certitudes et surtout, détruisant l'image idéale que j'avais de mes grands-parents. Alors, en ce jour de pluie, j'ai besoin d'entendre la voix de papé, après avoir « entendu » celle de Charles par mail interposé.

Les enfants sont ravis de la distraction, et maman se prête bien volontiers au jeu de leurs questions : « C'est qui ? » « Et là, c'est papé ? » Quand nous arrivons aux lettres, c'est Myriam qui lit à haute voix, de sa voix chaude et harmonieuse, tellement riche en nuances qu'elle semble transcrire les sentiments de celui qui écrit. Le silence se fait autour d'elle et à travers elle résonne la voix d'Alphonse, de très loin, par-delà les Alpes, au fin fond de l'Allemagne.

« 17 octobre 1940,

Ma petite chérie,

Enfin, je peux t'écrire pour te rassurer sur mon sort. Tu as dû apprendre que j'avais été fait prisonnier. De longues semaines se sont écoulées avant que je puisse t'écrire car nous changions sans cesse de campements. Maintenant, je suis "ouvrier" dans une ferme au nord de l'Allemagne, je crois. Les patrons sont corrects avec nous, mais nous ne sommes pas très bien logés et le climat est rude ici. Essaie de me faire parvenir une couverture, si tu le peux bien sûr. Envoie-moi aussi quelques châtaignes sèches, pour améliorer l'ordinaire. La soupe est bien liquide, ici. Portez-vous bien, toi et l'enfant. Tu me manques. Je t'embrasse. Ton mari. Alphonse. »

« 10 mars 1941
Mes chéries,
La photo de notre petite Isabelle que tu as mise dans le colis ne me quitte plus. Elle est si belle. Elle te ressemble tant. Il me tarde de vous embrasser. Mais la guerre s'éternise. On ne sait pas grand-chose ici, mais parfois nous voyons passer des soldats qui partent toujours un peu plus vers l'est. La ferme est grande ici, pas comme chez nous, l'herbe est grasse et les vaches bien nourries et je ne manque pas d'activité. Je pense à vous, comment allez-vous faire pour vous occuper de la propriété avec tous ces hommes partis ? Je sais que tu es forte mais tu dois aussi t'occuper d'Isabelle et des parents. Je vous embrasse tous. Ton Alphonse. »

« 13 décembre 1942
Ma douce,
Je m'apprête à passer mon troisième Noël loin de vous et cela me rend triste. Essaie de gâter Isabelle avec ce que tu trouves, qu'elle au moins soit protégée de la guerre. J'ai bien reçu tes chaussettes et tes gants de laine. Ils me sont bien utiles. Essaie de m'en faire parvenir d'autres, j'essaie d'être propre, même si nous n'avons pas nos aises. As-tu assez de charbon ? Puise dans les réserves de bois, j'espère rentrer bientôt pour les refaire. Mon collègue, celui qui est de Marvejols, a une mauvaise toux. J'espère ne pas l'attraper. Je vous embrasse. Ton Alphonse. »

« 6 juin 1943
Ma petite chérie,
Ce doit être la période des foins. Est-ce que tu as assez de monde pour t'aider ? Je suis content que tu aides le docteur Bastide, mais ne t'épuise pas trop. Pense à toi, pense à Isabelle, cette guerre

s'éternise. Mes patrons me laissent un peu de liberté maintenant que j'échange deux mots d'allemand avec eux. Ils voient que je ne suis pas le mauvais bougre et que je ne cherche pas à m'enfuir. Mais le temps est long. J'ai compris à tes dernières lettres que BoisRedon était occupé. Sois très prudente, sois prudente pour deux, pour Isabelle. Je t'embrasse. Ton Alphonse. »

« 20 juillet 1943
Ma douce,
Merci pour la photo d'Isabelle. Cela me fait de la peine de la voir grandir sans moi. Mais cela me fait plaisir de la voir si belle et en bonne santé, si j'en crois la photo. J'ai reçu une lettre de Marie qui me dit que tu es très occupée par ton métier de médecin. Je te le redis, ménage-toi. Mais je sais que tu n'en feras qu'à ta tête. Surtout, ne te mets pas en danger. De mon côté, je suis impuissant, je sais que tu as besoin de moi mais je suis coincé. Patiente ! Peux-tu me faire parvenir deux ou trois chemises propres ? Prends-les dans mes vieilles affaires, c'est pour le travail de la terre... Je t'embrasse. Ton Alphonse. »

Alphonse s'accommodait tant bien que mal de sa captivité.

Après quelques semaines d'inactivité, parqué dans un camp, sans rien avoir à faire qu'à imaginer le pire, il avait été affecté, avec quelques compagnons dans une ferme. D'abord, ils avaient cru qu'ils transitaient dans un autre camp. Puis, les soldats les avaient fait descendre du camion sans ménagement. Deux civils attendaient. Deux hommes solides aux épaules larges, les mains occupées par des haches. L'un devait avoir une cinquantaine d'années, l'autre peut-être leur âge.

Le père et le fils ? Sans ménagement, mais sans violence, ils les guidèrent vers une ancienne grange aménagée, peut-être pour des saisonniers, maintenant pour les prisonniers. Une main-d'œuvre bon marché. Le local était rustique ; quelques paillasses au sol, un robinet avec l'eau courante et dehors dans une cabane en bois, les sanitaires. Enfin, ce qui en faisait office. Mais au moins, ils étaient au sec et ils avaient un toit sur la tête.

Ils apprirent très vite le mot le plus important : « Arbeit ! » *On aurait dit qu'ils aboyaient quand ils prononçaient ce mot !*

Le travail de la ferme n'était pas tellement différent en captivité. Ici, les vaches remplaçaient les chèvres. Ici, les champs s'étendaient à perte de vue d'une platitude à rendre neurasthénique.

La nuit, Alphonse fermait les yeux et retrouvait les paysages vallonnés de ses Cévennes natales. Il cherchait à en retrouver les odeurs, les bruits, les couleurs. Pour ne pas oublier.

Pour ne pas penser, Alphonse et ses compagnons travaillaient dur. Leur capacité d'endurance leur permit d'échapper à un sort plus sinistre.

Chaque lettre du pays leur réchauffait le cœur et leur remuait les tripes. Alphonse s'abîmait les yeux dans la contemplation des photos de sa petite Isabelle. Ensuite venait le supplice de la réponse. Il restait, alors, des heures devant la feuille, impuissant à transmettre en mots ses sentiments. Rageur de sa faiblesse, quand il se décidait à poster la lettre, il se disait que Lise le connaissait suffisamment pour lire entre les lignes.

« 20 novembre 1943

Je m'inquiète pour toi. J'ai reçu une lettre de Marie et une lettre de Louison et toutes deux me disent que tu t'épuises à la tâche. Tu ne pourras pas tenir à la propriété et chez le docteur Bastide. Ne fais que ce que tu peux sur la propriété. Ce serait quand même une malchance si je ne rentrais pas bientôt. Je ne peux te dire d'arrêter d'aider le docteur Bastide, tu ne le pourrais pas d'après ce qu'on me dit, et puis tu ne le voudrais pas. Merci pour ton pull de laine, l'hiver est particulièrement froid cette année. Peux-tu m'envoyer un ou deux caleçons longs ? Je t'embrasse. Ton Alphonse. »

Alphonse et ses compagnons furent surpris par l'arrivée précoce (d'après leurs critères) de l'hiver et sa vigueur. La nuit tombait vite et le temps s'étirait tant les soirées paraissaient infinies. La neige limitant les risques d'évasion, la surveillance de la famille allemande se relâcha. S'échapper équivalait à un suicide. Ils furent autorisés à se promener pendant leur temps libre dans les limites du domaine.

Alphonse partait alors seul, parfois une lettre dans la poche qu'il voulait relire, parfois un bout de fromage qu'il s'était gardé pour la promenade. Et il marchait, pour se fatiguer un peu plus et se créer un souvenir. Pour que toutes ses journées ne se ressemblent pas l'une l'autre, la saison exceptée. Il s'imposait cette promenade et c'était son choix, son domaine de liberté. Un peu d'humanité.

Le printemps venu, les promenades restèrent autorisées, même si le temps commençait à manquer ou l'énergie. Mais Alphonse y tenait. Il avait apprivoisé les chiens de la ferme et ces derniers l'accompagnaient joyeusement dans ses échappées. Il n'avait pas été impressionné par les grognements des molosses. Il était resté calme et leur avait parlé sans peur. Peu à peu, les chiens s'étaient calmés et l'avaient observé. Il leur avait tendu la main. D'abord étonnés, les molosses étaient venus le sentir à tour de rôle. Alphonse n'avait pas bougé. Le lendemain, il avait recommencé et ainsi de suite, jusqu'au jour où il avait réussi à les caresser. Les chiens raffolaient maintenant des caresses d'Alphonse et l'accompagnaient plus qu'ils ne le surveillaient.

La famille allemande se composait de cinq personnes : les parents, un grand fils, une fille d'une vingtaine d'années et l'aïeule, une femme tout de noir vêtue avec comme seule touche de couleur un fichu qui cachait ses cheveux qu'on devinait très blancs. Il n'était pas très difficile de comprendre que c'était elle, malgré son âge avancé, qui dirigeait tout.

Zvétla, la fille de la ferme, était une jeune femme élancée et rieuse. Tous les jours, elle faisait des exercices de gymnastique et finissait invariablement par une roue. Par espièglerie, consciente que ses parents et sa grand-mère trouvaient que c'était du temps perdu.

Le travail de la ferme ne la passionnait pas, cela se voyait tout de suite. Par contre, elle adorait les animaux et n'avait pas son pareil pour les soigner. Les chiens le sentaient bien et ils lui faisaient des fêtes dès qu'elle approchait.

Alors quand elle s'aperçut que ses chiens lui faisaient des infidélités et allaient promener avec un prisonnier, elle s'agaça. Silencieusement. Elle observa de loin cet homme venu de si loin qui avait gagné le cœur de ses « toutous ». La complicité entre l'homme et les animaux faisait plaisir à voir. Elle le regarda alors comme un homme, et non plus comme un prisonnier.

La première fois, elle appela ses chiens. La seconde fois, elle fit mine d'emprunter le même chemin. La fois suivante, elle ne chercha aucun prétexte et rejoignit le prisonnier dans sa promenade. Alphonse fut surpris par cette familiarité, mais un peu de gentillesse ne se refuse pas et la compagnie de la jeune femme était rafraîchissante, même s'ils avaient du mal à communiquer. De fil en aiguille, elle apprit quelques mots de français et lui quelques mots d'allemand, et ils arrivèrent presque à avoir de vraies conversations. Un luxe.

Zvétla était une jeune femme qui rêvait de rejoindre une grande ville pour y vivre sa vie de femme libre. Elle ne considérait pas Alphonse comme un prisonnier mais plutôt comme un ouvrier et la différence était énorme.

Ce soir-là, Alphonse était en train de s'occuper des vaches quand elle l'avait rejoint, les joues rouges, les larmes au bord des yeux et dans un état de nervosité extrême. Alphonse comprit tant bien que mal qu'elle avait annoncé à ses parents qu'elle irait travailler à la ville « après » et qu'ils s'y opposaient. Se mettre dans des états pareils pour si peu était incompréhensible pour Alphonse.

Car enfin, pourquoi se disputer pour un après qui n'existait pas encore ? Un peu pataud, un peu parce qu'il ne savait pas quoi dire, Alphonse la prit contre lui pour la calmer. Comme l'enfant qu'elle était encore. Il lui caressa les cheveux en murmurant : « Chut... chut... » Les sanglots se calmèrent un peu.

Elle resta un long moment la tête enfouie contre sa poitrine, toute tremblante. Puis, elle leva vers lui un visage inondé de larmes mais apaisé.

Alphonse ne vit alors que ses yeux qui cherchaient son regard, ses yeux qui lui renvoyaient l'amour dont il manquait tant.

Et quand elle lui offrit ses lèvres, il ne résista pas. Ce fut d'abord un baiser hésitant. Puis comme elle répondit avec fougue, il se laissa emporter. Tout ce qu'il vivait depuis quelques mois lui semblait tellement irréel que dans ce monde parallèle si froid, un peu de chaleur était bienvenue.

« 11 avril 1944

Il y a beaucoup d'agitation, ici. Mes patrons sont très inquiets. Donc, moi, j'espère. Les soldats que nous voyons passer ne savent plus à quel saint se vouer. Des ordres contradictoires apparemment. C'est bon pour nous. Mais dans combien de temps ? Tes lettres me parviennent espacées : est-ce à cause du désordre ou es-tu trop occupée ? Je te le redis, je serai bientôt là pour m'occuper de la propriété, tu pourras te consacrer à la médecine sans état d'âme.

Tu diras à Isabelle que je garde son dessin toujours sur moi et que dès que je me repose, je le regarde. Je suis très fier d'elle et de toi. Je vous embrasse. Ton Alphonse. »

D'abord incertains, Alphonse et Zvétla avaient doucement commencé une relation qu'ils vivaient l'un comme l'autre au jour le jour.

Zvélta pensait toujours à la ville et Alphonse pensait toujours à sa femme et à sa petite fille qu'il ne connaissait pas. À des milliers de kilomètres de chez lui, dans ce monde parallèle qu'était la détention, il n'avait pas l'impression de mener une double vie. Ces moments de tendresse leur permettaient simplement de tenir le coup.

Les autres prisonniers avaient deviné. Ils ne le jugeaient pas. En réalité, ils auraient bien aimé être à sa place.

Leurs progrès mutuels dans la langue de l'autre, leur permirent d'aborder des sujets comme l'avancée de la guerre, dont la réalité s'éloignait pour les prisonniers tous les jours un peu plus. Ces jours-là, comme quand elle amenait à Alphonse une lettre de Lisette, elle l'observait en silence, guettant un mot qui laisserait deviner son intention pour « après ». Cet « après » qui semblait tellement irréel. Cet « après » qui devrait le ramener vers sa famille, sa terre... Et dans ces moments-là, elle cherchait à se projeter et oubliait qu'elle avait souhaité vivre cet amour au jour le jour, pour être libre de partir quand bon lui semblait.

L'arrivée des soldats américains trouva Alphonse et ses compagnons en plein travail des champs. Les interpellations joyeuses des Américains de leur camion laissèrent les Français incrédules. Il fallut qu'ils rentrent à la ferme, qu'ils voient la famille de la ferme entourée de soldats américains pour comprendre que la guerre avait pris une autre tournure.

Le capitaine leur tendit la main et leur dit dans un français correct, mais avec un fort accent : « Vous êtes libres ! La guerre est finie ! »

Alphonse et ses amis se regardèrent, n'osant pas y croire. Ne sachant que faire. Le capitaine leur fournit à chacun un laissez-passer et demanda à ses hommes de leur donner un petit paquetage pour le trajet de retour. Mais ils restèrent là, figés, incertains.

« Vous pouvez rentrer chez vous ! Go home ! *»*

Rentrer !

Le futur lointain devenait présent et ils avaient peur de le vivre.

Le nouveau monde commençait et ils ne savaient pas comment le vivre.

Alphonse croisa le regard de Zvétla et il se sentit faiblir. Pouvait-il la quitter ? Ils pourraient toujours aller s'installer en ville. Il commençait à parler allemand. Avec la reconstruction qui s'annonçait, il ne manquerait pas de boulot... Ce faisant, il tirait un trait sur tout son passé. Il ne verrait plus ses parents, il ne connaîtrait jamais sa fille. Et il ne foulerait plus jamais ses terres. Pourtant, les traits de Lisette devenaient tous les jours un peu plus flous, alors que ceux de Zvétla étaient très nets, toujours plus ancrés en lui.

— C'est la dernière lettre de papé Alphonse, après, il a été libéré et après un long, long chemin, il est enfin rentré.

Myriam se tait et nous gardons tous le silence. Même mes chères têtes blondes, qui semblent aussi fascinées par le papier jauni, presque marron, fragile, volatil sous les doigts mais encore palpable, que par le récit. Mais cela ne dure pas. Alors, sous prétexte de préparer le repas du soir, Myriam et moi nous isolons.

— Il n'était pas au courant, dis-je.

— Je n'en suis pas aussi sûre que toi. Je soupçonne Marie ou Louison, voire les deux, de l'avoir alerté.

— Tu crois ?

— Il insiste un peu trop sur son « surmenage » pour que ce soit sans arrière-pensée.

— Et pourquoi non ?

— Peut-être ! Mais tu veux que je te dise ? Mamé a dû se barber avec papé !

— Quoi ?

— Comment ?

— Qu'est-ce que tu racontes ?

— Sois logique. Oublie qu'il s'agit de papé et de mamé. À part lui parler des terres, il n'avait pas beaucoup de conversation. C'est court comme lettre quand on est séparé, tu ne trouves pas ?

— Mais pendant la guerre, ils ne pouvaient pas tout dire. Tout était lu.

— Oui, mais les mots tendres, je pense franchement que les Allemands n'en avaient rien à faire. Je suis simplement en train de t'expliquer qu'entre parler agriculture et parler médecine, et qui dit médecine dit sens de la vie, limite de l'homme face à Dieu, le choix n'a pas dû être trop difficile pour mamé.

— Mais tu ne peux pas assimiler les hommes à leur métier. C'est réducteur et profondément injuste.

— Ce n'est pas ce que je te dis. Ce que tu peux être têtue quand tu ne veux pas comprendre. Je suis en train de t'expliquer que Charles n'a pas dû avoir à trop forcer pour reséduire Lise. Entre les brèves missives de son mari et la présence, la prestance et l'aura de Charles, la lutte était inégale. Et par là même très humaine.

Je ne suis pas convaincue, mais Myriam aura au moins semé le doute en moi.

Le lendemain, la pluie ayant laissé la place à un ciel

bas nuageux mais pour l'instant sec, David, Myriam, les enfants et moi, nous rendons par le chemin des écoliers, ce chemin qui serpente la montagne, caché par des châtaigniers centenaires, chez Marie. Maman ne nous a pas suivis, elle préfère profiter du calme de la maison, et cela nous convient parfaitement. J'aime parcourir ces chemins forestiers cachés sous les arbres, ces chemins forgés par le va-et-vient des hommes comme des bêtes, ces chemins qui continuent à relier les mas entre eux, plus sûrement que toute route bitumée. Quand je marche dans ces sous-bois, baignée d'une lumière adoucie par le feuillage, que je regarde autour de moi, j'ai un sentiment d'éternité. Seule la saison fait varier les paysages, un peu plus de mousse sur les pierres, un rejeton ici ou là, quelques fougères qui font concurrence à la bruyère et voilà tout. Sur ces chemins, j'y ai fait mes premiers pas, très tôt pour « avoir le pied montagnard », et j'y ai ensuite très vite amené mes enfants. Et c'est encore sur ces chemins que je me sens la plus proche de mamé Lisette. Parce qu'elle appartient encore et toujours à cette terre, à ces montagnes, plus encore que les terres lui appartenaient. Elle pourrait déboucher de derrière un bosquet que personne ne serait étonné. Personne ne serait étonné de voir apparaître la fillette Lisette, ou la jeune fille de vingt ans, ou la jeune mère de famille, ou encore la mamé. Et ce sentiment d'éternité s'accompagne d'un sentiment de sécurité qui a dû lui être bien utile lors de l'Occupation, à un moment où elle devait lutter autant contre les Allemands que contre elle-même. Car lorsque rien ne semble changer autour de vous, que peut-il vous arriver ? Rien de grave. Un peu d'ennui, tout au plus. Mais pas de tempête, pas de tourmente, rien de violent. Et pourtant, si ces arbres pouvaient parler ! Ne seraient-ils pas les premiers à nous dire que les apparences sont trompeuses ?

J'entends les rires d'Adrien et Clara et la voix chaude de David qui les guide. Nous sommes à la traîne Myriam et moi, trop plongées dans nos pensées. En nous résonne cette petite phrase, glissée mine de rien au milieu du mail de Charles de Valras : « Elle doit déjà assumer le poids de la faute de ses grands-parents face aux enfants de leurs meurtriers (justiciers, diront-ils, mais quelle justice expéditive !). »

Comme si elle avait lu dans mes pensées, Marie aborde d'elle-même le sujet. Il faut dire que depuis ma dernière venue, Mme Grant est apparue et avec elle est ressorti un passé vite (trop vite ?) enfoui. Depuis son arrivée, le village bruisse de conversations sous le manteau, de « mais si, souviens-toi » et de « mais puisque je te le dis, je ne radote pas encore ! ». Alors, inutile de prendre des chemins de traverse, la curiosité étant presque le propre de l'homme, il suffit de la titiller un peu. Mais vraiment, juste un peu.

Marie ne nous reçoit pas vêtue de son éternelle blouse bleue, c'est dimanche et fête puisque nous venons goûter en nombre et elle a voulu nous faire honneur. Elle porte une robe finement fleurie et a coiffé soigneusement ses cheveux blancs. Elle n'est ni belle ni laide. Elle ressemble à tant de femmes, sans âge, sans flamme particulière, qui vivent toutes proches de nous et dont nous connaissons si peu de choses.

— Alors, vous avez des nouvelles ? demande-t-elle.

Nous qui ne savions pas comment aborder la question, voilà que ça a le mérite d'être direct. Je croise le regard de Myriam et nous ne pouvons réprimer un sourire.

— Oui, nous avons reçu un mail. Un premier contact. Tu sais à distance, c'est difficile d'échanger vraiment.

C'est Myriam qui a parlé. Je suis assez étonnée de son approche mais comme je vois Marie se décontenancer, je choisis de la laisser faire.

— Il ne vous dit rien ? Pourtant, c'était un beau parleur le Charles…

— Tu l'as bien connu, toi aussi ?

— Oh non ! Dis, tu n'y penses pas, c'était un monsieur. Le fils du château ! Et un médecin en plus !

— Cela n'a pas eu l'air de gêner mamé Lisette !

— Lisette, c'était Lisette. Bon, mais il ne vous dit rien.

— Il parle un peu de ses parents. J'ai cru comprendre qu'ils étaient morts. Tu t'en souviens ?

— David, mon grand, emmène les enfants cueillir des jonquilles, tu sais au fond du pré, à côté du lavoir. C'est plus au sud et il y en a déjà des magnifiques. Je les laisserai bien y aller tout seuls, mais avec ce lavoir à côté… On ne sait jamais ce qui passe par la tête des enfants.

David me lance un regard interrogatif. Il est comme moi, étonné que Marie lui donne un ordre, même aussi innocent que celui-là. Cela lui ressemble si peu. C'est, je crois, le mouvement de tête autoritaire de Myriam qui le décide. Elle aurait clairement dit « allez, ouste, dehors ! » qu'elle ne se serait pas moins bien exprimée.

— Tu te souviens de M. et Mme de Valras ?

— Ah oui ! Madame était l'élégance personnifiée. Comment vous dire ? Elle semblait tout droit sortie d'une de ces revues de haute couture parisienne. Sauf que sur les magazines, tu vois des jeunes filles de vingt ans alors qu'elle, elle en avait plus de cinquante. Oh oui ! Plus de cinquante. Eh bien ! Vous voulez que je vous dise, elle était aussi belle que ces filles des magazines. Peut-être plus, car elle avait l'assurance en plus. Mais Madame n'était pas facile. Elle était exigeante, ses femmes de chambre ne restaient pas longtemps. Car elle était perfectionniste. Elle voulait être entourée de gens cultivés, bien élevés, jusque dans ses gens de maison. Bref, elle méprisait un peu le pauvre peuple que nous étions. Que nous sommes encore. Elle n'était pas aimée, vous pensez bien. Une femme trop belle et trop hautaine, cela ne plaît pas. Qu'on l'aime ou qu'on ne l'aime pas, ce que l'on ne peut lui enlever, c'était de la dignité et de l'élégance en toutes circonstances. Jusqu'au jour terrible de sa mort.

— Comment est-ce arrivé ?

Je fais les gros yeux à Myriam d'avoir interrompu le récit de Marie, tant j'ai peur qu'elle ne le reprenne pas. Mais non.

— C'était une journée chaude d'été. L'été 1945. L'été où tout a basculé. J'étais au lavoir, juste là où sont les enfants maintenant. Et je les ai vus arriver. Je les ai vus arriver de loin, ils débouchaient du chemin que vous venez de prendre. Ils étaient trois, et Madame. Deux entouraient Madame, le troisième fermait la marche. Tout d'abord, je n'ai pas compris. J'ai vu la robe, blanche à fleurs rouges de Madame, puis j'ai remarqué les fusils à l'épaule des hommes. Ce qui m'a frappée puis alertée, ça a été ce silence, pas les fusils. Ils montaient en silence. D'habitude, je sais que j'ai de la visite parce que j'entends les voix, déjà au chemin. Là, rien. Je ne l'ai su que quand ils ont débouché sur le pré. Autre chose bizarre, troublante, les chiens n'avaient pas aboyé. Le petit groupe avançait calmement, sans hâte, sans faiblir mais en silence. Dans ce silence, je sentais la peur m'étreindre. Parce que les fusils, vous savez, j'ai l'habitude. Entre les chasseurs et les maquisards, en ces temps-là, j'en avais vu des fusils. Mais je n'avais jamais été autant envahie, habitée par un silence aussi lourd. Un silence de mort. Car il ne m'a pas fallu un dessin pour comprendre. Même si cela me crevait les tripes. Avant qu'ils arrivent au lavoir, je savais et je ne pouvais pas leur jeter la pierre, même si cela me faisait mal. Certaines nuits encore, je les revois monter et j'entends ce silence, ce silence qui me réveille…

Marie se tait, son regard s'égare, nous laissant seules face à elle, seules et un peu effrayées. Après un moment qui nous semble épouvantablement long, Marie revient parmi nous et son visage se froisse. Marie a un visage rond, bien rempli, peu ridé et en un instant, il prend l'apparence d'une pomme flétrie, chiffonnée. Le changement n'échappe pas à Myriam et nous échangeons un regard inquiet.

— Quand ils sont arrivés à ma hauteur, ils ont été un peu gênés. Je crois qu'ils auraient préféré ne croiser personne. Courageux peut-être, mais pas très fiers. Madame s'est arrêtée. Elle m'a souri, comme si elle était là encore la maîtresse de maison. Je me souviens lui avoir dit simplement : « Bonjour, madame de Valras. » Elle a pris un temps pour me répondre, puis d'une voix douce mais ferme, elle a dit : « La journée s'annonce belle. Je vous la souhaite bonne, ma petite Marie. » Je ne sais plus ce que j'ai répondu, car déjà ils reprenaient leur marche. Je les ai regardés s'enfoncer dans la forêt, j'ai longtemps suivi la tache fleurie de la robe de Madame, jusqu'à m'en faire mal aux yeux. Puis, plus rien. La journée n'a pas été bonne, contrairement au vœu de Madame, mais elle a été longue. Terriblement. La nuit commençait à tomber quand je les ai enfin vus redescendre. Ils étaient là, tous les trois, avec leur fusil, mais sans Madame. Comme à l'aller, ils étaient silencieux. Toujours ce silence. J'ai horreur du silence. Vous vous demandez pourquoi je parle tout le temps. Eh bien ! Je vais vous le dire, pour meubler le silence. Depuis ce jour, le silence me glace. Bref, revenons à notre histoire, ils descendaient donc. Moi, je me suis plantée au milieu du pré du haut pour qu'ils ne puissent pas m'éviter et qu'au moins ils me regardent en face. Arrivés à ma hauteur, ils m'ont simplement dit « c'est fait », et tout était dit. Ils ne m'ont pas regardée dans les yeux, mais ils ne m'ont pas évitée non plus. Ils avaient fait leur corvée, ils l'avaient fait quand d'autres ne voulaient pas le faire, ceux-là mêmes qui le réclamaient pourtant. Ils avaient vécu un moment difficile et ne voulaient plus qu'on en parle. Et nous n'en avons plus jamais reparlé. Jamais. Quand ils furent partis, je me suis assise dans le pré et j'ai regardé la nuit noircir les cimes, puis s'éclairer de mille étoiles. Je pensais à Madame, toujours si élégante, si raffinée, qui était allongée quelque part sous la terre de bruyère, bien loin du caveau de famille des de Valras, ce château miniature. Elle qui avait horreur de se salir. Avaient-ils pensé à un cercueil, ou s'étaient-ils contentés d'un drap en guise de linceul ? Avaient-ils pensé à mettre une croix de fortune sur cette tombe improvisée ? Où étaient les pelles ? Quelle sépulture lui avaient-ils accordée ? Avaient-ils pris le temps d'une prière l'exécution achevée ? Je pensais pratique, parce que je ne suis pas allée à l'école, moi, pas comme votre grand-mère. Je ne suis qu'une paysanne et ce sont les questions pratiques qui me poursuivent encore aujourd'hui. Mais jamais, jamais je ne les leur ai posées. Après tout, leurs nuits ne doivent pas être sans rêve à eux non plus. Car, on a beau crâner, faire le fier, le faire pour la patrie, quand on passe à l'acte, comme cela, face à face, face à une personne que l'on a toujours connue et qui même en cet instant en impose, je pense qu'on se sent tout petit et très mal. Alors, ce n'était pas à moi de remuer le couteau dans la plaie. Parce que ce qu'ils ont fait, beaucoup n'auraient pas eu le courage de le faire. Alors, on pourra dire qu'ils n'ont pas eu la manière, mais ils l'ont fait, un point c'est tout. Et je peux vous dire que tout le monde leur en a été reconnaissant, et même encore aujourd'hui. Et c'est même grâce à ça que le père de Fernand a été maire et Fernand après lui.

— Le père de Fernand faisait partie des trois ?

— Oui, le Ferdinand, le père de Fernand, le Victor des Bories et le Jean du Villaret. Quelques jours après, j'ai sillonné la montagne dans la direction qu'ils avaient prise. Je voulais m'assurer qu'elle avait une sépulture digne et peut-être y mettre des fleurs, quelque chose. Parce qu'elle avait beau être une collabo, j'ai du mal à croire qu'elle ait été aussi mauvaise qu'on le disait. Aucun être humain n'est foncièrement mauvais, ce n'est pas monsieur le pasteur qui me contredira. Eh bien, j'ai marché, longtemps, et j'y suis revenue plusieurs jours de suite ; je n'ai rien trouvé. Peut-être que je ne suis pas allée assez loin. Peut-être que je ne cherchais pas vraiment à la trouver, que ça me faisait peur. J'ai guetté alors le vol des buses sur la montagne, elles ne s'attardaient pas plus que de coutume. Alors, la vie a repris ses droits et cette histoire a été enterrée. Sauf certaines nuits. Mais en tout cas, elle ne m'a pas empêchée de vivre, parce que c'était juste, voilà tout.

18.

Le cas

Je n'ai jamais rencontré le commandant Dietrich, et pourtant je connaissais tout de lui. Charles était mes yeux, mes mains ; il l'auscultait, suivait l'évolution de la pathologie et me rapportait tout. Je n'aurais pu être en accord avec moi-même autrement. Je ne voulais pas le connaître, je ne voulais pas m'attacher. Car si j'étudiais le cas médical (comme s'il se fut agi d'un cas anonyme), avec une démarche toute scientifique, presque de chercheur (recherche appliquée dit-on maintenant) puisque c'était l'accord conclu avec Charles, je me refusais à pactiser avec l'ennemi. Étais-je hypocrite ? Autruche ? Oui, sûrement un peu. Oui et non. J'essayais de concilier l'inconciliable ; mon devoir de médecin, ma curiosité de scientifique et mon devoir de patriote. Allons, soyons, aujourd'hui que tout est fini, honnête jusqu'au bout ; je cherchais le moindre prétexte pour passer un moment avec Charles. Et tant mieux si c'est par ma passion de la médecine que j'y parvenais. Nous aurions pu vivre longtemps comme cela ; hors du temps, hors de la société. La forêt était notre complice, le docteur

Bastide aussi. Ah ! Cher docteur Bastide ! L'honnête homme au sens noble du terme. Un petit médecin de campagne, un peu bougon, un peu timide, mais avec un cœur si grand qu'il savait dépasser les convenances quand cela était nécessaire. Il ne lui fallut pas longtemps pour nous connaître par cœur Charles et moi, pour nous connaître mieux que nous-mêmes. Cette capacité de percer les âmes, donnée à certaines personnes, il la possédait. Charles venait le matin tôt, bien avant que la salle d'attente ne soit ouverte et tous trois, nous étudiions « le cas ». C'était presque amusant, cette complicité, cette transgression des règles, ces mensonges solidaires. Non, c'était franchement amusant et M. Bastide n'était pas le dernier à s'amuser. Charles partait ensuite très vite et M. Bastide et moi pouvions nous partager qui la tournée, qui la salle d'attente. Le départ de Charles me laissait toujours un peu nostalgique, frustrée aussi mais surtout très coupable. Frustrée de ne pas vivre cet amour, coupable de ressentir cet amour. Et la situation empirait les jours où je recevais une lettre d'Alphonse. Je devenais nerveuse, tranchante, presque agressive. Je voulais me punir, je punissais les autres. Heureusement pour moi, cela n'arrivait pas souvent et les gens étaient indulgents avec moi : « La pauvre ! Seule à élever sa petite ! Et elle veut être partout ; être docteur et tenir la propriété ! Elle s'épuise, c'est sûr ! » Oui, j'étais épuisée mais pas pour ces raisons. Or, un jour que j'étais particulièrement mal et donc particulièrement désagréable, le docteur Bastide me fit venir d'autorité dans son cabinet pour une « consultation privée ».

— Ma petite Lise, tu vas te calmer. Ce n'est pas parce que tu culpabilises d'aimer Charles que tu dois t'en prendre aux autres.

— Mais, docteur Bastide...

— Tu vas me dire que tu ne l'aimes pas, peut-être !

— Non, je l'ai aimé. Nous avons voulu nous marier. Mais maintenant, c'est fini. Je suis mariée.

— Alors voilà, tu es mariée, avec un bon mari, je te l'accorde, un homme honnête et travailleur. Et en rangeant ta robe de mariée dans l'armoire de votre chambre, tu as aussi rangé dans une boîte bien fermée, surtout fermée hermétiquement, l'amour que tu avais pour Charles. C'est bien ça ? Je résume bien la situation ? Inutile de baisser la tête, tu n'es pas une élève prise en faute. Tu es une femme, ma petite. Une femme faite de chair et de sang. Une femme avec ses forces, mais aussi ses faiblesses. Des forces tu en as beaucoup, c'est ce qui nous a toujours tous épatés. Des faiblesses, tu en as peu mais une grande. Ta faiblesse s'appelle Charles. Que tu le veuilles ou non. Alors vis avec ! Sois une femme libre, une femme qui assume ses sentiments, qui vit dans le présent et qui mourra avec des remords peut-être, mais pas de regrets. Je me suis bien fait comprendre ?

— Mais, docteur Bastide...

— Bien entendu, je n'ai rien vu et tu resteras pour tous la femme d'Alphonse. Il ne manquerait plus que tu l'achèves, celui-là, même à distance. Mais Alphonse est loin et Charles est là. Tu sais, j'ai longtemps cru que Charles était superficiel, prétentieux, bref pas capable de sentiments profonds. Depuis que nous étudions le cas, j'ai appris à le connaître. Et je l'ai observé. Eh bien, tu veux que je te dise ? Si Charles

est ta faiblesse, toi, tu es sa force. J'ai vu les regards dont il t'enveloppe, j'ai vu le cas qu'il fait de ton avis, j'ai vu la confiance et le respect qu'il te porte. Ce sont des preuves d'un grand amour. Attention ! Je n'ai pas dit qu'Alphonse ne t'aime pas ! Non ! J'ai dit que d'après ce que j'en ai vu, Charles a pour toi un amour vrai, profond. Je te dis ça, juste au cas où tu en douterais.

— Merci, docteur !

— Mais non, mon petit, c'est cela aussi un docteur. Et là, je crois que je viens de te donner une belle leçon de médecine. Ah oui, je suis assez content de moi !

19.

La voix de Charles

La pénombre commence à gagner le sous-bois quand nous amorçons la descente pour rejoindre notre mas. Les enfants sont fatigués et chougnent, les grands sont perdus dans leurs pensées. Dès le seuil de la maison de Marie franchi, je raconte à David tout ce que nous venons d'apprendre, avec encore dans la gorge toute l'émotion retenue et qui ne demande qu'à s'exprimer. David, mon roc, mon pilier, est fidèle à son image, fidèle à mes attentes.

— Les filles, je crois que vous êtes en train de faire ressortir de vieux secrets. Des secrets dérangeants. Maintenant, ce n'est pas en allant voir les uns et les autres que vous en saurez plus. Il vous faut passer à la vitesse supérieure.

Myriam et moi le regardons, interloquées. Nos neurones ont du mal à se connecter, nous sommes encore sous le choc, nous attendons la suite, comme hébétées.

— Vous vous voyez aller voir les trois vieillards et leur demander la bouche en cœur : « Dites-moi, j'ai appris que vous aviez exécuté la châtelaine pendant la guerre. Sans vouloir vous déranger, vous ne voulez pas m'en dire plus ? » C'est sûr, ils vont vous accueillir à bras ouverts.

— Qu'est-ce que tu proposes ? demande Myriam.

— Si vous voulez aller jusqu'au bout, il vous faut agir avec méthode.

— Je ne comprends pas…

— Je récapitule. Depuis le début de cette histoire, vous vous laissez porter par les événements. La robe de la commode. L'arrivée de Mme Grant. Le mail de Charles. Le récit de Marie maintenant. Et au gré de ces épisodes, votre opinion suit les flux et les reflux de la marée. Or, quand on a une opinion, elle affronte toutes les tempêtes, elle garde le cap.

— Tu aurais fait un bon marin, dit Myriam, mais concrètement ?

— Concrètement, vous devez bâtir votre opinion sur du solide, du concret. Pas sur les sables mouvants des témoignages plus ou moins fiables. Donc, il vous faut trouver des preuves. Si vous voulez savoir qui était vraiment votre grand-mère, si c'est pour vous le seul moyen de faire votre deuil, alors agissez en professionnelles.

— Tu veux que nous devenions détectives ?

— Détectives, journalistes, historiennes, appelez ça comme vous le souhaitez. Mais maintenant, vous êtes à un carrefour ; soit vous vous contentez de ce que vous savez, cet amour secret que vous trouvez très romantique, soit vous allez plus loin et vous cherchez à savoir quelle était la vie de votre grand-mère pendant la captivité de votre grand-père. Ce choix vous appartient. Moi, je n'ai pas besoin d'en savoir plus. Mamé Lisette reste pour moi une femme formidable. Et rien ne viendra ternir cette image. Quelle que soit votre décision. Mais n'oubliez pas, vous vous en êtes rendu compte aujourd'hui, on peut être très surpris en remuant le passé. Alors, avant de continuer, soyez sûres de vous. De vous deux, car je pense que cette démarche doit être commune. Moi, je suis en seconde ligne.

Nous marchons un moment en silence, imprégnées par les paroles de David. Comme toujours, il a raison. Comme toujours, il sait être l'aiguillon !

— Qu'est-ce que tu nous conseilles ? demandé-je.

— Je ne sais pas. Commencez par les archives des journaux de l'époque. Allez voir la faculté de lettres de Montpellier. Des études sur l'Occupation dans les Cévennes, vous devriez en trouver. Bref, sortez de BoisRedon. Voyez large pour mieux comprendre et pouvoir revenir à l'anecdote, et ainsi savoir la mettre sous la bonne perspective.

— Mais c'est un travail à temps plein que tu nous demandes…

— Je ferai la vaisselle si tu veux te dégager du temps ! dit-il en riant. Plaisanterie mise à part, n'oubliez pas Internet. C'est un accélérateur de recherche formidable. Mais à utiliser en complément de, pas comme la connaissance universelle. Les secrets enfouis font rarement l'objet de publications, mesdames.

— David a raison, dit Myriam. Si nous voulons grandir à notre tour, nous devons pouvoir connaître cette page de l'histoire de notre famille. J'ai du temps disponible jusqu'en septembre. Je peux m'y atteler. On rentre et on se fait un plan de bataille.

— Notre première tâche n'est pas la plus facile. Avant de faire un plan de bataille, il faut assurer nos arrières. Ce qui veut dire, garder un bon contact avec

Charles de Valras. Et cela passe par une chose toute simple, mais que nous repoussons depuis trop longtemps : répondre à son mail. Donc, pour mettre en application nos bonnes résolutions, je propose que nous nous débarrassions de cette corvée dès ce soir.

Dès le repas passé et les enfants couchés, nous nous installons derrière l'écran d'ordinateur de Myriam pour répondre à Charles. Charles, que nous n'osons appeler ainsi dans nos mails.

« Monsieur de Valras,

Notre délai de réponse a dû vous sembler infiniment long et nous nous en excusons. Mais votre récit était tellement riche, d'évidences pour vous mais d'interrogations pour nous, que nous avons essayé de savoir, pour pouvoir comprendre.

Petit à petit, nous avons réuni les pièces du puzzle. Mais nous ne les avons pas toutes, loin de là. Et il nous faudra encore du temps, ou de l'aide pour les retrouver et les emboîter.

Aujourd'hui, nous avons appris les circonstances de la mort de votre maman. Mais la condamnation pour collaboration ne nous donne pas beaucoup de précisions sur la nature des crimes dont on l'accusait. Quant à vous, vous dites que vous avez voulu chercher l'homme derrière l'uniforme et que tout est parti de là. Mais qu'est-ce qui est parti de là ? Avez-vous été complice des crimes de vos parents (complice même passif) ou vous en êtes-vous éloigné ? Si vous vous en êtes éloigné, quelle foi pouvons-nous accorder à votre parole ?

Il y a l'Histoire et votre rôle à ce moment, puis il y a l'histoire, votre histoire avec mamé Lisette. Nous ne vous cachons pas que nous sommes un peu perturbées d'imaginer mamé amoureuse d'un autre homme que papé, d'un autre homme dont elle ne nous a d'ailleurs jamais parlé.

Néanmoins, nous sommes prêtes à vous faire une promesse ; nous allons tout mettre en œuvre pour découvrir puis comprendre ce qui s'est passé. Et pourquoi ce silence. Votre récit est important, primordial. Mais nous ne vous cachons pas que nous ne nous limiterons pas à lui. Nous allons chercher du concret. Mais nous voulons faire vite, pour vous, pour votre fille qui ne peut s'éterniser ici, pour nous aussi. Pour pouvoir tourner la page plus rapidement.

Bien à vous,

Estelle et Myriam. »

Nous regardons la petite enveloppe s'envoler et elle a disparu depuis un moment que nous fixons encore l'écran, songeuses. Nous le savons, la réponse ne va pas tarder.

Et effectivement, dès le lendemain soir :

« Mes enfants,

Comment vous dire ? Je comprends vos interrogations, votre recherche d'éléments tangibles. Je comprends que vous ayez du mal à croire un vieux monsieur, jamais rencontré, qui vous écrit des choses incroyables de l'autre côté de l'océan. Je comprends mais je n'ai pas le temps d'attendre que vous vous égariez en recherches vaines. La maladie est là, insidieuse, mais tous les jours un peu plus victorieuse. Et même si l'on dit qu'elle progresse moins vite chez les personnes âgées, je vous assure que chaque cas est différent.

Pour faire court, je vais tenter d'être le plus précis possible pour vous donner ma version de cette histoire.

Après vous aurez tout loisir pour chercher des preuves. Mais au moins, vous chercherez dans la bonne direction.

Comme vous le savez, mon père dirigeait la mine et était à ce titre le premier employeur de la région. Il y avait la mine bien sûr, mais aussi la quincaillerie de la mine, l'épicerie de la mine, la pharmacie de la mine et le médecin de la mine. Mon père, ou pour être honnête, mes parents dirigeaient tout. Ils contrôlaient par le travail, par l'accès aux soins comme par leurs bonnes œuvres. Lorsque le rationnement s'est fait trop sentir à Paris, nous avons gagné BoisRedon. Ma mère n'y tenait pas particulièrement, car elle s'éloignait de la "vraie vie", la vie mondaine, mais nécessité fait loi et les denrées étaient nettement plus faciles à trouver à la campagne. Quant à moi, j'ai repris, à la demande de mon père, le poste de médecin de la mine. Puis très vite après notre arrivée, la zone sud a été occupée par les Allemands, et le hasard a voulu que ce soit le commandant devenu colonel Dietrich qui commande la zone des Hautes-Cévennes. C'est ainsi que je l'ai retrouvé. Comme je vous l'ai déjà écrit, c'était un homme raffiné, cultivé, un hôte agréable qui nous permettait d'avoir des échanges intellectuels riches. Ne le prenez pas mal, mais je n'avais personne avec qui partager à BoisRedon. Hormis Lise... Donc en plus de mon travail de médecin de la mine, je soignais également le colonel. Et quand il s'est avéré que son cancer évoluait rapidement, j'ai pris contact avec Lise. Je ne sais pas si vous le savez, mais elle s'était beaucoup intéressée à cette maladie durant son internat et elle avait également participé à des programmes de recherche. Bien sûr, de BoisRedon, avec le peu de moyens dont nous disposions, nous ne pouvions pas espérer des miracles. Mais nous pouvions au moins partager notre diagnostic. Lise s'est d'abord rebellée, puis elle s'est laissé convaincre et je dois beaucoup au docteur Bastide à ce sujet. Alors, a commencé une période heureuse. Comme nous nous aimions en cachette pendant nos études, nous nous retrouvions clandestinement pour “analyser le cas”, comme disait Lisette. Tous les matins, avant que le cabinet n’ouvre, le docteur Bastide nous accueillait. Plus qu’un complice, un facilitateur. Un drôle de petit bonhomme, il ne payait pas de mine, mais quelle ouverture d’esprit !

Ces rendez-vous clandestins (chacun sa clandestinité, me direz-vous) auraient pu durer très longtemps, mais comme vous le savez, BoisRedon est un petit village. Un petit village, qui plus est, très engagé dans la Résistance. Avant d’aller plus loin, autant vous dire ce que je pensais de la Résistance à cette époque : une bande de gamins désorganisés qui faisaient plus de mal que de bien. Jusqu’à ce jour-là. L’aube se levait à peine, quand on tambourina à la porte.

Docteur, docteur, ouvrez, il va mourir !

Bien sûr, le docteur Bastide n’était pas arrivé et c’est la faible lumière de la lampe à pétrole, que nous éclairions pour éviter d’ouvrir les volets, qui avait filtré à travers les persiennes et avait trahi notre présence. Que faire ? Ne pas bouger ? Nous étions médecins : impossible. Nous afficher ensemble : impossible, Lise était mariée. Une seule solution, donc, Lise ouvrit la porte et moi, je me cachai dans le vestibule où le docteur entreposait ses médicaments de premiers secours. C’était le fils Polge, un gamin de douze treize ans qui venait cherchait du secours. Il était essoufflé et effrayé.

Lisette, c’est mon frère. La bombe ! Elle a foiré, elle lui a explosé la jambe. Viens vite, il perd beaucoup de sang.

Mais quelle bombe ? Où est-il ?

Il est sous le pont du Rieu, après le passage à niveau. Il devait faire exploser le pont et ça lui a pété à la figure !

Mais qu’est-ce qui lui a pris de faire ça tout seul ! Et il n’était pas seul…

Mais ce n’est pas la première fois…

Quoi, les attentats contre les Allemands, c’était vous ?

Ben oui, pas seuls mais le réseau quoi… Tu ne savais pas ?

Euh, bon. Dis-moi, il a perdu connaissance ? Il a encore sa jambe ou non ? Il saigne beaucoup ?

Ben, il déguste, il gueule comme un putois. Pour sa jambe, je ne sais pas. Je ne suis pas allé voir de trop près, tu comprends ?

Bon, attends-moi, je prends ma trousse, je laisse un mot au docteur Bastide et on y va.

Lise m'a rejoint dans le cagibi et tout en complétant sa trousse, elle m'a demandé de prévenir le docteur Bastide et de préparer au mieux le cabinet au cas où une opération en urgence serait nécessaire. Bref, d'improviser un bloc opératoire de campagne. Vous ne pouvez pas imaginer combien cela m'a coûté de la laisser partir seule vers le danger, alors que moi je restais en seconde ligne. Mais elle avait plus peur pour sa réputation que pour sa vie. Je me suis activé pendant son absence pour ne pas penser, mais la peur me tenaillait le ventre et j'ai rendu le cabinet aussi stérile qu'il était possible. Le docteur Bastide est arrivé une heure après, comme à son habitude. Son problème était très pratique ; Lise palliait l'urgence sur place, mais pour assurer une prise en charge complète, il faudrait acheminer le blessé à son cabinet. Inenvisageable d'opérer en pleine campagne. Et puis, le bruit de la bombe avait dû alerter les Allemands. Il fallait faire diversion. C'est là qu'il décida de m'utiliser.

Charles, vous allez nous rendre service. Débrouillez-vous, mais éloignez les Allemands du pont du Rieu ! Trouvez quelque chose et vite !

Mes méninges marchaient à cent à l'heure, mais dans le vide. La seule image que j'avais devant les yeux, c'était Lise face aux Allemands. Et là, je craignis que les conversations raffinées du colonel Dietrich ne soient que poudre aux yeux.

Et si je les envoyais vers la mine ? Je ne sais pas, moi, je peux inventer une histoire de vol ? Non, ils vont vouloir un coupable. Et si j'imposais une visite médicale forcée à tout le régiment, je ne sais pas, un cas très contagieux de tuberculose détecté, un contrôle urgent à faire…

Très bien, très bien, filez !

Vous me tiendrez au courant ?

Mais oui, mais oui…

Le colonel Dietrich a été très étonné de ma requête, je ne crois pas qu'il en ait été dupe, mais pour autant, il m'a laissé faire. Il était fatigué, il gardait son énergie pour d'autres combats. J'ai passé trois jours à ausculter des soldats très sains, et à défaut de tuberculose, je n'ai identifié que trois cas d'asthme. Sans l'estime du colonel, j'aurais pu craindre pour ma vie. Mais j'ai donné du temps à Lise. Pour quoi faire ? Durant ces trois jours, je n'en ai rien su. Et ce fut terrible ! Pour la première fois de ma vie, je me suis senti prisonnier. Mais je comprends que les villageois ne retiennent que "le médecin des Allemands", le collabo. Ce n'est qu'une semaine plus tard que j'ai su que le fils Polge avait été amputé. Par hasard, par ma mère… Je surpris une de ses conversations avec mon père en présence du colonel.

Ah mon cher, savez-vous que l'aîné des Polge a été amputé d'une jambe ? Une histoire de charrette qui lui serait tombée dessus… Hum ! Je n'y crois pas trop, il n'a jamais été très vaillant aux champs, celui-là. Soyez vigilant, mon cher Hans.

Et comment va-t-il ? demanda poliment le colonel.

Bien, apparemment ! Il paraît que le docteur Bastide et Lise ont fait du bon travail, tout le village chante leurs louanges. Ah ! Elle est toujours dans les bons coups, Lise. N'est-ce pas que j'ai eu raison, mon cher, de l'éloigner de Charles ? C'est un niais avec les femmes et la garce est maligne.

Conversation instructive que je vous retranscris aussi fidèlement que possible pour que vous me compreniez mieux. Dès le lendemain, je retournai au petit matin, bien avant que le jour se lève, au cabinet du docteur Bastide. Lise n'était pas là, mais le docteur, oui, et il me donna tous les détails de l'épopée, détails tant médicaux que personnels. Et il me promit que le lendemain, Lise serait au rendez-vous. Le lendemain, je la serrai avec bonheur dans mes bras. Nous nous retrouvions enfin, véritablement.

Nous avons beaucoup parlé, simplement parlé. Elle me raconta tout ce qu'elle avait découvert sur la Résistance ; elle avait découvert ses amis, ses voisins sous un autre jour et en était sortie galvanisée.

— Nous avons trop longtemps vécu repliés sur nous-mêmes. Ils sont plus jeunes que nous mais plus courageux. Il faut les aider. Et plus si possible !

Qu'elle était belle, les yeux pleins de flammes. Mais, moi, j'avais peur, je lui ai raconté la conversation que j'avais surprise et la conclusion que j'en avais tirée. Il me fallait partir. Loin de mes parents, m'échapper. Elle me raisonna ; j'étais proche des Allemands, il me suffisait de bien écouter et de lui raconter. Et elle utilisa un argument imparable, "comme ça, nous nous verrons plus souvent !". N'allez pas croire que le collabo se présente comme un résistant. Loin de moi cette idée. Je n'ai pas été résistant (c'est un tort, je vous l'accorde), mais je n'ai pas été complice non plus. Contrairement à mes parents. Mes parents, eux, n'avaient qu'une religion : le pouvoir. Et pour conserver le pouvoir sur la mine, il fallait s'accommoder des Allemands et ils ne se sont pas beaucoup forcés pour ça, à vrai dire. Car grâce aux Allemands, ils prenaient encore un peu plus d'ascendant sur "le peuple" qu'ils méprisaient. Le pouvoir par la peur, cette fois-ci. Les Allemands y trouvaient bien sûr leur compte, la plus grosse partie de la production partait en Allemagne, gonflant toujours un peu plus la réserve du Reich. En échange, ils assuraient protection, laissez-passer et un substantiel revenu à mes parents. Et surtout, surtout, ils évitaient le STO aux mineurs. Ou plutôt leur imposaient un STO sur place, sans rien leur dire. Ingénieux, non ? Mes parents se présentaient comme des patrons protecteurs alors qu'en fait, ils protégeaient leurs revenus. Ni plus ni moins. Et dans ce milieu-là, l'argent n'a pas d'odeur. Voilà le fin mot de la sale histoire qui a sali toute la famille. Cherchez les preuves, perdez-vous dans les vieux journaux, les archives poussiéreuses, passez-y vos jours et vos nuits, si cela doit vous convaincre que je dis la vérité. Mais d'abord, posez-vous cette question : quel intérêt ai-je à mentir ? Moi, je ne pensais qu'à une chose : me racheter aux yeux de Lise et à mes propres yeux. Car ma seule faiblesse, quoi que vous en pensiez tous, a été de laisser partir Lise au bras d'Alphonse. Pas de ne pas avoir été résistant. Car c'est facile avec cinquante ans de recul et la tête farcie de belles histoires sur la Résistance de se dire "à sa place, moi…". Mais on ne peut pas racheter les fautes du passé ; le colonel a succombé à son cancer (sans trop de douleurs, notre seule consolation) et mon rempart est tombé. Je suis devenu assujetti. Le commandant qui remplaça le colonel Dietrich était un petit homme sec, aux yeux noirs et inquisiteurs. Il était toujours resté dans l'ombre, attendant son heure. En prenant le commandement de cette petite garnison, il se rapprochait de son dieu : le Führer, et il mit tout en œuvre pour que "sa province" devienne une "province" exemplaire. C'est ainsi que les excès commencèrent, et l'ampleur de l'avancée des Alliés qui commençait à se savoir au fin fond de nos Cévennes, ne fit qu'exacerber sa rage de réussir. Il enrageait d'avoir eu si tardivement le "pouvoir" (cet incapable de Dietrich, aimait-il à dire) et se refusait à reconnaître la déconfiture de l'armée allemande, la fin de son rêve : le grand Reich.

Quant à moi, il me tenait, par Lise. Il avait appris (par quelle bonne âme, je ne sus jamais, je soupçonnai même ma propre mère…) que je revoyais Lise et m'avait fait comprendre qu'il serait dommage de s'en prendre à une "aussi jolie femme et à une aussi jolie petite fille…". La situation devint vite intenable et je n'avais d'autre choix que de m'enfuir. La dernière conversation que j'eus avec mes parents fut conforme à la relation que nous avions toujours entretenue :

policée, cordiale, mais impersonnelle et superficielle. J'essayai bien de leur faire comprendre l'urgence de la situation, mais mon père me répondit "profit" avec pour seule remarque :

Ah ! J'ai été mal inspiré d'écouter ta mère en te poussant vers la médecine. Tu n'as décidément aucun sens pour les affaires, pas même du bon sens, mon pauvre Charles.

Quant à ma mère, ce ne fut pas mieux, même si elle était plus fine mouche. Une mère, d'un fils unique qui plus est, a un sixième sens pour cerner l'ennemie et pour ma mère, l'ennemie avait un prénom.

D'où te vient ce patriotisme de la dernière heure ? Tu revois Lise, n'est-ce pas ? Oh ! ne mens pas, je le lis dans tes yeux. Comment un garçon aussi brillant que toi peut-il se faire mener par le bout du nez par une petite paysanne de rien du tout, une parvenue qui ne serait rien sans nous, dois-je te le rappeler ?

Je me suis retiré dans ma chambre, agacé de leurs réflexions, pour ne pas dire plus, mais quelque part libéré des chaînes qui me liaient à eux.

J'ai rassemblé un petit paquetage de fortune ; quelques habits, tout l'argent liquide que j'ai pu trouver, mes papiers et la photo de l'hôtel Lutetia. Et j'ai quitté le château. Je ne pensais pas ne jamais le revoir, comme je ne pensais pas ne jamais revoir mes parents. Car quoi qu'ils aient fait, ils étaient mes parents et le sort qui les attendait a peut-être racheté leur faute devant Dieu. En tout cas, à mes yeux.

J'ai quitté le château mais pas BoisRedon, pas tout de suite. Lise, toujours elle, a veillé sur moi quelques semaines, à l'abri dans la cachette des camisards que la cheminée de son mas abritait. Vous devez la connaître. Elle doit faire partie de vos livres d'école de famille. Pour l'avoir testée, je peux vous assurer qu'elle est très étroite (que de courbatures), mais ô combien sûre. Même ses parents ne se sont pas doutés que je l'occupais.

Puis j'ai quitté BoisRedon, ou plutôt, Lise et moi avons quitté BoisRedon ; en cachette pour moi, au grand jour pour elle (elle rejoignait un congrès médical à Montpellier à la demande du docteur Bastide, notre éternel complice). Une fois BoisRedon passé, nous nous sommes présentés comme un couple, ce qui ne nous fut pas difficile. De train en train, de marche à pied en marche à pied, nous avons vécu ainsi nos meilleures semaines ; nous vivions notre rêve et nous profitions de chaque seconde avec délice. Nous avons cru à notre rêve, jusqu'au dernier moment, jusqu'à tenir entre les mains nos billets pour l'Amérique. Et puis Lise m'a rappelé la réalité et notre rêve s'est brisé.

Alors, nous avons pris la seule décision qui s'imposait à nous. Nous avons fait le serment de ne jamais nous revoir pour garder intact cet amour-là. Cela doit vous paraître insensé à vous, enfants de l'an 2000, à une époque où l'on se laisse guider par son cœur, sans regarder les conséquences de ses actes sur les autres et où le divorce et la famille recomposée deviennent la norme. Mais nous étions en 1945 et nous étions élevés dans le culte de la famille, du respect de l'autre et du devoir.

Voilà, je n'ai pas trahi son serment. Mais j'ai envie de me rapprocher d'elle pour mon dernier voyage. Pouvez-vous le comprendre ?

Je suis fatigué. Si fatigué.

Je pense vous avoir donné de nombreux éléments tangibles accréditant ma version des faits. Je vous laisse le soin d'en chercher les preuves.

Mais par pitié, faites vite, c'est le médecin qui vous parle, je sais maintenant qu'il me faut parler en semaines, voire en jours.

Avec toute mon amitié,

Votre dévoué,

Charles de Valras. »

20.

L'acte manqué

Comment aurais-je pu dire à ma fille, puis à mes petites-filles, que les années de la guerre ont été les plus belles de ma vie ? J'avais beau me targuer d'être une femme libre dans une époque qui ne l'était pas encore, au fond de moi, je savais bien que mon bonheur n'était pas très moral. Car après tout, mon mari, mon amour légitime, était toujours prisonnier quelque part au fin fond de l'Allemagne, dans des conditions précaires et la peur au ventre, chaque jour que Dieu faisait. Et moi, pendant ce temps, je rayonnais. Tous les matins, je retrouvais Charles avec une culpabilité de moins en moins grande, mais avec un délice de plus en plus grand. Comment expliquer ? Il me suffisait de sentir ses bras autour de ma taille, ses lèvres sur les miennes pour me sentir irrésistible et invulnérable. Que pouvait-il m'arriver de mal ? La seule souffrance que j'avais connue, c'était celle de notre rupture. Mais maintenant ? Le retour d'Alphonse ? Oui, bien sûr, mais ce serait dans une autre époque, dans un autre monde. La seule souffrance que je ressentais était celle de devoir cacher mon bonheur. Oh ! Je n'ai jamais été du genre à crier sur tous les toits « on s'aime ! » même s'il n'y a rien de plus beau et de plus pur que l'amour, mais j'aurais aimé pouvoir me confier. À ma mère, déjà, à Louison, aussi. Mais je ne pouvais pas. Ma mère était une femme simple et bonne, une vraie protestante avec toute la droiture d'esprit que cela suppose, elle n'aurait pas compris. Quant à Louison, elle n'a jamais aimé Charles. Je crois qu'elle était un peu jalouse. Louison est une amie fidèle, dévouée mais exclusive. Sans avoir jamais quitté BoisRedon, elle régnait sur son petit monde, comme si elle avait été dépositaire de toute la sagesse du monde. Il n'en était rien, bien sûr, mais elle avait une assurance joyeuse qui vous faisait baisser les armes. Mais lorsqu'elle se trouvait face à Charles, c'est elle qui devait baisser les armes. Et elle détestait ça. Premier grief. Le deuxième est tout simple à comprendre ; j'étais sa chose, elle voulait bien me partager avec Alphonse, qui ne la contredisait jamais (même s'il n'en pensait pas moins), mais pas avec Charles. Je lui échappais. C'est à cause de lui que j'ai quitté BoisRedon, des années durant pour ma médecine, c'est à cause de lui que je suis revenue le cœur en loques, c'est à cause de lui que je ne me contente pas de veillées au coin du feu, d'ouvrages au crochet et de commérages, et que je préfère les revues médicales ou les « livres d'intellectuels », avec tout ce que ce terme a de méprisant dans sa bouche. Elle connaît trop son influence sur moi, et la mienne sur lui, pour que je puisse lui confier quoi que ce soit. Et c'est bien dommage ! Alors mon secret, je le garde bien enfoui au plus profond de mon cœur, et mes sourires et mes éclats de rire, je les partage avec Isabelle, ma fille, mon ange, ma toute petite, ma vie. Et puis un jour, cette bulle a explosé ! Oh ! Il fallait bien que je m'y attende, mais j'aurais aimé un peu de temps encore, juste un peu de temps pour prolonger ces moments d'éternité. J'avais imaginé recevoir une carte d'Alphonse m'annonçant son retour et pour moi, mon retour à la vie conjugale. Mais jamais je n'aurais imaginé qu'un coup frappé à la fenêtre un matin de mars allait tout changer. Jamais je n'ai pu oublier ce matin.

Je ressens encore la chaleur du corps de Charles sur le mien quand des coups répétés au volet nous firent sursauter.

« Docteur ! Docteur ! Ouvrez, il va mourir ! »

J'ai tout de suite reconnu la voix du petit Jules, le dernier de la famille Polge, celle de la route du bas. Je l'avais soigné dans l'hiver pour une mauvaise toux qui l'avait cloué au lit une quinzaine de jours. J'aimais bien cette famille, très simple mais très avenante. Mme Polge s'occupait de ses six enfants pendant que le père et les aînés faisaient marcher la propriété. Mais la propriété n'était guère grande et les bouches à nourrir nombreuses, ce qui fait qu'on mangeait dans cette famille plus de bajana que dans d'autres familles. J'allais ouvrir spontanément quand Charles suspendit mon geste et me murmura à l'oreille : « Je suis dans la réserve à médicaments si tu as besoin de moi. » Et avant que je n'aie eu le temps de répondre, il s'éclipsa. Jules continuait à tambouriner à la porte, la faible lumière de la lampe torche ayant trahi notre présence. Quand enfin, je lui ouvris, je découvris un enfant apeuré, comme pris au piège, en sueur malgré la fraîcheur du matin et tremblant tout à la fois. Son débit de paroles était tellement rapide, les mots s'entrechoquaient à une telle allure que d'abord, je ne compris rien. Je saisis les mots « frère » et « bombe », mais mon esprit refusait de faire le lien entre les deux. Son frère aîné avait à peine dix-huit ans, comment diable ? Et ce réseau, mais de quoi me parlait-il comme si cela devait être une évidence pour moi ? Ne voyait-il pas que je le regardais avec des yeux incrédules, de Pierrot descendu de sa lune. « Quelle chute ce fut ! » Où avais-je lu cette réplique déjà ? Quand enfin, je me résolus à accepter l'incroyable, je lui emboîtai le pas, laissant Charles au cabinet avec consigne de tout préparer pour une éventuelle intervention. Préparer un bloc de campagne en quelque sorte ! Jules était un enfant vif et débrouillard, qui connaissait tous les recoins de la montagne et me surprit par son agilité et sa maîtrise à chaque pas. Nous ne parlâmes pas tant que nous ne fûmes pas sortis du village. Le jour commençait à se lever et çà et là les lumières s'éclairaient dans les maisons, car le travail des champs, et surtout celui des bêtes, est un travail matinal. Je lui pris la main autant pour nous donner une contenance que pour le rassurer (et me rassurer). Mais à peine avions-nous gagné le sous-bois que je le bombardai de questions :

— Qu'est-ce que c'est que cette histoire de bombe, Jules ?

— Ben, mon frère et les copains devaient faire sauter le viaduc !

— Le viaduc, rien que ça, mais ils sont fous !

— Ben, non, c'est les ordres. C'est pour empêcher le train de rejoindre Paris, tu comprends !

— Non, je ne comprends pas ! Les ordres de qui ?

— Ben, du réseau ! Tu planes ou quoi, Lise, tu ne savais pas que Pascal était un partisan ?

— Ben non, comme tu dis, je ne savais pas que Pascal était un partisan. Et tu en as d'autres à m'apprendre comme celle-là ?

— Oh là là ! Mais à quoi ça pense une fille, même docteur !

— Dis Jules, un peu de respect, je te prie !

— Vouais ! Vouais ! N'empêche !

— Tu me feras la morale un autre jour, Jules. Explique-moi plutôt la situation !

— Eh peuchère, je t'ai déjà dit, la bombe a foiré.

— Mais tu n'as pas laissé ton frère tout seul là-bas ? Ne me regarde pas avec cette mine outrée, je me renseigne ! Bon, qui est avec lui, alors ?

— Ben le Ferdinand, forcément, l'Arthur bien sûr et la Tartillole.

— Eh bien, quelle équipe ! Et toi, tu les accompagnes comme ça en pleine nuit et ta mère ne dit rien.

— Ma mère dira quelque chose si tu ne te dépêches pas, parce que là, elle ne sait pas.

— Mais bien sûr, suis-je bête ! On joue au héros mais on le fait en cachette de maman ?

— Dis, t'as beau être docteur, mais je ne te permets pas ! Qu'est-ce que tu fais toi pour les foutre dehors, ces salauds d'Allemands ?

— ...

— Et puis, arrête de parler parce qu'à force, on va se faire repérer ! Ce que ça peut être bavard les filles, je vous jure !

— Dis, petit insolent !

— CHUT !

Nous nous arrêtâmes aussi de parler parce que le souffle commençait à nous manquer. Pour accéder au pont du Rieu, nous avions choisi le chemin le plus direct, le plus discret mais le plus ardu aussi. Nous attaquions la montagne en frontal sans passer par les raccourcis qui épousaient les courbes adoucies des flans. À l'époque, j'étais alerte mais sûrement moins que Jules. Jules, que je soupçonnais de forcer le pas autant pour retrouver son frère au plus vite que pour m'en faire baver. On peut avoir treize ans et être très macho. Mais on n'utilisait pas ce terme à l'époque. Il se voulait simplement viril, un homme sous l'habit d'un enfant. Au bout d'une bonne heure de marche, je laissai mon orgueil dans ma poche et confiai ma mallette à ce freluquet. Pour atteindre le sommet, nous devions escalader des rochers, à découvert, et nous n'avions que les genêts et les bruyères à quoi nous accrocher. Tous mes membres devenaient douloureux, le sang affluait à ma tête, mais je savais qu'il me fallait avancer et que le plus gros de l'effort était à venir. Une demi-heure passa encore avant que j'aperçoive le pont du Rieu ; effectivement, la bombe avait dû foirer parce qu'il était encore entier. Il nous narguait presque. Jules me fit signe de l'attendre là, bien abritée au pied d'un châtaignier centenaire et je ne me fis pas prier. Ce n'était pas le moment d'être susceptible, il me fallait reprendre des forces et cela commençait par reprendre mon souffle. J'étais en nage et malgré la fraîcheur du matin, je me sentais dégoulinante. Très peu hygiénique pour une auscultation en pleine campagne. Mais je pense que M. Pasteur pouvait me pardonner devant l'urgence de la situation. J'en étais à ces considérations quand Ferdinand, un grand gaillard brun un peu bourru, mais très apprécié et écouté au village, s'approcha de moi. Était-ce l'accident, était-ce ma présence à la place de celle, sûrement tellement espérée, du docteur Bastide, toujours est-il que le Ferdinand affichait une mine des plus renfrognées. Et c'est à peine si je compris un « bonjour » dans son grognement. Bof ! Ce n'était pas le premier et ce ne serait pas le dernier. Je saisis ma mallette et me levai. Sans un mot, il descendit un peu plus bas, à gauche du pont et nous marchâmes quelques minutes en silence. Lui aussi hâtait le pas, une habitude, décidément. Nous atteignîmes enfin une cavité rocheuse assez profonde pour protéger du regard et de la pluie un petit groupe d'hommes. Au-dessous de nous, j'entendais le fracas du torrent, fracas qui ne réussissait pas à couvrir les gémissements du fils Polge. Mauvaise habitude que d'appeler l'aîné d'une famille par le « fils x », jusqu'à en oublier son prénom de baptême. Mes yeux s'habituèrent peu à peu à l'obscurité et je découvris Pascal, allongé à même le sol, sa tête reposant sur les genoux d'Arthur. Ses jambes étaient couvertes d'une veste empruntée à l'un d'entre eux et elle était déjà rouge de sang. Quand je la soulevai, je ne pus que constater l'étendue des dégâts ; il n'avait plus de pied, ses camarades lui avaient fait un garrot de fortune avec une chemise mais au-dessus la jambe commençait à se nécroser. Il fallait agir vite. Il ne me fallut pas longtemps pour comprendre que l'amputation serait inévitable. La question était au-dessus ou en dessous du genou ? Mais cette question était annexe si je n'arrivais pas à l'acheminer au moins au cabinet, à défaut d'un bloc opératoire digne de ce nom. Ce ne seraient pas les conditions idéales, mais je savais pouvoir compter sur Charles pour rendre stérile tout ce qui pouvait l'être. Pendant que je farfouillais dans ma trousse à la recherche d'une ampoule de morphine, une de mes dernières, je donnai des ordres à voix basse :

— Ne restez pas comme ça, coupez des branches, faites un brancard de fortune mais surtout magnez-vous !

Un peu la morphine, un peu l'hémorragie, toujours est-il que Pascal s'évanouit, ce qui me permit de reprendre son garrot et de soigner la plaie au mieux.

— Jules, tu retournes au village et tu mets la main sur le docteur Bastide ! Tu fais tous les mas s'il le faut, mais tu me le trouves ! Je ne pourrai pas opérer seule au cabinet !

— D'ac !

— Alors, ce brancard ? Ah ! Jules, si on te demande, ton frère a eu un accident, une charrette qui lui est tombée dessus dans les champs ! Quelque chose comme ça ! Compris, tu arranges une histoire plausible avec ça. Bien sûr, au docteur, tu peux dire la vérité, mais quand vous êtes seuls, d'accord ?

— Mais arrête de me prendre pour un gamin, ça fait caguer à la fin !

— D'accord, excuse-moi ! On se retrouve au cabinet et ne préviens pas tes parents tout de suite. Ta mère n'est déjà pas vaillante.

Jules se perdit bientôt dans la forêt et notre brancard de fortune confectionné, nous attaquâmes en douceur notre descente. Le chemin du retour était plus facile, mais il fut très long car en plus du soin que nous apportions à faire souffrir le moins possible le blessé, nous étions à l'affût du moindre bruit, persuadés que les Allemands allaient déboucher de derrière un bosquet, de derrière un rocher, d'un moment à l'autre. Plusieurs fausses alertes nous firent nous tétaniser sur place. Nous arrivâmes sans encombre au village, très surpris d'avoir parcouru un aussi long chemin sans mauvaise rencontre. Le soleil était maintenant haut dans le ciel quand nous approchâmes du cabinet. Mais les quelques centaines de mètres qui nous restaient à parcourir nous semblaient insurmontables, il nous fallait déboucher sur la grand-rue et la traverser « tranquillement », comme si de rien n'était. La clandestinité n'était pas mon fort, surtout quand je sentais la fièvre envahir Pascal. Moi, c'était la peur de le perdre qui m'envahissait, pas celle de nous faire prendre. Que risquions-nous, nous étions chez nous à BoisRedon, les villages sont de grandes familles... Comme j'allais me montrer à découvert, Ferdinand me retint.

— Attends, fille. On ne la joue pas comme ça. On contourne le village et on laisse Pascal dans le pré de ses parents. De là, tu viens le chercher avec le docteur, tu m'as bien compris ?

— Mais la voie est libre, regarde !

— On fait comme j'ai dit ! Retourne au cabinet. Fais-toi une beauté et rejoins-nous dans une heure au pré des Polge !

— Une heure ! Mais vous êtes fous ma parole ! Il va nous claquer entre les doigts avec vos conneries !

— Nos conneries peuvent nous sauver la vie. Dans une demi-heure, d'accord ?

C'est donc seule que je traversai la grand-rue, ma mallette à la main. Les personnes que je croisais ne me prêtèrent qu'une attention distraite, habituées à me voir aller et venir au gré des consultations. N'empêche que je devais avoir une tête à faire peur et que toute personne qui me connaissait bien aurait compris qu'il se tramait quelque chose. Je n'ai jamais su mentir, c'est mon plus gros défaut. Pardon, c'était ! Heureusement pour moi, aucune connaissance familière ne croisa mon chemin ce matin-là, et je pus tout à loisir faire un compte rendu aussi médical qu'épique au docteur Bastide qui attendait en se rongeant les sangs. De son côté, il me raconta les manœuvres entreprises par Charles et je compris mieux pourquoi nous n'avions pas fait de mauvaise rencontre. J'en tremblais encore et le docteur Bastide me proposa de l'attendre là, au cabinet, il irait seul au rendez-vous du pré des Polge. Ce serait plus crédible que de nous voir débarquer à deux. En attendant, il me laissa assurer les consultations qui piaffaient dans la salle d'attente. Je suis incapable de dire qui je soignai pendant l'absence du docteur. Je pense avoir agi comme un robot, un robot au bord de la crise de nerfs, au bord de l'effondrement. Je n'arrêtais pas de me répéter : « Tu te reposeras plus tard ! Après l'opération ! Après ! » Et cette peur au ventre d'être découverte, cette peur de voir débarquer des soldats allemands, là dans mon refuge, mon cabinet. Une peur que je ne connaissais pas, insouciante et naïve que j'étais, mais une peur qui ne me quitterait qu'une fois le dernier uniforme allemand loin de ma vue, loin de mon pays. Sans avoir recours aux armes si possible, mais sinon... Et au même instant où je découvrais cette peur, là bien ancrée au fond de mes entrailles, je me sentais vivante. Enfin vivante ! Ni pour Alphonse, ni pour Charles, ni même pour Isabelle ! Mais vivante, pour moi seule, *pour la joie que procure le simple fait d'être en vie ! En vie et saine et sauve ! Je regardai par la fenêtre et les montagnes me semblèrent tout à coup rieuses, complices de ma gaieté. Une buse tournait lentement dans le ciel et je laissai mon regard se perdre dans la contemplation de ses ronds hypnotisants. Mes jambes fourmillaient, j'avais envie de danser, ma gorge frémissait, j'avais envie de chanter, ma bouche réclamait, j'avais besoin d'amour. L'image de Charles, dans le petit matin, me tira un sourire béat qu'heureusement aucun patient ne vit. BoisRedon est un si petit village, mais avec de si grands secrets.*

Le docteur Bastide et la famille Polge au grand complet (cela faisait plus crédible) me tirèrent de ma rêverie. Pascal était toujours évanoui, il avait perdu beaucoup de sang. Le docteur Bastide expliqua « l'accident » aux patients qui peuplaient la salle d'attente, il y eut des cris, des : « Oh ! Peuchère, Dieu le garde ! » Mais la salle se vida sans encombre, presque avec empressement pour ne pas gêner le docteur. Je n'étais pas dupe, je savais que quelques-uns resteraient à portée de voix, histoire de suivre le déroulement de l'opération. Ce n'est pas tous les jours qu'il y a de l'animation au village. S'ils savaient !

La famille Polge bien installée dans la salle d'attente, je rejoignis le docteur Bastide. En matière d'hygiène, Charles avait fait des miracles, mais j'étais consciente de l'écart entre notre installation de fortune et un véritable bloc opératoire. Mais nous n'avions pas le choix, Pascal n'était pas transportable à Alès, et encore moins à Montpellier. Le regard que j'échangeai avec le docteur était lourd de sens. La vie de Pascal ne tenait qu'à un fil, il le savait, je le savais, et ce fil, nous le tenions là entre nos mains. À la moindre imprudence, la moindre maladresse, il risquait de se rompre. D'un signe de tête, le docteur Bastide me fit comprendre qu'il fallait commencer ; l'anesthésie avait fait son effet et nous devions aller vite maintenant, car la dose était légère (pénurie oblige) et nous avions peur de ne pas avoir fini à son réveil.

Heureusement, le docteur Bastide avait des gestes lents mais d'une précision imparable. Je le secondais avec admiration, découvrant un talent caché derrière la mine éternellement bourrue de ce médecin de campagne que je croyais pourtant si bien connaître. S'il avait exercé en ville, c'eût été un très grand chirurgien. Mais il ne l'avait pas voulu, il voulait être médecin des âmes autant que des corps, et c'est peut-être pour ça qu'il était resté dans ses Cévennes. Je serais incapable de dire combien de temps dura l'opération. Mais à la fin, nous étions tellement épuisés que nous avions demandé à sa maman de veiller à son réveil le temps d'un peu de repos.

Je tombai comme une masse sur le canapé de la salle d'attente pendant que le docteur s'effondrait sur un fauteuil crapaud, un de ceux qui vous entourent si bien lorsque l'on est fatigué. Notre repos fut de courte durée car comme nous le craignions, l'anesthésie avait été légère et déjà, Pascal se réveillait. Les calmants que nous lui administrâmes ne suffirent pas à apaiser ses souffrances, et j'entends encore ses gémissements. Heureusement depuis, la prise en charge de la douleur a fait beaucoup de progrès et est même devenue une discipline à part entière. Mais nous étions en temps de guerre...

La suite des opérations, c'est le docteur Bastide qui l'assura, il estimait que j'en avais assez fait comme ça. Je ne cherchai pas à le contredire car j'étais épuisée physiquement et nerveusement. Je ne pensais qu'à une chose, serrer ma petite Isabelle contre mon cœur. Je crois qu'elle n'a jamais été aussi heureuse que cet après-midi-là quand je lui proposai d'aller faire la sieste avec elle. Ses yeux s'agrandirent jusqu'à manger tout son visage et un grand sourire l'illumina tout entière. Elle n'a jamais été aussi belle qu'en cet instant-là, elle ne m'a jamais donné autant d'amour que dans ce regard-là. Elle s'est endormie au creux de mon épaule, ses petits bras bien noués autour de mon cou pour être bien sûre que je ne m'échapperais pas. Et protégée de ce rempart d'amour, fière du devoir accompli, j'ai cédé aux sirènes du sommeil.

Le soir, après le repas, je fis le récit officiel de l'accident de Pascal à mes parents. Un demi-mensonge, disons que je racontai à partir du moment où les Polge avaient débarqué au cabinet. Et pour me donner bonne conscience (mes parents m'avaient élevée dans l'horreur du mensonge), je leur donnai moult détails sur l'opération, quitte à paraître trop savante, trop présomptueuse. À quoi bon leur donner des soucis inutiles ? Ils en avaient bien assez comme ça. Je n'oubliais pas qu'ils s'étaient sacrifiés pour mes études, comme ils se sacrifiaient encore aujourd'hui en me suppléant à la propriété pendant « mes heures de docteur », se forçant à oublier que l'âge est là et que la tâche est plus dure qu'à vingt ans.

21.

De la méthode

Cette fois-ci, David se joint à nous pour « analyser » ce mail, comme il dit. Il a suffisamment de détachement vis-à-vis des personnes pour en avoir vis-à-vis des événements. De plus, il applique à la lecture de ce courrier le même esprit méthodique et critique, qui le rend si performant dans son travail. En l'observant, concentré, sérieux et d'un calme impressionnant, je perçois véritablement le bon professionnel qu'il doit être. Au bout d'un moment qui nous semble à Myriam et à moi une éternité, il s'empare d'une feuille de papier et commence à classer.

— Bon, je structure puis je commente, cela vous va ?

Nous nous contentons de hocher la tête, tout à coup intimidées par une personne que nous pensions pourtant si bien connaître.

— Je vais classer à gauche les faits, un peu comme ils me viennent, car je pense qu'instinctivement notre cerveau sait ordonner par ordre de priorité, et à droite, les moyens que nous avons de vérifier ses dires. Après, si nous sommes d'accord, il faudra en parler avec votre mère. À partir d'aujourd'hui, nous ne pourrons rien faire sans elle. Je commence.

Faits / Propos	Moyens de vérification
« L'accident du fils Polge » Accident ou acte de résistance ? Rôle de Charles	Interroger la famille Polge – FACILE Nécessité de vérifier les archives du régiment allemand pour voir s'il y a eu ces jours-là une visite préventive pour tuberculose – LONG et DIFFICILE
« Les de Valras, la mine et les Allemands » Prise de contrôle de la mine par les Allemands, quelle contre-partie pour les de Valras ? Le STO déguisé : à quelle échelle ?	Les comptes annuels de la mine – ASSEZ FACILE mais LONG Archives allemandes DIFFICULTÉ +++ Sinon interroger des survivants : en reste-t-il ?
« Charles et Lise » Les rendez-vous clandestins du matin Charles hébergé chez Lise Lise aidant Charles à s'enfuir	INVÉRIFIABLE Trouver la cachette – FACILE La commode de Lise a-t-elle livré tous ses secrets : pour être un couple, il fallait des papiers Pour avoir des papiers, il faut avoir des complices Interroger les proches de Lise, à commencer par Louison qui doit en savoir long – INCERTAIN
« La fin des de Valras » La fin de Mme de Valras : fusillée La fin de M. de Valras ?	Vérifier la version de Marie – FACILE Interroger les survivants, mais aussi les journaux de l'époque (voir aux archives du *Midi Libre*) – FACILE

« Le château » Comment est-il passé aux mains de la municipalité de BoisRedon ? Peut-il continuer à rester propriété de BoisRedon maintenant que nous savons Charles de Valras vivant et avec des héritiers ?	Consulter les archives de la mairie et celles de la mine puisque le château semble intimement lié à la mine. – FACILE Prendre avis auprès du notaire du village (connaissance juridique + mine d'informations des histoires de famille)

— Pour le dernier point, le château, c'est moi qui le rajoute car il me semble qu'il est une personne à part entière de l'histoire et que nous avons tendance à l'oublier trop souvent. Qu'en dites-vous, mesdames ?

— Dis, David, ôte-moi d'un doute, quand tu as décidé d'épouser ma sœur, tu n'as pas établi un tableau de ce genre, j'espère ?

Cette réflexion désamorce la tension et la gravité que nous sentions peser sur nous. À présent, nous pouvons prendre du recul et être vraiment efficaces.

— Blague à part, pour être rapides, nous pouvons faire deux choses assez facilement, continue Myriam. La première, c'est interroger les parents sur la cachette des camisards (j'avoue que ça me parle mais sans plus) et la trouver. C'est là que ça va se corser, car si la modernisation de la maison l'a condamnée, il va falloir la faire apparaître. Et nous pouvons nous attendre à la foudre de maman, si ce n'est à son veto. Je vous propose de nous y mettre dès demain, nous pourrons mettre les enfants dans la confidence, cela ressemblera à une superbe chasse aux trésors. Si les parents nous résistent, ils ne résisteront pas à leurs petits-enfants. Qu'en disent les parents ?

— Les parents te demandent si c'est la future instit qui parle, parce que ce n'est pas très catholique comme procédé !

— Ça m'est égal, on est parpaillots, non ?

— Bon, et la deuxième chose ? demande David d'un ton plus sérieux.

— La deuxième chose est plus difficile mais pas insurmontable, et elle nous ferait gagner un temps fou. Dans les principaux points que tu listes, on retrouve toujours « interroger les survivants ». On peut bien sûr les interroger un par un, mine de rien entre le thé et la madeleine, histoire de les mettre en condition. Mais on peut aussi les rassembler tous et jouer cartes sur table avec eux. N'oublions pas que les jours de Charles sont comptés.

— Et comment comptes-tu t'y prendre ?

— Mme Grant ne va pas rester éternellement en France à attendre notre décision. Il va falloir trancher et avant que le maire ne statue rapidement et par facilité par la négative. Nous devons avoir un vrai débat.

— Tu suggères donc que ce soit Mme Grant qui provoque la réunion ?

— Oui et non ! Les vacances touchent à leur fin, Estelle est la seule interprète connue pour Mme Grant, il faut forcer Fernand à faire cette réunion avant la fin de la semaine.

— Oh ! Je pense qu'il va aimer !

— Il ne va pas nous accueillir à bras ouverts, si c'est ta question. Mais avec des arguments, bien présentés comme le tableau de David, nous allons l'impressionner et l'obliger à ouvrir le débat, au moins ça.

— Admettons qu'il accepte, qui devons-nous inviter ?

— En premier lieu, la famille Polge ; même s'il n'y a pas de survivants directs, cette histoire doit avoir fait les choux gras de cette famille. Fernand parce qu'il est maire, Ferdinand, son père, parce qu'il y était et qu'il était aussi à l'exécution de Mme de Valras. Et puis Louison, car je ne doute pas que ces histoires anciennes soient très fraîches dans sa tête malade, et bien sûr Marie.

— Eh bien, nous avons du pain sur la planche ! Je propose d'aller nous coucher en attendant car dès demain matin, nous devrons nous atteler à notre première mission. Et même si en apparence, elle est très simple car il suffit de dénicher la cachette au sein de la maison, elle va provoquer des remous. Et nous ne couperons pas au préalable de faire lire le mail de Charles aux parents. Ça va être chaud, comme disent mes enfants. Donc, je vais prendre des forces en prévision. Sur ce, bonne nuit !

— J'arrive, dit David.

Nous laissons Myriam, songeuse, en pleine relecture du mail.

— J'ai horreur d'être mise devant le fait accompli ! s'écrie maman après avoir lu le mail et écouté nos explications.

Comme prévu, elle a sa tête des mauvais jours, mais David poursuit.

— Vous avez raison, mais maintenant que Mme Grant est là, nous ne pouvons la laisser repartir sans réponse, bonne ou mauvaise.

— C'est au maire de traiter cette affaire, pas à nous, me semble-t-il.

— Oui, bien sûr, mais vous êtes trop concernées pour rester en retrait, nous ne pouvons pas faire l'autruche indéfiniment. Autant crever l'abcès et on n'en parlera plus.

— Mais on n'en parlait pas jusqu'à maintenant, c'est agaçant à la fin. Si maman avait voulu nous raconter cet épisode de sa vie, elle l'aurait fait. Si elle ne l'a pas fait, c'est qu'elle l'a jugé sans importance.

— Ou qu'elle savait qu'il vous ferait trop souffrir, que vous n'étiez pas prête à l'entendre. C'est pour ça qu'elle nous a laissé la robe et la photo.

— Bon, bon. Revenons à la cachette des camisards, puisque dans l'immédiat c'est ça qui vous intéresse.

Nous échangeons, Myriam et moi, un regard victorieux.

— Maman m'en a parlé mais je ne l'ai jamais vue. Si je me souviens bien, elle est dans la cuisine de la maison vieille. J'ai toujours entendu l'histoire d'un prêtre que les anciens avaient caché. On a beau être camisard, on n'en est pas moins humain. Mais l'histoire abracadabrante de l'amant de ma mère dans la cache des camisards, celle-là, on ne me l'avait jamais faite !

— Et elle est comment, cette cache, un homme peut-il y tenir debout ?

— Je ne sais pas, je ne l'ai jamais vue. La cuisine a été refaite depuis, on y a fait entrer le confort moderne, alors pour la trouver…

— On peut toujours essayer, par exemple en voyant si un mur sonne creux. Le plus simple serait bien sûr de demander aux maçons s'ils s'en souviennent.

— Les maçons ? Mais c'était du temps des grands-parents, ils sont morts et enterrés ! Et puis des cachettes comme celle-là, il y en a dans tous les mas. Alors pourquoi se souvenir de celle-là plutôt que d'une autre ?

— Bon, puisque nous savons que c'est dans la cuisine, nous n'avons qu'à nous y mettre.

— Si cela vous amuse…

Comme prévu, nous organisons une chasse au trésor avec Adrien et Clara, comblés qu'on puisse vivre des aventures aussi palpitantes sans quitter la maison. Bientôt, la cuisine n'est plus que cris et éclats de rire. Une bouffée d'oxygène !

Je parcours la pièce des yeux comme si je la découvrais, comme si avec un regard neuf, un détail pouvait me sauter aux yeux, comme si mes ancêtres m'avaient laissé là un indice. La cuisine est une vaste pièce aux dimensions harmonieuses qui longtemps a servi de pièce commune. Comme dans tous les mas, un mur entier était occupé par la cheminée, qui servait autant à réchauffer qu'à nourrir. C'était le royaume des femmes. De cette époque reste une poutre traversante en châtaignier patinée par le temps et entaillée au gré des ustensiles que l'on souhaite suspendre. Pas de décoration superflue, pas de fauteuil moelleux où s'avachir, rien qu'un bon feu pour se réchauffer, se nourrir et se rassembler. On a oublié aujourd'hui l'art des veillées au coin du feu ; à la douce chaleur de la flamme vacillante du feu, les confidences venaient plus facilement.

Le reste de la cuisine est sobre, une vaste table en châtaignier qui avait vu naître et mourir plusieurs générations, huit chaises en paille et au milieu un bouquet de monnaie-du-pape, décoration récente. Le reste de la pièce est meublé par un buffet que l'on qualifierait aujourd'hui de style Louis-Philippe, mais que j'ai toujours connu sous le nom de buffet de la tante Berthe, et une pendule sur pied que l'on n'arrêtait que lors des décès. Pour le départ de mamé Lisette, nous n'avons pas failli à la tradition, nous avons arrêté la pendule à l'heure exacte de sa mort et nous ne l'avons remise en marche que le lendemain de son enterrement. Cette tradition me plaît, elle me semble témoigner d'une dernière marque de respect au défunt.

David examine méthodiquement la pièce, nous laissant un peu perplexes, Myriam et moi. Cette pièce, nous l'avons toujours connue, notre esprit ne peut faire abstraction des images du passé et nous projeter dans l'imaginaire. Le poids de l'affectif nous empêche d'imaginer une autre vie pour cette pièce-là.

— Quand je pense que peut-être mamé a caché son amant ici ! dis-je.

— Tu l'imaginais ainsi, toi, mamé ? demande Myriam.

— Ainsi, comment ? Infidèle ? Sûrement pas ! Elle nous a toujours décrit sa vie avec papé comme heureuse, presque idyllique. Et tous ces regrets après la mort de papé ! Ce n'était pas de la comédie, j'espère.

— Peut-être qu'elle était sincère à sa façon. Elle a vraiment aimé papé, mais aussi Charles.

— Si elle l'aimait tant, pourquoi avoir tiré un trait dessus ? Pourquoi ne nous en avoir jamais parlé ?

— Tu sais, c'est comme Xavier et moi… J'ai quitté Xavier mais je l'aime encore et je crois que je l'aimerai toujours.

Je regarde ma sœur, interloquée par ce parallélisme inattendu. J'en reste bouche bée, lui laissant tout loisir pour poursuivre.

— Officiellement, j'ai rompu, mais si je suis sincère, je n'ai fait que prendre les devants. Xavier est un homme raffiné, cultivé, un homme qui brille en société et qui a besoin de cela. Il n'existe qu'ainsi. En cela, il me fait beaucoup penser à Charles… La vie mondaine parisienne est une bulle, et comme telle coupée du monde. Il faut œuvrer et œuvrer pour y être admis, mais une fois dedans, c'est comme une seconde famille dont il est impossible de se séparer. Moi, j'ai été introduite dans cette bulle par Xavier. J'ai toujours été « la compagne de Xavier », jamais Myriam. D'où je venais, ce que je pensais, peu leur importait. Il avait suffi que je donne ma fonction, que je précise un peu (mais vraiment un peu) quelles étaient mes responsabilités et tous en étaient restés à ça : un titre professionnel et le titre (le sésame) de « compagne de ». Au début, j'étais flattée et je me sentais appartenir à cette « famille ». De plus, ce qui ne gâche rien, ces relations m'étaient très utiles dans mon travail, que ce soit de manière directe ou indirecte. Et plus je me sentais appartenir à cette famille, plus mes responsabilités grandissaient. Mais je n'ai pas tiré cette conclusion immédiatement (naïve que j'étais), j'ai cru que c'était mon travail, mon intelligence qui étaient récompensés. Pas mes relations. Et Xavier, me diras-tu ? Mais il était parfait avec moi, tout simplement parfait. Il cherchait toujours à me mettre en valeur, m'entourait de sollicitudes d'un autre âge mais de celles qui font à une femme se sentir femme. À son bras, je ne me suis jamais sentie aussi belle.

— Mais alors ?

— Eh oui, alors pourquoi ? Je ne sais pas, un jour, c'est devenu une évidence. Le déclic s'est produit dans une soirée particulièrement huppée de la capitale. Le genre de dîner où tu vas en robe de soirée et où ton entrée est annoncée par un héraut à la maîtresse de maison, comme dans l'Ancien Régime. Et là, Xavier et moi sommes passés devant un miroir immense, splendide, ciselé par les meilleurs artisans de Murano. L'image que le miroir m'a renvoyée a eu l'effet d'un électrochoc. Dans le miroir, j'ai vu un couple élégant, raffiné, un homme de pouvoir (Xavier peut être impressionnant par sa seule présence) et une jeune femme ambitieuse. Un couple de papier glacé. Et tu veux savoir le pire ? Je ne me suis pas reconnue. C'étaient bien mes traits, mais ce n'était pas mon âme ! En un instant, devant ce miroir de Murano, est venue danser la petite fille qui aimait garder les chèvres dans les Cévennes, la petite fille qui n'aimait rien tant que le parfum de la forêt, l'odeur indéfinissable de la bruyère et de la terre humide, cachée sous les feuilles de châtaignier, terreau idéal pour les champignons.

— Tu as vu tout ça ?

— Ne me coupe pas, s'il te plaît. Si j'arrive à t'en parler aujourd'hui, c'est que j'ai le sentiment que mamé a vécu une histoire peut-être semblable à la mienne, bien que le contexte soit franchement différent.

— Excuse-moi, continue…

— Si tu te souviens bien, quand j'étais avec Xavier, je ne venais pas beaucoup à BoisRedon et très rarement avec lui. Et là, devant ce miroir de Murano, j'ai eu le mal du pays, toute mon enfance m'appelait, tous mes rêves ressurgissaient et je réalisai avec horreur que je n'en avais réalisé aucun. J'avais réussi, au-delà de vos espérances même, mais je n'avais pas réalisé mes rêves de petite fille, et ces rêves se rappelaient à moi avec impatience et autorité. Là, tu vois, j'arrive à l'exprimer, mais il m'a fallu des heures de psy avant d'en arriver là !

— Toi, tu es allée voir un psy !

— Je sais, les psys sont les premiers malades mentaux, n'est-ce pas ? Eh bien, crois-moi ou ne me crois pas, sans lui, je ne m'en serais pas sortie. Car j'ai sombré dans une vraie déprime, une profonde remise en cause dont je ne comprenais ni la raison ni la finalité. C'est le propre de la dépression, me diras-tu. C'est vrai, ça aussi, je ne l'ai pas dit à la famille car la déprime, c'est un truc de riches, c'est une forme de paresse ! N'empêche, chacun ses armes, moi ce fut la parole, ces longs monologues chez le psy pour comprendre que je ne vivais pas la vie qui me convenait. J'avais la richesse, la reconnaissance professionnelle et un compagnon brillant, alors que je ne rêvais que d'un petit nid douillet, une vie avec pour devise « pour vivre heureux vivons cachés ». Bien sûr, j'ai beaucoup parlé de tout ça avec Xavier, c'est un homme d'une grande écoute, qualité très rare de nos jours. C'est peut-être cette bonne dizaine d'années qui nous séparent qui le rend plus réceptif, je ne sais pas. Il m'a écoutée, m'a dit de suivre mon cœur mais à aucun moment ne m'a dit « pour toi, moi aussi, je suis prêt à changer de vie ». C'est sûrement trop en demander, je pense, mais j'aurais tellement aimé ! Et quand au bout du bout, après je ne sais combien de nuits blanches, il s'est avéré que je ne rêvais que d'une vie simple, entourée d'enfants à qui transmettre ma passion des lettres, de l'histoire et des valeurs, une vie proche de la nature, une vie à l'image de la petite fille que j'étais, je l'ai imaginée dans ce nouveau décor. Je l'ai imaginé hors de sa bulle, dans notre monde à nous, à BoisRedon, parlant fauchage et châtaignes, ne serait-ce que pour un week-end. J'ai imaginé Xavier dans le décor de ma vie rêvée. Et cette image m'a tellement semblé incongrue, voire cocasse que j'ai compris que Xavier ne pourrait plus faire partie de ma vie, de ma nouvelle vie. J'ai passé le concours de l'IUFM, un peu en cachette, sans préparation (cela m'aurait trahie) et je ne lui ai fait part de ce choix de carrière qu'une fois admise. Oh ! Il n'a pas dénigré l'enseignement, métier noble s'il en est. Mais avais-je bien réalisé combien j'allais perdre par mois ? Moi qui étais habituée à une vie mondaine, comment pourrais-je suivre avec un salaire d'instit ? C'était le bon sens, bien sûr, et matériellement, il avait raison. Mais il aurait pu aussi bien dire : « Nous sommes deux, ton choix est plus qu'honorable. Je suis là. » Cela faisait dix ans que nous étions ensemble, sans pourtant avoir jamais vécu ensemble. Nous étions à un tournant. Il aurait pu me proposer le mariage ou de vivre ensemble au moins. Il n'en a rien fait. Je devais continuer d'assumer seule, alors que j'avais tellement besoin d'une épaule sur laquelle m'appuyer. Je lui ai tendu des perches qu'il n'a pas saisies. Ou qu'il n'a pas vues, consciemment ou inconsciemment. Le résultat est le même. Nos chemins se séparaient. Je savais que ma sauvegarde était dans une vie plus calme et plus sereine que celle que je menais auprès de lui, lui était épanoui dans cette vie trépidante. Certaines disent : c'est elle ou moi. Moi, j'aurais pu dire : c'est moi ou toi, la vie à ma façon ou la vie à ta façon. Et comme il n'y avait pas de compromis possible… Voilà.

— Et vous êtes restés amis ?

— Je ne sais pas faire. Je te l'ai dit, je l'aime encore. Rester amis, c'est rester dans sa vie et accepter qu'il me remplace. Et qu'il soit heureux, plus heureux. Eh bien, si c'est le cas, je préfère ne pas le savoir et rester dans le souvenir de notre histoire.

— Mais tu n'es pas triste…

— Je ne te cache pas que j'aimerais bien avoir un David dans les bras duquel m'endormir tous les soirs, avoir des enfants qui me réveillent la nuit. Mais ce n'est pas le cas, ce n'est la faute de personne et je ne m'en suis pas si mal sortie. Alors, je suis heureuse avec ce que j'ai et puis, je ne suis pas si moche. Je trouverai bien à me caser, tu ne crois pas ?

— Oh ! Pour ça, je ne suis pas inquiète, il suffit que tu le veuilles !

— C'est peut-être pour ça que je me sens de plus en plus proche de mamé Lisette au fur et à mesure que je découvre sa vie. Cela m'encourage. Je n'étais entourée que d'histoires d'amour parfaites (papé et mamé, papa et maman, David et toi), je faisais figure de vilain petit canard dans cette famille, moi ! Et voilà que tout à coup, j'apprends que la vie de mamé n'a pas été aussi lisse qu'elle nous l'a racontée ! Tu veux que je te dise, c'est formidable !

— Tu veux que je te dise, moi, Myriam ? intervient brusquement David, vous êtes sacrément gonflées, les filles, vous me laissez faire tout le boulot pendant que vous papotez !

— Excuse-nous, mon chéri, mais c'était important.

— Mais c'est toujours important ! N'empêche que c'est toujours les mêmes qui bossent ici !

— Bon, et est-ce que tu as trouvé quelque chose ?

— Trouvé, c'est beaucoup dire ! Venez voir, ou plutôt venez écouter !

David nous conduit sous le chapeau de la cheminée, dans ce qui avait été l'antre de ce mas, le cœur de toute vie. Depuis les travaux de rénovation, datant des parents de mamé Lisette, le conduit de la cheminée avait été considérablement réduit afin de diminuer l'appel d'air de la cheminée lorsqu'elle était insuffisamment utilisée. Il en restait un foyer conséquent, mais sans commune mesure avec l'ancien. Nous pouvions toujours partager de longs moments dans la contemplation du feu, une contemplation réconfortante, mais nous ne l'utilisions plus pour faire la cuisine. Petite, j'avais la nostalgie de ces marmites qui mijotaient doucement, de ces jambons et autres saucissons qui se fumaient lentement, accrochés à la poutre de la cheminée. Mais maintenant que j'étais une maîtresse de maison, j'appréciais ce que le progrès avait apporté à ces femmes ; moins de corvées de bois, moins de corvées d'eau, plus de liberté pour s'ouvrir au monde, à l'éducation. C'était le choix de mes arrière-grands-parents pour leur fille unique, un choix courageux, presque révolutionnaire pour l'époque. Une manière de prouver que la pauvreté n'est pas une facilité et que l'éducation ouvre plus de portes que la naissance. Leur côté socialiste, socialo-communiste peut-être. Ou tout simplement leur fierté de Cévenols !

En attendant, je regarde ce plafond, comme je l'avais regardé des milliers de fois. Sans rien voir d'autre qu'une toile d'araignée qui a échappé à l'œil de lynx de ma mère, que la peinture qui s'écaille, là sur la droite, toujours au même endroit ; un problème d'humidité peut-être ? Mais à part cela, je ne devine aucune cachette secrète, aucun recoin qui ait pu abriter un secret, amour secret ou révolté quelconque. Et pourtant l'histoire de cette cachette se racontait de génération en génération, elle faisait partie du patrimoine de la famille. Les contours n'en étaient plus toujours très nets au fil des récits, mais la trame était toujours la même. Le mas était un lieu de refuge et ses habitants, toutes générations confondues, des résistants. Résistance à la foi imposée, résistance à l'ordre établi, résistance à l'envahisseur, mais résistance toujours. Une résistance toujours discrète, presque secrète, mais une résistance solide, têtue, muette.

L'histoire du prêtre caché dans le mas m'avait été racontée par mamé Lisette mais aussi par ma mère. L'une avait des envolées lyriques, l'autre était plus concrète, plus pragmatique. Alors moi, je m'étais construit ma propre version, version que je pouvais raconter à mes enfants, en étant persuadée que c'était celle-là et pas une autre qui était répétée mot pour mot de génération en génération.

Les anciens (on ne se souvient pas de qui il s'agit) vivaient au mas, comme leurs parents avant eux. Ils peinaient aux champs, ils peinaient à la filature de vers à soie, ils peinaient toute la journée, toute leur existence. Et ils cherchaient du réconfort. À cette époque, le protestantisme gagnait les campagnes, s'y ancrait profondément parce qu'il répondait à une attente, un besoin de réconfort. Dieu devenait accessible, sa parole était enfin comprise, dans le langage de tous les jours ; pas le patois bien sûr, mais le français. Et le français, si on ne le parlait pas toujours bien, on le comprenait. Dieu leur parlait enfin et un univers d'amour s'ouvrait à eux. Alors, quand on a peu de choses et qu'un cadeau si grand nous est fait, on s'y accroche et on le défend bec et ongles. Avec la rage et la foi des paysans, avec leurs armes aussi. Ainsi naquirent les camisards. Les anciens du mas n'étaient pas des camisards virulents, mais de fervents protestants. Il y a une nuance ; ils ne prenaient pas les armes, leur seul défi, c'était la Bible que tous les soirs, on lisait à tour de rôle dans la famille. Car si Dieu nous parlait enfin, quel bonheur c'était de pouvoir lire sa parole, quelle fierté aussi. Et c'est ainsi que la foi protestante avait eu sur nos anciens un stimulus inattendu ; celui de donner l'envie de lire, et qui dit lecture, dit éducation. Les anciens devinrent des paysans éclairés. Ils prirent le temps de réfléchir, de peser chaque décision, chaque acte. Et ils cherchèrent toujours à comprendre l'autre, le pourquoi des choses. La guerre des camisards battait son plein quand un jeune curé, presque encore imberbe, fut nommé dans la paroisse. Il était maladroit, sûr de sa vérité et de son bon droit. Il représentait Dieu, le Dieu du roi, le seul reconnu. Il avait appris le latin et était seul capable d'amener un peu de lumière à ce peuple ignorant de cette contrée reculée des Cévennes. Il voulut faire des processions, engager des enfants de chœur, vilipender les protestants, « ceux qui se croient au-dessus des lois, qui osent lire la Bible dans une langue païenne, une langue impie. Ils pèchent du péché d'orgueil et le paradis leur est fermé à tout jamais ». Il était jeune, il était arrogant, il se sentait soutenu par la loi ; il se mit à dos tous les protestants du village, c'est-à-dire les trois quarts des habitants. Mais le paroxysme fut atteint lorsqu'il refusa le baptême à un enfant sur son lit de mort, un enfant de six mois, emporté par une dysenterie terrible. Le seul crime de cet enfant était d'avoir un père protestant et une mère catholique, des parents qui s'étaient unis devant le pasteur, des parents qui vivaient donc dans le péché. Mais la mère, folle de douleur, avait appelé à l'aide le Dieu de son enfance lorsque le docteur s'était déclaré impuissant, et le Dieu de son enfance l'avait repoussée. Lorsque l'enfant mourut et que la mère sombra dans une déprime proche de la folie, le père ne trouva qu'un coupable, un exutoire à sa douleur : le petit curé. Et il courut à la cure, armé d'une faux et d'une fourche dans le but avoué de « faire la peau » au petit curé. Alerté par je ne sais quelle grenouille de bénitier, le curé s'enfuit et vécut un peu cette fuite et cette peur au ventre que vivaient tous les jours les maquisards. Et c'est ainsi qu'il atterrit au mas. L'ancien le trouva caché dans un coin sombre de sa grange, tremblant de peur et de froid. Il avait perdu toute son arrogance et n'était plus qu'un enfant perdu, sans repère. Il n'était pas causant, l'ancien, un trait de caractère que l'on retrouve toujours chez ses descendants. Il pointa sa fourche sur le petit curé et le tenant en respect ainsi, le dirigea vers la maison. Sa femme ne fut pas surprise outre mesure de cet invité inattendu. Elle ne dit rien, mais servit une assiette de soupe bien chaude. Une fois restauré, le petit curé se confondit en remerciements et raconta sa mésaventure. Et le ventre plein, en confiance près de ce feu accueillant, il retrouva de sa superbe. Mais là, les anciens, après avoir bien écouté parlèrent. D'abord, la mère :

— Vous n'êtes pas bien chrétien pour un curé, mon père !

— Mais, ma fille, ils vivaient dans le péché, le péché mortel !

— C'est vous qui allez porter sur votre conscience le poids de votre faute. Laisser partir un enfant innocent sans l'amour de Dieu ! dit le père.

— Mais Sa Sainteté le pape…

— Écoutez, on veut bien vous secourir mais si vous vous obstinez, on ne pourra rien pour vous.

Le petit curé les regarda sans comprendre, stupéfait que l'on n'écoute pas la parole du pape. Alors, le père parla, longuement, de la vie dans nos montagnes, de l'amour d'un père ou d'une mère pour son enfant, de la nécessité presque physique de se sentir soutenu, aimé par Dieu. Le père prêchait dans le désert à ses heures, ces réunions clandestines qui sont entrées dans la légende du protestantisme, et lorsqu'il était lancé, il savait toucher le cœur des hommes. Le petit curé écouta et pour la première fois de sa vie n'eut rien à rétorquer. Combien de temps resta-t-il au mas, l'histoire ne le dit pas. L'histoire raconte, par contre, que lorsqu'une délégation du village vint au mas, elle ne l'y trouva pas (c'est à ce moment qu'il fut abrité par la fameuse cachette) et le père ne trahit pas sa présence. Après cet épisode, le petit curé, ayant jugé sur pièces de la loyauté de ses hôtes, reconnut sa faute et proposa même de dire une messe à la mémoire de ce petit enfant. Mais là encore, le père l'en dissuada.

— Le mal est fait, le petit est parti sans réconfort. Vos paroles ne l'atteindront pas là où il est, et elles ne feront qu'envenimer pour ceux qui restent.

— Je vais donc retourner à la cure…

— Si vous y retournez, vous serez lynché. Allez voir votre évêque, faites-lui part de votre faute. Dites-lui bien que vous vous repentez, même s'il vous dit que vous avez bien agi, surtout s'il vous dit que vous avez bien agi. Et demandez à être affecté dans une autre paroisse. Et là-bas, apprenez la tolérance. Regardez la souffrance des gens avant de voir leur religion ! Ouvrez votre cœur et alors seulement vous deviendrez vraiment un curé.

Que répondit le petit curé ? Ses propos n'ont pas été rapportés. Mais l'histoire dit bien que le petit curé écouta les conseils et quitta la paroisse. Et personne dans la famille ne douta que grâce à cet épisode, il devint un bon curé, parce qu'on n'apprend jamais autant que de ses erreurs. La légende dit que dans sa précipitation de sortir de la cachette, le petit curé y laissa son chapelet. Et qu'il y est encore !

— Bien, maintenant, écoutez, dit David et ce faisant, il se met à frapper le plafond.

Un bruit sourd, sans résonance, lui répond.

— Là, vous voyez ? On n'entend rien.

Nous, en effet, nous n'entendons rien et nous ne savons surtout pas où il veut en venir. Il continue :

— Mais, si je tape là, et il joint le geste à la parole, cela résonne. De ce côté de la cheminée, cela résonne. Alors que si je fais l'opération de l'autre côté, cela ne résonne pas. Vous me suivez ?

— Attends, j'ai peur de te suivre. Détaille, dit Myriam.

— Vous avez toujours dit qu'il y avait eu des travaux de rénovation et que le conduit était plus petit qu'à l'époque, je me trompe ?

Nous faisons non de la tête.

— Or, si le conduit avait été réduit, il aurait été réduit équitablement des deux côtés, sinon la cheminée risquait de fumer, et les anciens connaissaient trop l'importance d'avoir un appel d'air bien proportionné à la verticale du foyer pour négliger cette règle élémentaire. Ce qui me permet d'affirmer que le conduit n'a pas été tant réduit que cela, et que cette résonance que je viens de vous faire entendre pourrait bien indiquer notre cachette.

— Et qu'est-ce que tu nous conseilles ? D'aller voir maman et de lui proposer de tout casser pour vérifier tes calculs ? C'est toi qui proposes, pas moi, dis-je, entendant déjà les cris scandalisés de ma mère et visualisant mon père lever les yeux au ciel, signe évident de notre stupidité.

— On ne fait pas d'omelette sans casser des œufs. C'est vous qui vouliez une preuve irréfutable des dires de Charles. Pas moi. Votre petit jeu de piste m'amuse, mais si vous décidiez de vous arrêter au milieu du guet, cela ne me perturberait pas plus que ça.

Myriam et moi échangeons un regard du genre « il a raison mais bonjour les dégâts », mais avant de passer à l'acte, c'est-à-dire proposer aux parents de casser un bout de la cheminée à la recherche de la cachette historique hypothétique, nous y allons toutes deux de nos coups répétés contre le plafond de la cheminée. Nous comparons les bruits aux endroits indiqués afin de nous en imprégner et d'aller au front, gonflées à bloc, sûres de notre bon droit. Nous en sommes encore à ce stade quand Adrien et Clara, que nous avons quelque peu oubliés, mais qui eux n'ont rien perdu de la conversation, partent en courant rejoindre leurs grands-parents à grands cris de :

— Papi ! Mamie ! On a trouvé ! Venez vite ! Papi ! Mamie ! On a trouvé !

Les grands-parents n'ont d'autre choix que de suivre les petits diablotins qui virevoltent autour d'eux, tout excités de l'aventure. Papa scrute, ausculte, écoute, pose des questions et approuve. Maman se tient en retrait, en rien gagnée par notre euphorie, comme si elle craignait d'ouvrir la boîte de Pandore.

— C'est bien joli, les enfants, mais maintenant, qu'est-ce que vous voulez que l'on fasse ? Que l'on casse une partie de la cheminée ? Mais vous êtes fous !

— Cette cachette fait partie de l'histoire de la maison, se risque Myriam. C'est l'occasion de la mettre en valeur.

— Le mas n'est pas un musée qui se visite. Allez au mas de Roland, si vous avez à ce point la nostalgie du passé !

— Écoute, chérie, David l'a très bien dit : autant crever l'abcès tout de suite ! Si cette cachette existe, nous saurons si de Valras dit vrai et nous pourrons reconsidérer ses propos.

La réaction de papa prend de court tout le monde, Myriam et moi les premières.

— Tu t'y mets toi aussi !

— Cette histoire te mine, alors autant tourner la page le plus rapidement possible !

— Et comment comptes-tu faire ?

— Je m'occupe de tout, ne t'inquiète pas !

— Je ne veux pas un brin de poussière !

— Pas un brin, c'est juré !

Je ne sais si j'ai rêvé, mais il m'a semblé que papa nous avait fait un clin d'œil complice.

Avant que nous ayons pu le faire, les enfants sautent au cou de leur grand-père pour le remercier. Grâce à lui, l'aventure peut continuer. La légende du mas va s'enrichir d'un nouvel épisode…

22.

Charles, Alphonse, BoisRedon et Lise

Cette génération est stupéfiante ; d'un côté, elle fait du divorce et des familles recomposées la normalité, en considérant qu'il n'y a rien au-dessus de l'intérêt suprême de l'individu (donc exit le couple et bien sûr exit la famille) et d'un autre côté, elle cherche la rationalité dans une matière où il est évident qu'il n'y en a pas.

Je dois être bien coupable, à avoir trop façonné une armure de mère puis de grand-mère parfaite ; hyperactive, moderne et quelque peu autoritaire, une femme forte avant l'heure en quelque sorte, que maintenant, ils se refusent à accepter que je ne puisse jamais avoir eu mes failles, mes faiblesses, mes déchirures.

Comment leur expliquer que la blessure était tellement profonde que je l'ai enfouie au plus profond de moi-même et que c'est seulement ainsi que je pouvais avancer et regarder l'avenir sinon avec enthousiasme, du moins sans crainte ?

Comment leur dire qu'il y a l'amour et la passion, et qu'il est heureux quand ces sentiments se portent sur la même personne, qu'il est déchirant lorsqu'ils se portent sur deux personnes différentes, toutes aussi indispensables à votre existence ?

Comment leur dire qu'il m'a fallu vivre ma passion pleinement, sans remords ni regrets, en oubliant la morale et la bienséance, pour vivre ensuite un amour apaisé, un amour de toute une vie ?

Comment leur dire que le feu de la passion est resté vivace jusqu'à mon dernier souffle et que c'est la séparation qui en a maintenu la flamme ?

Morte ou vivante, ils ne me comprendront pas. Car pour eux, la conclusion sera simple : j'ai choisi celui que j'aimais le plus, Alphonse. C'est clair, puisque j'ai quitté Charles (deux fois) pour lui. Si j'avais vraiment tenu à Charles, je n'avais qu'à demander le divorce. La chose était simple à cette époque et les formalités en étaient simplifiées pour les femmes de prisonniers. Je ne l'ai pas fait ; soit j'ai manqué de courage (ce qui est mal me connaître), soit je n'aimais pas assez Charles.

Comment leur dire que tout n'est pas aussi simple ? Comment leur décrire la bulle merveilleuse dans laquelle nous vivions, Charles et moi ? Comment leur dire quelle souffrance nous avions à sortir de cette bulle pour vivre avec l'extérieur ? Mais comment leur dire que nous avions également un besoin vital du « dehors » ? Charles savait mettre des mots sur tout cela, pas moi, ou alors si pauvres, si vides de tout ce fourmillement d'émotions que nous ressentions qu'ils sont vains !

Cette génération aura du mal à me comprendre, même s'ils pensent me connaître par cœur. Ce n'est pas une question d'âge, ni une question d'éducation, encore moins une question d'environnement. Non, tout cela est accessoire. C'est une question d'appartenance. Ma fille et mes petites-filles sont attachées à BoisRedon parce qu'elles sont attachées à moi, c'est affectif, sentimental, dira-t-on maintenant. Moi, je n'étais pas attachée à BoisRedon, j'appartenais à BoisRedon, que je le veuille ou non. Je le savais intuitivement étant jeune, j'en ai pris une conscience aiguë lors de mes années parisiennes, lorsque je quittais le bitume et que je marchais sans but dans les jardins trop lisses, trop paysagés au point que je cherchais obstinément la petite erreur du jardinier, le petit coin oublié et laissé en friche, le petit coin qui ferait un peu campagne et me rappellerait BoisRedon. Je guettais les saisons sur les feuilles des arbres, les bourgeons (c'est la période des chevreaux), les feuilles éclatantes de verdure (il va falloir penser aux foins), les feuilles jaunies qui virevoltaient sur les boulevards (il va falloir ramasser les châtaignes et faire brûler), les branches nues (est-ce qu'il y a assez de bois pour passer l'hiver ?), et chacune d'entre elles me ramenait à BoisRedon. Parce que BoisRedon vivait en moi, où que je sois. J'ai lutté contre cette emprise presque charnelle, j'ai lutté en me jetant à corps perdu dans les études et dans mon histoire avec Charles, et j'ai cru un temps avoir oublié. Mais lorsque la vie a été cruelle avec moi, pour commencer en la personne de Mme de Valras et de son opposition à notre union, j'ai su immédiatement que mon salut était à BoisRedon. Il n'y avait que là que je pourrais rester saine d'esprit face à cette douleur trop grande pour moi. Et c'est pour cela que j'ai appelé Alphonse, car lui aussi appartenait à BoisRedon, c'est en quoi nous nous ressemblions. Nous étions semblables sur l'essentiel, nos différences ne faisaient qu'enrichir notre relation. Mais quelles que soient nos divergences de vues, d'opinions ou même de sentiments, nous savions que nous nous accordions sur le principal. Alphonse était un terrien, un homme de certitudes, doté heureusement d'une saine curiosité sur le monde qui le forçait de temps à autre à sortir de ses certitudes. Mes exaltations, mes interrogations, mes tourments lui étaient inconnus, mais il les écoutait attentivement, en mettant dans cette attention tout l'amour dont il était capable et par cette simple écoute, il en apaisait un grand nombre. Alphonse, donc, n'a jamais lutté contre son appartenance à BoisRedon, c'était une donnée immuable, comme d'avoir les yeux bruns ; on ne lutte pas contre les choix de la nature ! Le bon sens paysan, ce que peut-être j'avais trop oublié !

Les enfants vont chercher à comprendre mon histoire à trois : Charles, Alphonse et moi, alors que l'équation était différente ; Charles, BoisRedon et moi, ou Alphonse, BoisRedon et moi. Car mon dilemme, c'est en ces termes que je me le suis posé.

Quoi qu'il en soit, l'accident de Pascal Polge a été le début de l'explosion de notre bulle. Comme nous l'avions fait à Paris durant nos études, nous nous étions construit un petit monde à nous, protégé des autres. Un monde où l'un était le tout de l'autre : un confident, un ami, un amant. Eh oui ! Bien que cela rende malade ma petite Isabelle (elle a beau avoir soixante ans, elle sera toujours ma toute petite), j'ai été la maîtresse de Charles et avec quelle plénitude ! À aucun moment, je n'avais l'impression de trahir Alphonse, mais plutôt de revenir à Charles, à ma place entre ses bras. Nos rendez-vous du matin (sous prétexte d'étudier le cas) ensoleillaient ma vie, me remplissaient de vie. Je voyais trop de femmes autour de moi devenir sèches et dures par manque d'amour, soit que le mari ait été tué ou fait prisonnier, soit qu'il ne représente rien pour elle (c'est le pire). J'aurais dû leur ressembler ; Alphonse prisonnier, j'aurais dû moi aussi me morfondre, sentir la petite flamme de l'amour, de la vie s'étioler pour vivre au ralenti, j'aurais dû afficher un air modeste, de mère courage et de médecin à l'écoute. Mais nos rendez-vous du matin me donnaient envie de chanter, de rire, de vivre tout simplement. Je me trahissais sans le vouloir, sans même m'en apercevoir, je me trahissais et ce faisant, je fissurais la bulle qui nous protégeait du monde extérieur.

La première alerte véritable vint de Louison. Louison, que j'avais connue sur les bancs de l'école communale, Louison qui m'admirait et m'aimait, mais d'un amour exclusif, jaloux. Et c'est cette amitié exclusive, cette connaissance ancienne qu'elle avait de moi qui la fit me percer à jour. Je l'avais très peu vue depuis la naissance de son fils Henri, par manque de temps (du temps pour la propriété, du temps pour la médecine, du temps pour Isabelle, du temps pour Charles, quel espace de temps me restait-il pour moi ? Pour moi et pour les autres ?). C'est à l'occasion d'une consultation de ce bambin de déjà six mois que je la revis. Le reproche ne manqua pas, il était justifié.

— Quand même, si c'est pas malheureux ! Devoir appeler le médecin pour voir l'amie !

— Oh ! Ma Louison, je ne sais pas où donner de la tête ! Le cabinet, les consultations, la propriété, je n'ai pas assez de bras pour tout faire !

— Dis, pour la propriété, tu n'as pas à te plaindre, tu es bien aidée par tes parents !

— Bien sûr. Mais je ne peux pas tout leur laisser, ils ne se font pas jeunes.

— Pour sûr. Et Alphonse, quelles nouvelles ?

— Toujours pareil. On dirait même qu'il est plutôt tombé sur des braves gens, enfin des gens comme nous, qui pensent à leur terre. Cela me rassure !

— Cela te rassure ou cela te donne bonne conscience ?

— Pourquoi dis-tu ça ?

— Tu sais, ma belle, on commence à jaser au village.

— À propos de quoi ?

— À propos de toi. Pour une femme de prisonnier, tu n'es pas bien éplorée !

— Mais je ne suis pas veuve ! Il est en bonne santé, même si ce n'est pas Versailles, et il va revenir ! Qu'est-ce que vous voulez, que je dépérisse jusqu'à son retour ? Eh bien non ! Ce n'est pas mon style ! Et en plus, c'est le médecin qui te parle : cela serait très néfaste et pour ma santé et pour le moral d'Alphonse !

— Tu as raison, tu es loin d'être veuve !

— Bon, Louison, arrête ces insinuations.

— Et Charles !

— Tu ne vas pas remettre ça !

— Jure-moi que tu ne l'as pas revu ?

— Bien sûr que je l'ai revu, je te rappelle qu'il habite aussi BoisRedon et que sauf preuve du contraire, BoisRedon est un village. Qui dit village…

— Ne fais pas la plus maligne avec moi, veux-tu ? Je t'ai montré que Charles fricotait avec les Allemands, c'était clair, non ?

— Et que t'ai-je répondu, qu'il ne faisait que subir l'Occupation !

— Tu le revois ! Je le savais ! Franchement, qu'est-ce que tu lui trouves ? Tu n'as donc pas compris qu'il s'amusait avec toi ?

— Mais quel crime a-t-il commis pour que tu le haïsses à ce point ?

— Il méprise les gens du peuple !

— N'importe quoi ! Nous ne sommes plus au XIXe *siècle, arrête avec ce discours réactionnaire !*

— Et par les de Valras, tu n'as pas été méprisée ?

— N'amalgame pas Charles à ses parents, veux-tu !

— Tu vois, tu te trahis, tu l'aimes encore...

— Mais qui t'a dit que je ne l'aimais plus ! Même Alphonse le savait en m'épousant ! Cela ne m'empêche pas d'aimer mon mari ! Charles restera toujours dans mon cœur. Point !

— Il y reste d'autant plus facilement dans ton cœur qu'il a repris sa place dans ta vie ! Ah ! C'est confortable d'avoir un mari prisonnier ! Comme ça, pas d'états d'âme ! On retrouve son premier amour et on vit une nouvelle jeunesse !

— Arrête cela tout de suite ! Tu divagues !

— Tu trahis Alphonse !

— J'ai toujours été honnête avec Alphonse ! Et tu affabules !

— Ah oui ! Alors quand tu lui écris, tu lui dis : « Ne t'inquiète pas mon chéri, je ne me languis pas trop. En t'attendant, Charles réchauffe ma couche ! » C'est ça que tu lui écris ?

— Tu es vulgaire !

J'ai gardé longtemps en mémoire cette conversation, parce que je n'en suis pas sortie indemne.

Ce n'était pas d'avoir été percée à jour qui me gênait, c'était de ne pas avoir pu me confier à Louison. Je ne suis pas de ces femmes froides qui n'ont des amitiés que pour les mondanités.

Aussi loin que je me souvienne, j'ai toujours tout dit à Louison. Elle s'amusait de mes rêves de grandeur, sans vraiment comprendre mon désir de « toujours plus », mais elle m'écoutait, me conseillait, me rappelait les réalités. Elle me voyait m'user les yeux sur des vieux livres, écourter mon sommeil pour lire encore, elle ne comprenait pas, elle admirait. Et parfois, piquée de curiosité, elle se laissait tenter par un de mes livres. Aussi étonnant que cela puisse paraître, elle tomba amoureuse des poésies de Chateaubriand et après cette rencontre, ne critiqua plus ma boulimie de culture. Mais ce besoin presque viscéral de me plonger dans les livres m'isolait de ce que Louison appelait « la vraie vie ». Alors, quand elle jugeait que j'avais eu ma dose, comme elle disait, elle me forçait à sortir. Et d'abord à sortir de moi-même.

Ses ruses étaient multiples ; interdiction d'avoir un livre dans le sac quand nous gardions les chèvres ensemble, obligation d'aller à la fête du village, au loto du village et, surtout, obligation d'accepter de danser avec les gars du village.

Et je jouais le jeu avec bonheur, car je n'aimais rien tant que nos bavardages sans fin avant la fête (nos préparatifs étaient une fête en soi, la fête d'être ensemble, invincibles et absolument divines, nous en étions persuadées), et notre complicité entre deux danses à commenter qui le regard d'un garçon, qui le bon mot, qui l'invitation murmurée à l'oreille. Sans Louison, je le savais, je serais restée la petite sauvageonne, un peu fière parce que très timide, qui se complaît dans le monde rassurant des livres. Nous étions inséparables... jusqu'à ce que Charles apparaisse.

Oh ! Au début, rien ne changea ! Je prenais même un malin plaisir à singer les grands airs de Charles et me vanter de mes reparties. Et notre complicité s'en trouva grandie, un temps.

Puis, je partis à Paris. La distance ne mit pas fin à notre complicité, j'avais trop besoin de maintenir le contact avec BoisRedon, j'inondais Louison de lettres et attendais avec impatience les siennes. Je lui racontais tout : tous les détails de ma nouvelle vie, de mon emploi du temps à la faculté, aux rencontres que je faisais pendant mes études, à mon amitié avec les femmes de chambre. Elle, elle me faisait vivre la vie du village : les décès, les naissances, les mariages, les histoires d'adultère, les histoires de limites de propriété qui brouillent les voisins pour des générations, et je lui en savais gré.

Et puis, il y eut la robe du Lutetia. Comme à mon habitude, je lui racontai tout ; j'étais tellement heureuse. Je ne pouvais pas en parler à mes parents, mais j'avais besoin d'en parler à quelqu'un. Mon trop-plein de bonheur avait besoin de s'épancher et le premier visage qui me vint à l'esprit fut celui de Louison. J'avais vingt ans, mais je riais comme une enfant en écrivant cette lettre, une enfant qui a découvert au pied du sapin un cadeau plus beau que ceux de ses rêves les plus fous. Mais la lettre que je reçus de Louison, quelques jours plus tard, me fit l'effet d'une douche froide ! Que me disait-elle en substance ?

« *Ma chère Lise,* (déjà je n'étais plus Lisette)

J'ai bien reçu ta lettre et je l'ai lue plusieurs fois pour bien comprendre. Je vois que tu es très emballée mais j'ai peur que tu te fasses mener en bateau. Ma petite, je pense que nous ne sommes que des paysannes dont il est facile pour un riche de faire tourner la tête. Apparemment, cela a marché et cela me déçoit de toi. Mais que t'ont appris tous tes livres ? Sa robe n'est que le bouquet de fleurs du pauvre ! Il n'a qu'une idée en tête : coucher avec toi ! Et quand il aura réussi, il passera à une autre. Et toi tu seras devenue une Marie-couche-toi-là.

Je sais que ma lettre ne va pas te faire plaisir, mais tant pis. Je n'ose même pas imaginer la tête de tes pauvres parents qui se crèvent pour une misère ! Aussi bien, ils n'auraient pas assez d'une vie pour te payer ton cadeau de cocotte !

Sinon, à BoisRedon... »

À partir de ce jour, je retrouvai mon penchant naturel ; je gardai mes émotions pour moi, seule. Et mes émotions avaient un prénom : Charles. Je continuais à remplir des pages pour Louison mais mon être profond n'y était plus. J'édulcorais tous les passages concernant notre passion grandissante sur fond d'études de médecine. Je parlais de mes résultats, de la vie mondaine des de Valras, de la vie parisienne, du temps gris qui me pesait, mais seulement de cela. Au fond de moi, je refusais de mettre en compétition mon amour et mon amitié, car dans ces deux domaines, il ne doit pas y avoir de compétition. Mais je me disais aussi que si Louison ne pouvait nous comprendre (me comprendre), personne à BoisRedon ne serait à même de le faire. Je crois que c'est à partir de ce moment-là que j'ai choisi de construire une forteresse autour de notre amour, pour vivre dans notre monde idéal, notre monde à deux, protégé du monde, mais coupé du monde. L'erreur fatale vient de là ! Car à force de vivre en dehors du monde, nous n'avons pas réussi à nous armer pour nous battre contre le monde entier, nous battre pour notre amour, nous nous sommes étiolés dans trop de sentimentalisme. Cette erreur, je la commis deux fois (car la première fois ne m'avait pas servi de leçon !) ; une fois à Paris, une fois pendant l'Occupation à BoisRedon. Cette erreur, ce n'est que maintenant que je la comprends, que j'en vois toute l'étendue et avec elle les funestes conséquences. Mais à l'époque...

Peut-être que si nous avions fait front contre les de Valras, mais j'avais trop de fierté et lui trop de soumission filiale, peut-être que si j'avais affiché mon amour pour Charles pendant l'Occupation, mais je ne voulais pas faire souffrir Alphonse et affronter les commérages, peut-être, peut-être...

23.
Le retour

La sonnerie du téléphone retentit dans toute la maison, une sonnerie stridente, forte, une sonnerie qu'on peut même entendre de dehors. Car, avant la généralisation du portable et l'ère de la communication à outrance, mamé Lisette avait trouvé son moyen à elle pour être toujours joignable et remplir au mieux son métier de médecin. Elle vivait au mas tout en satisfaisant à sa passion de la médecine et l'un ne devait pas être exclusif de l'autre. Alors, elle avait ses astuces à elle ; une forte sonnerie de téléphone en faisait partie.

La sonnerie retentit, donc, et je sais qui appelle. Il y a des moments comme ça où l'on croit à nos intuitions, elles prennent plus de consistance que toute certitude palpable. Je sais qui appelle et j'attends cet appel autant que je l'appréhende.

— Bonjour, dit une voix hésitante au fort accent anglo-saxon, je suis Mme Grant.

— Oh ! Bonjour, madame, réponds-je faussement surprise, comment allez-vous ?

— *Fine ! Fine !* Merci beaucoup, répond-elle en alternant anglais et français, *well*, je voudrais vous parler, mon père… Oh ! *It's so difficult, don't you ?*

— Cela vous est difficile de parler au téléphone, c'est cela ?

— *Exactly ! You're right !*

— Préférez-vous passer nous voir, je ne sais pas, moi, cet après-midi ? Vers seize heures ? *Four pm ?* Qu'en dites-vous ?

— *Wonderful !* Merci beaucoup ! *I appreciate !*

— À tout à l'heure, donc !

Je raccroche, intriguée mais soulagée. Les événements se précipitent et après tout, cela vaut peut-être mieux, comme le dit David. Deux jours auparavant, papa et David avaient mis au jour ce qu'ils pensaient être ce que nous appelions la cachette des camisards. En fait, dans l'histoire de la famille, nous ne savions pas si elle avait abrité le moindre camisard, mais elle aurait au moins abrité un prêtre et Charles.

Imaginez un conduit parallèle à la cheminée, conduit qui permettait non seulement de se cacher pour un laps de temps sûrement très court, car la posture pour s'y tenir devait être d'autant plus inconfortable qu'on était grand, mais aussi d'accéder aux combles de la maison, des combles au toit, du toit à la liberté !

Papa et David avaient fait le chemin et en étaient revenus tout excités, comme des gamins. Papa semblait rajeuni par cette aventure, le regard plus pétillant et un léger sourire s'était accroché sur ses lèvres.

Pendant ce temps, la cuisine est sens dessus dessous, et pour un moment, le temps de chercher des traces du passé ! Faire de l'archéologie familiale, si l'on peut dire !

Autant dire que si papa et David s'amusent comme des petits fous, maman n'est pas à la fête. Elle qui aime que chaque chose soit à sa place, les choses comme les êtres, elle se trouve complètement déboussolée. Même si papa et David ont enlevé le gros des gravats permettant de mettre en lumière la cache, la cuisine a plus des allures de chantier que de cuisine. Et pour une maîtresse de maison, il n'y a rien de pire que de voir son territoire envahi, piétiné et mis à mal ! Elle peste, ordonne d'activer, mais les hommes répondent avec beaucoup de superbe qu'elle n'est pas sensible à ce moment historique.

La mise à nu de cette cache accrédite les propos de Charles. Et cela quand on est la fille unique d'un couple aimant, ou donnant l'image jusqu'au bout d'un couple aimant, c'est un choc terrible. Un séisme tel que le moment historique avec un grand H, c'est de la gnognote à côté !

Et moi, je vais arriver avec mes gros sabots et lui dire : « Maman, tu vas être contente, l'Américaine se ramène à la maison ! » Ah non ! Vraiment, je ne le voyais pas comme cela !

Mais une maman, c'est bien connu, ça a aussi un sixième sens, une intuition féminine exacerbée si vous préférez. Toujours est-il que, dans l'instant, elle surgit, venant du jardin avec la question fatidique.

— C'était qui ?

— Mme Grant.

J'attends la réaction qui ne vient pas, je continue donc.

— Elle a quelque chose à nous dire. Elle n'arrivait pas à en parler au téléphone…

— Et toi, bien sûr, tu l'as invitée à passer !

— Euh… oui, cet après-midi, vers seize heures. On ne faisait rien de particulier, alors !

— Oui ! Il ne manquait plus qu'elle pour que la fête soit complète ! Comme cela vous pourrez exhiber votre trouvaille ! Cela va plaire aux Américains, c'est exotique ! C'est historique, comme dirait ton père ! C'est vrai qu'un chantier archéologique dans une cuisine, on n'en voit pas tous les jours ! Tu as raison, il faut faire venir les touristes !

— Mais, maman, ne le prends pas mal. Elle a vraiment quelque chose à nous dire !

— Oh, mais ne t'inquiète pas, ma grande ! Je sais me tenir !

Et sur ce, elle ressort, me laissant vaguement coupable et franchement soulagée.

Lorsque « nos Américains » pointent le bout de leur calandre, la maison est présentable, des petits gâteaux attendent sur la table du salon et du coup, maman est (un peu) plus détendue.

Mme Grant a une mine plus soucieuse que lors de notre dernière rencontre, mais elle a aussi une démarche plus assurée. M. Grant déplie ses grandes jambes et enveloppe le paysage d'un regard de connaisseur. Il semble apprécier le calme et la verdure qui entourent notre mas mais quelque peu perturbé par l'absence de troupeau dans des barres décidément trop petites. Charmant, mais pas rentable, semble être sa conclusion.

Mme Grant entre immédiatement dans le vif du sujet. Pour bien se faire comprendre, elle s'exprime en anglais, me demandant de traduire. Elle parle lentement, autant pour me laisser le temps d'assimiler que pour elle se laisser le temps de peser chaque mot.

Parce qu'à ce stade de l'histoire, chaque mot a de l'importance.

— Comme vous le savez, papa est très malade. Et en plus, il est médecin. Alors, on ne peut pas lui en raconter à lui ! Il sait ! Et quand il me dit que sa fin est proche, je le crois, même si une part de moi s'y refuse. Papa a été très touché, mais aussi très bouleversé par vos échanges de mails. Je crois qu'il en avait besoin, mais que cela l'affaiblit aussi beaucoup plus vite, comme si ses forces se consumaient à vive allure ! Quand il m'a demandé de venir en France, de profiter de notre tour de l'Europe, pour venir « négocier » avec vous et la municipalité de BoisRedon, il pensait avoir encore un peu de temps devant lui. Maintenant, il ne le croit plus. Il sait qu'il y a urgence. Alors, il a pris une décision. Une décision qui me coûte énormément parce que je sais qu'en agissant ainsi, il va jusqu'au bout du bout de ses forces. Cette décision, je tiens à vous en faire part face à face. Parce qu'elle vous concerne vous aussi, même si c'est indirect. Voilà ! Papa a décidé de rentrer en France !

— …

Nous échangeons des regards surpris, mais au fond de moi, je sais que c'est la meilleure solution. Être enfin face à face. Ne plus avoir des sons de cloche isolés. Avoir la partition entière pour faire renaître la musique oubliée.

— Papa est dans l'avion, rapatrié sanitaire. Je le soupçonne d'avoir toujours espéré cet instant, ce retour. Et même si cela me brise le cœur, je ne peux que l'accepter. Alors voilà, je le redis, papa est dans l'avion.

— Mais où va-t-il loger ? Le conseil municipal n'a pas statué ! s'inquiète maman.

— Oh ! Ne vous inquiétez pas pour cela ! Il a dépassé ce stade. Et puis, à vrai dire, je me demande dans quelle mesure il ne s'agit pas de provocation. Une manière de vous montrer que chez vous aussi, il faut balayer devant votre porte. Papa n'a jamais cru à l'existence de gens simplement bons ou tout mauvais. Tout est en nuance de gris, me disait-il souvent, et ceux qui te disent le contraire sont des hypocrites ou des imbéciles, ou les deux, et ils sont plus nombreux que tu ne croies. Non, son état de santé nécessite une hospitalisation dans une unité de soins palliatifs. Ou une maison de repos médicalisée. C'est pour cela aussi que j'ai besoin de vous. Je ne connais pas votre système de santé et mon français est trop imparfait pour toutes les démarches administratives qu'il faut entreprendre. Mais c'est urgent, papa va arriver, épuisé de son voyage. Je ne veux pas qu'en plus, il souffre. Bien sûr, nous avons de l'argent, ce n'est pas un problème.

— Et bien sûr, il souhaite que cette structure soit proche de BoisRedon ? demande papa.

— Bien sûr, sinon, à quoi cela lui servirait-il de rentrer ?

— Bien sûr !

Requête difficile, voire impossible à écarter. Aucun de nous n'essaie même un instant. Grand amour de mamé ou personnage un peu glauque pendant l'Occupation, qu'importe, nous n'allons pas trancher dans l'instant. Tout ce que nous savons, c'est qu'aujourd'hui, à cette minute, c'est un homme en fin de vie qu'il faut accompagner dignement. Car tout être humain doit pouvoir mourir dignement, et il est admirable que cet homme garde jusqu'à l'instant ultime un rêve. Un rêve si important pour lui qu'il y consacre les dernières forces de sa vie, quitte à écourter cette vie qu'il sait condamnée. Et en cela, il est respectable… et même admirable. Par ce simple acte, Charles de Valras finit de nous fasciner. Et je comprends mieux, sans l'avoir encore rencontré, l'influence qu'il a pu avoir sur mamé Lisette. Je ne sais pas si le reste de la famille se fait la même réflexion, toujours est-il que papa enchaîne :

— Vous n'avez pas trente-six mille solutions. Il y a la maison de retraite communale et l'hôpital général à quelques dizaines de kilomètres d'ici. Si je devais vous conseiller, je vous dirais de commencer par l'hôpital général.

— Vous pensez que la municipalité ne voudra pas l'accueillir !

— Je crois que le problème ne se pose pas en ces termes. Votre papa a besoin de soins, d'une équipe médicale et soignante adaptée. La maison de retraite n'a pas tout cela.

— Je vais suivre votre conseil. Estelle, auriez-vous la gentillesse de continuer à me servir d'interprète ?

Je réponds d'un sourire, embarquée passive mais pas contre son gré dans un nouveau tournant de l'aventure. Car la prochaine étape, nous la connaissons tous : la rencontre avec Charles ! Étape décisive car le regard d'un homme ne trompe pas, ne me trompe pas. Je sais par expérience que ma première impression est toujours la bonne. Cela peut être présomptueux à dire, mais c'est ainsi. Combien de fois me suis-je fait traiter d'oiseau de mauvais augure, de pessimiste, voire de mauvaise langue quand je disais que je ne sentais pas telle ou telle personne. Mais les faits ont toujours été là pour me donner raison et maintenant, on me demande quelle est ma première impression. On écoute, on critique plus ou moins. Alors, monsieur Charles de Valras ? Comment allez-vous m'apparaître ? Allez-vous réussir à faire ressurgir derrière les rides et le poids des ans l'amant lumineux de Lisette ? Allez-vous vous présenter comme ce personnage hautain et méprisant donc méprisable dont parlent les villageois ? Allez-vous user de la corde sensible de votre maladie pour nous apitoyer ou, au contraire, voulez-vous faire connaître l'homme derrière le malade ? Qu'avez-vous en tête, monsieur de Valras ? Qui êtes-vous ? Nous le direz-vous vraiment ?

24.

Les retrouvailles inattendues

Moi aussi, ce face-à-face, je le crains ; face-à-face entre Charles et ma famille, entre deux images de Lisette, et puis dans quelques semaines, dans quelques jours peut-être, un autre face-à-face, un de ceux qu'on espère et qu'on craint toute une vie, un de ceux qui est pourtant inéluctable, la seule certitude que je n'ai jamais eue dans toute ma vie ; Charles et moi serons réunis dans l'au-delà, pour l'éternité. C'est puéril peut-être, trop fleur bleue sûrement, mais ce côté sentimental fait partie de ce pan de ma personnalité que j'ai enfoui trop longtemps et qui aujourd'hui va éclater au grand jour.

L'hôpital général Luech est une belle bâtisse ancienne, milieu du XIXe siècle, qui, malgré une façade quelque peu décrépite, a gardé toute sa superbe. Il est vrai que la situation est exceptionnelle ; l'hôpital, entouré de châtaigniers centenaires, précieusement entretenus, surplombe deux vallées, comme si son architecte l'avait conçu comme une place forte, dominatrice et protectrice à la fois. Ici, pas de bitume, le parking est un ancien pré et les voitures se garent en bordure, les plus chanceuses sous les branches des gros châtaigniers.

Le hall d'entrée ressemble bien plus à celui d'une demeure bourgeoise, colonnes de marbre et grande montée d'escalier majestueuse, qu'à celle d'un hôpital. Quelques fauteuils sont disposés là, créant un salon d'attente chaleureux, malgré ou à cause du côté rustique du mobilier, attente pour les admissions ou salon de détente des accompagnants. Seule l'odeur prenante, l'odeur de l'hôpital, comme disent mes enfants, rappelle la vocation de ce lieu.

Cet hôpital, je ne le connais pas par cœur, mais je le connais bien. Il accueille de nombreux villageois, soit pour quelques semaines (il faut se remettre d'une chute !), soit pour une dernière étape avant… C'est le cas, aujourd'hui, pour Charles de Valras. Car il est enfin arrivé. Oh ! C'est tout récent, il y a deux jours, jeudi dernier donc. Jusqu'à maintenant, j'ai prétexté mon travail pour n'aider Mme Grant que par téléphone ou par mail. Mais le week-end est là et je ne peux me défiler… et puis, je n'en ai pas vraiment envie, la curiosité est la plus forte. Mme Grant a insisté, et nous sommes venues, toutes, les trois descendantes de Lisette. Les hommes, les « pièces rapportées », gardent les enfants et la maison. Ce moment, ce premier moment est à nous, à nous seules. C'est égoïste, peut-être. Peut-être.

Si je sais que Myriam et moi partageons les mêmes sentiments, un mélange d'excitation et de curiosité, je ne sais que penser de maman. De tout le trajet, elle n'a pas ouvert la bouche, et ce n'est vraiment pas son genre. Je l'ai observée par le rétroviseur, elle semblait perdue dans la contemplation d'un paysage qu'elle connaît par cœur. Calme, étonnamment calme, mais entrée en elle-même, dans des contrées où elle a décidé de ne pas nous inviter. Est-ce qu'elle cherche dans les moindres recoins de sa mémoire les souvenirs qu'elle peut avoir de Charles ? Elle était une toute petite fille. Je crois qu'en dessous de six ans, on ne garde en mémoire que les souvenirs vraiment marquants, voire traumatisants. Est-ce que ceux partagés avec Charles font partie de cette catégorie ? Est-il une silhouette floue, une voix, une présence dans sa mémoire ? Ou apparaît-il à une quelconque occasion très nette, comme présent à l'instant même ? Cette image se superpose-t-elle avec le premier souvenir qu'elle a de son père ? Elle était déjà « grandette », comme on dit ici.

Nous avançons maintenant dans ce long couloir, aux couleurs froides, mais aux hauteurs de plafond rassurantes. Nous ne sommes plus qu'à quelques mètres et je me sens tout à coup oppressée, la gorge nouée comme avant un examen. J'ai toujours été traqueuse ! Un regard ; maman a ralenti l'allure, signe chez elle d'émotion, et Myriam affiche un sourire un peu trop éclatant, réminiscence de ses années mondaines. Cette porte, il nous faut bien la pousser pourtant, et c'est beaucoup plus difficile que d'ouvrir un mail !

Charles de Valras est debout devant la fenêtre, comme si, en dépit de son épuisement, il avait tenu à nous accueillir dignement. C'est un homme grand, sec, et malgré les circonstances, vêtu avec une élégance discrète mais certaine. À notre approche, il s'est tourné vers nous et se tient bien droit, dans une attitude qui ne contient aucune raideur, même si elle contient beaucoup de superbe. Le terme de « dandy » dont on l'affublait me revient en mémoire, et j'en comprends mieux la signification. Ses lèvres sourient, laissant découvrir des dents parfaitement alignées, parfaitement entretenues, et ses yeux bleus qu'on imagine aisément avoir été très beaux nous scrutent au plus profond de notre être, mais avec un naturel désarmant, comme s'il n'y prêtait attention. Il n'a pas encore prononcé la moindre parole et pourtant, il nous en impose déjà. Il est de ces êtres qui ont une présence, qui irradient. On l'adore ou on le déteste ! Je n'ai aucun mal à imaginer le contraste entre Charles et les autres hommes de BoisRedon, surtout dans les années quarante ! Il n'était pas comme eux… et ne cherchait pas à l'être. Tout simplement parce qu'il ne le pouvait pas. Il était assez intelligent pour savoir qu'on ne change pas sa nature profonde. Par contre, aux États-Unis, il a dû avoir beaucoup de succès : « *the french doctor* », avec en plus le vrai chic parisien ! Le comble du snobisme ! Mais j'extrapole, j'extrapole ! Son regard s'attarde un peu plus sur Myriam et à l'émotion qu'il me semble y lire, je comprends que les réflexions des anciens, du genre « tout le portrait de sa grand-mère, cette petite », ne sont pas exagérées. Myriam l'a perçu et, loin d'être gênée comme j'aurais pu l'être, soutient ce regard inquisiteur jusqu'à le faire se détourner. Encore un trait de caractère de mamé Lisette, à n'en pas douter puisque j'ai cru apercevoir un petit sourire en coin chez Charles, lorsqu'il s'est détourné pour chercher le regard de maman.

Maman l'a reconnu, je le sais, je le sens, quelque chose en elle s'est éveillé ! Une voix de petite fille a peut-être surgi du fin fond de sa mémoire.

— Isabelle, ma petite ! Tu es devenue une belle femme !

La voix est chaude et envoûtante, même si elle chevrote maintenant un peu, attaquée par les années et la maladie. Un dandy séducteur ! Il est vraiment très fort. Car, je le sais, par ces simples mots, il a rallié à lui maman ! Effectivement, maman lui répond d'une voix chaleureuse bien qu'un peu humide :

— Merci, merci ! Oh ! Je suis une grand-mère aujourd'hui ! Mais vous, vous n'avez pas changé, ou si peu !

— J'étais donc déjà si vieux dans ton souvenir ! Mesdemoiselles, votre maman était une enfant délicieuse, à croquer, le saviez-vous ?

Nous sourions. Vraiment, il manie l'art de la séduction comme un virtuose. Pas étonnant que Louison ne l'ait pas trop aimé ; elle déteste les beaux parleurs !

— Je vous présente Estelle et Myriam, mes filles.

— Enchanté, mesdemoiselles, et merci beaucoup pour votre correspondance. C'est elle qui m'a donné le courage de revenir ! Mais avant que nous allions plus avant, je refuse, vous m'entendez, je refuse que vous me vouvoyiez. Ne te souviens-tu pas, Isabelle, que tu me tutoyais ? Et que tu t'amusais à me mettre en boîte avec une espièglerie contre laquelle on ne pouvait lutter ? Tu t'en souviens ?

— Vaguement…

— Bien sûr, c'était il y a si longtemps… et pourtant…

Un silence s'installe, chacun est perdu dans ses pensées et personne ne sait comment aborder l'essentiel : mamé Lisette. Pour le château, on verra plus tard, ça, c'est l'affaire des huiles du village, ou des prétendues telles, pas la nôtre.

— La dernière fois que je t'ai vue, ma petite Isabelle, tu portais une belle robe blanche avec des cerises dessus. Je te l'avais achetée la veille et tu avais pleuré de devoir attendre le matin pour l'étrenner. Tu étais belle comme le jour et tu es longtemps restée dans mon cœur mon unique fille, même si tu n'étais pas vraiment mienne. Quand j'ai pris ce paquebot pour l'Amérique, je suis resté sur le pont jusqu'à m'en abîmer les yeux pour emprisonner l'image de ce que je laissais, cette femme qui tenait serrée contre elle cette toute petite fille. Je vous ai vues pleurer en silence et j'ai senti moi aussi les larmes couler sur mes joues. Même quand la mer commençait à nous séparer, nous partagions encore les mêmes émotions. C'était cela, le plus difficile ! Ce n'était pas de quitter mon pays, c'était de quitter les êtres auxquels je tenais le plus qui me déchirait ! Mais ta mère avait choisi et tu le sais, ses décisions étaient toujours sages, même si elles pouvaient paraître cruelles sur le moment ! Elle avait raison, et pourtant elle nous faisait souffrir tous les trois.

— Mamé était là, à votre départ pour les États-Unis ? demande Myriam.

— Oh ! Excusez-moi, mes enfants. J'oublie constamment que vous ne savez rien de moi, de Lise et de moi.

— Pas vraiment, mais pas tout. Disons que mamé…

— … ne vous avait rien dit ! Cela lui ressemble tellement !

— Racontez-nous alors !

— Myriam ! Tu oublies que Charles vient de faire un voyage épuisant et que nous ne devons pas le fatiguer davantage ! intervient maman.

— Ne t'inquiète pas, Isabelle. Cela ne me fatigue pas d'en parler, cela me fait même du bien. Mais, toi, tu es sûre que tout va bien ? Tu me sembles toute retournée !

— Le paquebot, ce n'était pas un paquebot de loisir, n'est-ce pas ? J'ai l'image d'un cargo plus que d'un paquebot genre *Titanic* ?

— Tu as raison, c'était un bateau de commerce. J'avais réussi à avoir une place grâce à de gros dessous-de-table et aussi mon diplôme de médecin ! Tu t'en souviens, si tu savais comme cela me fait plaisir !

— Je me souviens d'une grande ville sale, bruyante et qui sentait mauvais. Où était-ce ?

— C'était Marseille, bien sûr ! Que le souvenir des enfants est donc cruel ! Dans le mien, Marseille est une ville lumineuse, chaleureuse, peut-être parce que j'y ai passé les semaines les plus heureuses de ma vie…

— Mamé Lisette et maman sont venues vous dire au revoir là-bas ? demandé-je.

— Non, elles m'accompagnaient. Tenez, je vais vous montrer quelque chose que j'ai gardé précieusement sur moi toutes ces années.

Charles s'assoit sur son lit, le dos bien droit malgré les douleurs qui ne doivent pas cesser même sous l'effet de la cortisone, et prend dans la poche intérieure de sa veste, posée sur le dossier du fauteuil le plus proche de son lit, un portefeuille en cuir qu'il nous tend.

D'une main tremblante, maman s'en saisit et l'ouvre ; il contient trois pièces d'identité. Trois pièces d'identité d'une famille souriante des années quarante. Les photos sont bien un peu jaunies et figées comme toutes les photos officielles de l'époque mais il n'y a pas d'équivoque. Les pièces d'identité sont au nom de Charles Dumas, Lise Dumas et Isabelle Dumas.

— Tu vois, Isabelle, pendant un temps, nous avons été une famille, une vraie famille ! Et puis au dernier moment, ta mère n'a pas pu prendre le bateau avec moi. Tu serais une vraie Américaine maintenant ! Mais voilà, le destin en a décidé autrement ! C'est peut-être mieux, je ne sais pas. Ce que je sais, c'est que je suis heureux d'être là, heureux de te revoir !

— …

En face, maman ne répond pas. Ses mains tremblent, ses lèvres tremblent, elle se retient pour ne pas pleurer.

25.
La fuite

C'était un de ces jours qui ne semblent pas avoir de fin. Chaque instant s'étire en éternité et je sentais heure après heure mes traits se tirer, des rides se creuser. Je n'avais même plus la force de me dire que je ne devais pas être jolie. La salle d'attente ne désemplissait pas et j'étais seule à l'affronter, le docteur Bastide faisant les visites à domicile. Les beaux jours arrivaient pourtant ; le soleil était encore pâle mais rassemblait toutes ses forces pour chasser le froid qui faisait de la résistance dans le fond de l'air et pour faire renaître la vie. Mais là, tout ce qu'il réussissait à faire renaître, c'étaient les microbes ! La rudesse de l'hiver les avait plongés dans un sommeil léthargique et là, maintenant, après ces longues semaines d'immobilité, ils attaquaient avec une force décuplée. Mais les Cévenols sont rudes et ce n'était pas de la bobologie qui m'attendait. Car on est dur et on est fier (et peut-être un peu radin !), bref, on ne consulte le docteur qu'en cas de nécessité. C'est pourquoi, je fus surprise d'apercevoir Ferdinand parmi les patients. Outre son côté bougon, entre l'ours mal léché et le loup solitaire, Ferdinand était une force de la nature ; grand, charpenté, un cou de taureau, un corps imposant dur comme le roc sculpté par les travaux des champs. Il attendait calmement, la mine encore un peu plus renfermée que d'habitude, et pourtant rassurant. Comme si sa seule présence pouvait nous protéger du danger, comme si la masse impressionnante qu'il déployait était une armure infranchissable. En tout cas, c'était l'impression qu'il m'avait donnée lors de l'accident du fils Polge et elle était restée ancrée en moi. Depuis, je ne l'avais pratiquement pas revu, juste croisé et je crois que c'était mieux ainsi, comme un accord tacite ! Mais là, il attendait et j'avais beau l'observer du coin de l'œil, entre deux patients, je ne lui trouvais pas une mine maladive. Pas de diagnostic sans examen, me sermonnait en moi la scientifique. N'empêche !

Et c'est avec une appréhension aussi intuitive qu'inattendue que je le fis entrer, clôturant ainsi ma journée de consultations. C'est peut-être en constatant qu'il était le dernier qu'en un flash, je me dis : « Il a attendu d'être le dernier, pourquoi ? » et ma gorge se noua.

— Bonjour, Ferdinand ! Alors, qu'est-ce qui t'amène ?

— Rien de grave ! Rien de grave !

— Je te dirai ça quand tu m'auras expliqué tes soucis...

— Voilà ! T'as trouvé le mot juste : mes soucis.

— Pourquoi, tu n'es pas malade ?

— Tu m'as déjà vu malade ? Est-ce que j'ai une tête de malade ?

— Oh ! Tu sais, j'ai vu des gaillards bien plus forts que toi cloués au fond de leur lit. Personne n'est à l'abri.

— Ouais, possible ! Mais moi, je n'ai pas le temps d'être malade !

— Voilà autre chose ! Tu n'as pas le temps d'être malade et tu viens voir le docteur !

— Bon ! Écoute, je ne vais pas tourner autour du pot ! Je ne viens pas voir le docteur, je viens te voir, toi !

— Mais tu pouvais me voir ailleurs qu'ici !

— Pour quelqu'un de savant, tu es stupide ! Tu veux que je te mette les points sur les i*, eh bien, je vais te les mettre ! Je suis venue te dire de faire attention à toi, voilà !*

— Attention à moi ? Mais qu'est-ce que ça veut dire ? Qui me voudrait du mal ?

— À toi, on ne veut aucun mal ! Mais fais attention à qui tu fréquentes, ne t'approche pas de certaines personnes !

— Écoute, Ferdinand ! Je suis peut-être stupide, mais je ne suis pas une balance ! Alors, soit tu me dis les choses clairement, soit tu rentres chez toi et on oublie tous les deux cette petite conversation ! C'est compris ?

Ferdinand me scruta des pieds à la tête et de la tête aux pieds, à tel point que j'avais le sentiment de me retrouver nue devant lui, tellement nue qu'instinctivement je croisai les bras sur ma poitrine. Il restait silencieux, fermé, enfermé dans un dilemme cornélien à n'en pas douter, si renfermé que lorsque je plongeai mon regard dans le sien, c'est lui qui baissa les yeux, comme pour entrer encore un peu plus en lui-même. On aurait dit que je lui arrachais les entrailles ! Il ne fallait pas exagérer, non plus ; débarquer au cabinet et me dire tout de go de faire attention à mes fréquentations, quel toupet ! Cela signifiait-il qu'il était au courant pour Charles et moi ? Si c'était le cas, il valait mieux attaquer et y aller au culot !

— Alors, tu te décides ? Parce que là, insinuer que j'ai de mauvaises fréquentations, je n'apprécie pas vraiment, vois-tu !

— Ah ! Tu es bien une femme ! Tout de suite les grands mots ! Je ne mets pas en cause ta réputation...

— Encore heureux !

— Et laisse-moi finir, c'est suffisamment difficile comme ça ! Voilà, le réseau va mener une action et on voudrait que tu te tiennes à l'écart.

— Que je me tienne à l'écart de quoi ?

— Ben voilà ! Tu ne diras rien aux copains ? Bon ! Ne te fâche pas, je sais qu'on peut te faire confiance, mais c'est toujours délicat...

— Ferdinand...

— Bon, comme tu sais, une partie de la production de charbon part en Allemagne...

— C'est ce qu'on dit !

— Non, ce n'est pas ce qu'on dit, c'est ce qui se passe ! On a des preuves ! Pour qui nous prends-tu ? Nous ne portons pas d'accusation en l'air !

— D'accord, tu le sais, et maintenant ?

— Maintenant, nous devons arrêter cela. Les Allemands ne sont plus autant en position de force. Ils commencent à paniquer avec les rumeurs persistantes d'un prochain débarquement des Alliés, leur colonel vient de mourir, c'est le moment !

— Leur colonel vient peut-être de mourir, mais le commandant qui le remplace en attendant mieux est bien pire. Un vrai Hitler de province, un être pâlot mais débordant d'orgueil et donc dangereux !

D'autant plus dangereux que, comme tu le disais, il commence à paniquer et qu'il n'a plus rien à perdre, sa cruauté n'aura pas de limites !

— Vouais ! Mais on n'a pas le choix, c'est le moment !

— Mais bon sang, c'est le moment de quoi ?

— Les Allemands ne peuvent rien faire sans les de Valras. Officiellement, ils ne sont rien à la mine. Le contrat passé entre les de Valras et les Allemands n'apparaît nulle part ou s'il en existe un écrit, nous ne l'avons pas et il est volontairement bien caché. Tu me suis ?

— Je ne vois pas où tu veux en venir, mais je te suis !

— Bon sang, c'est pourtant clair ! Nous n'avons pas le choix !

— C'est peut-être évident pour toi, mais moi, vois-tu, je ne suis qu'une simple femme, un peu naïve, un peu fragile...

— Fous-toi de ma gueule, je ne te dirai rien ! C'est clair pourtant ! Si nous voulons empêcher le charbon de partir en Allemagne et ainsi réduire leurs approvisionnements puis leurs réserves, il nous faut supprimer les de Valras !

— ... Je te demande pardon...

— Tu m'as bien entendu !

— Mais, mais...

— Je sais que tu les connais bien. Tout le monde au village sait que tu leur dois ta médecine, mais ce sont des salopards, alors éloigne-toi d'eux !

— Mais c'est un assassinat, ni plus ni moins !

— Non ma petite, c'est un acte de guerre ! Et ne les défends pas !

— Je n'ai aucune illusion sur M. et Mme de Valras. Mais de là à les assassiner !

— Arrête avec ce mot « assassiner » ! Tu crois que c'est une partie de plaisir ? On ne va pas à la chasse aux sangliers, ma petite !

— Mais arrêtez-les, enfermez-les quelque part, je ne sais pas moi. Mais les tuer !

— Crois-moi, on a beaucoup réfléchi ! Tant qu'il restera un de Valras en vie, le contrat sera toujours valable et le charbon ira alimenter l'effort de guerre de l'Allemagne. C'est ça que tu veux ?

— Quoi, tous les de Valras ? Même Charles ?

— Mais bien sûr, même Charles, comme tu dis ! Il est trop précieux pour être honnête, celui-là ! Et puis je te rappelle qu'il était le médecin personnel du colonel !

— Mais justement, il est médecin ! Tu comprends ce que cela signifie !

— Oh ! Pas de prestations de serment à la noix ! Les Allemands ont aussi leurs médecins et crois-moi, ils ne sont pas moins cruels que les autres soldats !

— Ce n'est pas possible !

— Je suis venu te dire de t'en éloigner. Nous voulons te protéger. Mais attention, si tu les préviens, c'est que tu changes de camp ! Et alors...

— Quoi ! Tu oses me menacer ? Après les risques que j'ai pris pour vous, tu oses me menacer ? Et alors, quoi ? Tu vas m'assassiner ? Pour quel crime ? Un peu d'humanité ? Eh bien, je voudrais bien voir ça, moi ! Explique-moi comment tu vas le faire passer en crime de guerre, hein ? Tu expliqueras ça à mes parents, à Louison, à Marie, au docteur Bastide, à vous tous, tu leur décriras la dangereuse criminelle de

guerre qui se cachait en moi, c'est ça que tu vas faire ? Réponds-moi, Ferdinand et aie le courage de me regarder dans les yeux quand je te parle ! Alors, tu ne dis rien, tu ne me menaces plus ? Eh bien ! Je préfère ça ! Je ne sais pas quand vous allez faire ça et je ne peux rien faire pour vous arrêter, mais si vous avez un peu d'estime pour moi, ne serait-ce qu'un tout petit peu, prenez le temps de réfléchir ! Pensez à vous aussi ! Cette action va vous poursuivre toute votre vie ! Vous allez la revivre sans fin dans vos nuits sans sommeil ! Elle va vous marquer au fer rouge ! Et encore, ça, c'est dans le meilleur des cas ! Et si vous échouez ? Vous avez pensé à vos familles ? Les Allemands sont peut-être affaiblis, mais ils sont encore nombreux et surtout organisés ! Les représailles vont être terribles, des innocents du village vont en faire les frais ! Vous avez pensé à tout ça ? Réfléchissez encore, je ne vous dirai que ça, réfléchissez...

Ferdinand me regarda droit dans les yeux cette fois-ci, il hocha imperceptiblement la tête puis il partit en silence. Il partit et moi, je m'effondrai en larmes, mon corps agité de tremblements incontrôlables, avec une seule idée en tête : joindre Charles ! Le prévenir ! Et tant pis pour les conséquences ! Mais il me fallait attendre, retrouver figure humaine, pour mieux donner le change. Ma bulle avait explosé, une fois de plus ! Quelle innocente j'étais ! Croire que l'on peut vivre son rêve en parallèle de la vie ! Et là, ce n'était même plus notre histoire d'amour qui était en danger, mais notre vie tout court ! Mme de Valras apparut soudain devant mes yeux ; si belle malgré son âge, si raffinée, si impeccable dans sa tenue comme dans ses manières, mais si froide aussi, si hautaine et si méprisante que dans ces moments-là sa beauté devenait effrayante, son raffinement angoissant. Elle était la mère de Charles, et pour ça au moins j'aurais dû la respecter, mais dans ce moment crucial, j'étais incapable du moindre geste pour elle. On a beau m'avoir enseigné à l'école biblique qu'il faut tendre l'autre joue, je suis plutôt encline à suivre l'enseignement de l'Ancien Testament en pareille circonstance ; œil pour œil, dent pour dent. Et aujourd'hui, chacun pour soi, madame !

Quant à Monsieur, j'ai eu un temps une reconnaissance teintée de tendresse pour lui. C'est lui, après tout, qui m'a ouvert la porte de la culture. Mais en le côtoyant, j'ai rapidement compris que je n'avais été que l'un des instruments d'un système bien huilé. Ce système qui lie pieds et poings les villageois à la mine, donc à lui, donc lui garantit son profit. Alors, je suis restée respectueuse en dehors, mais je me suis fermée en dedans. Jusqu'à Charles !

Charles, comment le prévenir sans alerter le réseau, qui à n'en pas douter ne me lâcherait pas les baskets ! J'en étais à ce stade de ma réflexion quand le docteur Bastide rentra éreinté de sa tournée. Je n'eus pas à ouvrir la bouche.

— Que se passe-t-il ?

— Oh ! Docteur Bastide, il faut que vous m'aidiez ! Il n'y a qu'à vous que je peux le demander !

— Mais t'aider à quoi, bon sang !

— Vous me faites confiance si je vous dis simplement que Charles est en danger ?

— Ça va, j'ai compris ! Qu'attends-tu de moi ?

— Prévenez-le ! Dites-lui de me rejoindre ce soir vers minuit au rocher suspendu ! Qu'il vienne comme

il est, avec simplement ses papiers et autant d'argent qu'il peut en trouver ! Vous lui direz ?

— Oui, je lui dirai. Je ne sais pas encore comment, mais je vais le lui dire. Mais as-tu réfléchi à ce que vous allez faire ensuite ?

— Il faut qu'il parte !

— Ça m'étonnerait qu'il t'écoute ! Et s'il part, il ne partira pas seul.

— Mais c'est impossible ! On en veut à sa vie ! Il faut qu'il parte, vite !

— Calme-toi ! Préviens-le, cache-le, mais prenez le temps de réfléchir ! Il n'est jamais vain de se poser pour réfléchir, surtout dans l'urgence, tu peux me croire !

L'attente fut longue ; j'avais dit minuit, mais dès vingt-deux heures, j'attendais tapie dans le noir, sursautant au moindre hululement de chouette, au moindre frémissement des branches, à la moindre brindille qui craquait. J'étais brûlante à l'intérieur et pourtant mes mains étaient glacées. Tous mes sens étaient en alerte, mais mes neurones étaient incapables de fonctionner. Si tout allait bien, il allait arriver sain et sauf. Et après, comme m'avait demandé le docteur Bastide, qu'allions-nous faire ? Cette question m'avait hantée toute la journée. Je n'ai pas quitté ma mère d'une semelle, suivie de très près par ma petite Isabelle. Sous des prétextes plus fallacieux les uns que les autres, j'ai inspecté tous les recoins de la maison, puis les dépendances : le pailler, les écuries, les caves, les granges. À chaque fois, je voyais surgir devant moi les gars du réseau, un fusil à la main, hurlant à mes oreilles : « Allez ! Dehors, de Valras, on sait que tu te caches ici ! Ton compte est bon ! »

La petite main d'Isabelle me réchauffait et me serrait le cœur tout à la fois. Mon Dieu ! Et si je la mettais en danger, elle aussi, elle mon petit trésor innocent, ma joie, ma raison de vivre ! Mais qu'étais-je en train de faire ? Pouvais-je faire autrement ? À table, je mangeais sans appétit et j'entendais sans écouter. Puis soudain, comme dans un brouillard, j'entendis maman parler à papa de la visite du pasteur. Que dit-elle ? Si je l'entendis, si je le sus, je l'oubliai instantanément pour ne retenir qu'un mot : pasteur. Et mon esprit traduisit : cachette des camisards. Je sentis aussitôt un énorme poids se retirer de ma poitrine, la laissant meurtrie mais libre de ses mouvements. Instinctivement, j'aspirai l'air à pleins poumons et ouvris les yeux sur le monde, tel un nouveau-né. Je vis la fatigue sur le visage de mon père et les regards inquiets que ma mère me lançait, je vis leur pudeur et leur tendresse et je vis le danger que je faisais entrer dans la maison. Une nouvelle fois, mon sang se glaça. Je crois au destin. Et là, je savais que j'étais arrivée à un tournant de ma vie. Il était écrit que je serais toujours liée à Charles, pour le meilleur ou pour le pire, même si ce n'était pas de la manière dont je l'aurais souhaité.

Les buissons se mirent à frémir en vague discontinue. Je me figeai et tendis l'oreille, essayant de me faire encore plus petite ! Je sentais le rocher qui s'enfonçait dans mes reins, mes pieds qui cherchaient à pénétrer dans la terre humide, mes mains qui devenaient moites et pourtant froides. Et si ce n'était pas Charles ? Le bruit s'amplifia, puis plus rien. Le silence, angoissant et pourtant vivant, peuplé des voix du peuple de la nuit. Et dans ce silence, un chuchotement, non un murmure, non un souffle : « Lise ?

Lise ? » Sans réfléchir, je sortis de ma cachette, trop soulagée pour être prudente. Deux bras m'accueillirent et je me serrai contre cette poitrine chérie. « Il est là ! Sain et sauf ! » Mais maintenant, que lui dire ? Qu'il est en danger, mais que ses parents aussi ? Que je ferais tout pour lui, mais rien pour eux ? Peut-on dire ça à un fils ? D'un autre côté, peut-on taire une information d'une telle importance à la personne qu'on aime ?

26.

Marseille

— Je ne suis pas un homme à exprimer facilement mes sentiments. C'est comme ça. Mais aujourd'hui, mes jours sont comptés. Alors, il me faut aller à l'essentiel. C'est ce que vous êtes venues chercher, n'est-ce pas ? Vous convaincre que je n'affabule pas et comprendre pourquoi Lise vous a caché tout ça. Je me trompe ?

C'est maman qui a proposé de retourner voir Charles. Je sais qu'elle n'a pas dormi de la nuit car elle n'a de cesse de s'activer pour ne pas s'effondrer. Bien qu'étonnées, nous nous sommes bien gardées de faire la moindre réflexion. La venue de Charles rend la présence de mamé presque palpable, et je suis sûre que maman l'a sentie et qu'elle veut encore un peu être avec sa mère en étant avec Charles. Un peu tortueux, peut-être, mais l'esprit et les sentiments empruntent des chemins détournés parfois, très obscurs pour tout esprit cartésien.

Charles n'a pas semblé surpris de nous voir, sa fille non plus. Ils nous ont accueillis comme on accueille un membre de la famille dont on a été séparé pendant trop longtemps, avec chaleur et impatience, mais surtout avec une joie qui irradie partout, jusqu'à donner de la couleur à cette chambre triste d'hôpital !

— J'ai beaucoup réfléchi depuis hier, avoue maman. Des images me trottaient depuis toujours dans la tête. Je n'arrivais pas à les raccrocher à ma réalité, à mon monde. C'est comme si j'avais fait un rêve, oui voilà, ces images me semblaient si déconnectées de ma vie qu'elles ne pouvaient être vraies. Alors, je les ai oubliées, quelque part au fin fond de ma mémoire. Maintenant, elles reviennent en vagues, mais hachées et sans lien entre elles. Je sais maintenant que ce sont des souvenirs. Mais j'ai besoin de vous, de toi, pour reconstituer le puzzle.

Charles a écouté maman sans l'interrompre, ses traits d'abord tendus se sont apaisés au fur et à mesure du récit. Un sourire tendre se dessine sur ses lèvres. Même en cet instant d'abandon, même à son insu, il émane de Charles une présence impressionnante qui tient autant à son élégance naturelle qu'à un air de supériorité dont il ne peut se défaire.

— C'est une longue histoire… Par où commencer ?

— Par Marseille ?

Les yeux de Charles se perdent dans le vide et il reste un long moment silencieux, moment que nous n'osons troubler.

— Marseille, New York. Des ports, ports d'attache ou de transit… Mais pour arriver à Marseille, que de périples ! Mais cela n'avait pas d'importance ; nous étions une famille. Enfin, presque. Te souviens-tu que nous changions d'hôtel tous les soirs ? Tu t'en plaignais, tu demandais une vraie maison !

— Non, je ne m'en souviens pas.

— Bien sûr, bien sûr, tu étais si petite. Mais maintenant, tu peux entendre la vérité, entendre et comprendre... Un soir, notre cher docteur Bastide est venu me voir, sous un prétexte quelconque. Après des discussions philosophiques avec papa, mondaines avec maman, nous sommes allés prendre le frais sur la terrasse, à l'abri des regards et surtout des oreilles indiscrètes, un coin de la terrasse que les Allemands nous laissaient nôtre, comme par un pacte tacite. Le docteur Bastide n'y est pas allé par quatre chemins : « Charles, tu es en danger, mon petit. Je ne sais trop pourquoi mais les gars de la Résistance veulent ta peau. Lise en a été avertie. Laisse-moi parler ! Il faut que tu partes, là, tout de suite. Tu prends tes papiers, de l'argent, tout l'argent liquide que tu peux trouver et tu pars. Lise veut que tu la rejoignes au rocher suspendu. Je ne sais pas ce qu'elle a en tête, je ne sais pas si elle le sait elle-même. Mais je commence à vous connaître, tous les deux. Vous vous aimez, je le sais, et je vous couvre depuis suffisamment longtemps pour avoir mon mot à dire dans votre histoire. Alors, écoute-moi. Ne pars pas tout de suite, cache-toi, fais-toi oublier quelque temps. Pendant ce temps, ils vont s'essouffler à te chercher et quand ils seront bien essoufflés, tu pourras partir. Moi, de mon côté, je vais organiser le départ de Lise et d'Isabelle. Car toi, tu ne partiras pas sans Lise, mais Lise ne partira pas sans Isabelle. Ce n'est pas très chrétien pour ce brave Alphonse, ce que je suis en train de te proposer, mais votre amour est sincère, il a déjà traversé bien des épreuves ; il mérite d'être vécu. Maintenant, je le répète, il faut me laisser un peu de temps. Soyez patients ! Lise doit continuer à vivre comme si de rien n'était et toi, tu devras prendre ton mal en patience. Je préviendrai Lise, quand tout sera prêt. » Voilà comment tout a démarré. Je ne me suis pas révolté contre cet ultimatum car quelque part, il me libérait. Depuis la mort du colonel Dietriech, je comprenais mieux le sens du mot Occupation. Le commandant était un homme rustre, sans culture ni raffinement. Il était autoritaire, arrogant et vil. Bref, l'opposé du colonel, en un mot très dangereux. Il portait sur moi un regard méprisant et suspicieux : « Que pouvait m'avoir confié le colonel ? Que pouvais-je tramer à la mine lors de mes consultations ? » Je n'étais pas en odeur de sainteté ! Quant à mes parents, ils semblaient avoir trouvé avec lui un terrain d'entente : l'argent. L'argent, un motif de conflit permanent avec mes parents. Je vivais dans l'opulence, certes, mais l'argent n'était pas ma préoccupation. Je sais que c'est un luxe de pouvoir dire cela. Mon père aurait souhaité m'initier aux subtilités des affaires, car le titre de médecin était flatteur, mais pour eux pas assez lucratif. Maintes fois, il a voulu me distraire de mon poste de médecin de la mine pour m'attirer dans ses bureaux, ses paperasses et ses combines. À chaque fois, je me suis dérobé par une élégante pirouette, mais mon père n'était pas dupe et fulminait à chaque fois un peu plus. Mais mes pirouettes n'auraient qu'un temps, je le savais bien et je sentais le piège se refermer lentement mais sûrement sur moi, sans que j'entrevoie une porte de sortie. Et elle était là, cette porte de sortie, inattendue, certes, mais bien réelle. Inattendue et définitive. Et la contrainte pouvait en plus devenir opportunité puisque le docteur Bastide me faisait entrevoir une vie de famille avec Lise. Alors oui, je suis parti sans trop me poser de questions. Le dernier soir, j'ai salué mes parents comme si de rien n'était, sans même un pincement au cœur, et je me suis préparé : mes papiers, du liquide, une valise de vêtements, et c'est tout.

— Tu oublies la photo du bal du Lutetia, papa !

— Oui, c'est vrai, dans ma maigre valise, je n'ai emmené qu'un souvenir : cette photo. Celle d'une soirée hors du temps. Et puis, je suis parti rejoindre Lise. Elle était aussi agitée que j'étais calme. Elle avait peur pour moi et en perdait toute lucidité. Nous avons passé toute la nuit à parler. Le docteur Bastide lui avait donné la même consigne de patience et si je l'acceptais comme on accepte un sage conseil, elle se révoltait, craignant au contraire me faire courir des risques supplémentaires. Elle ne pensait qu'à mon départ, elle l'appelait de ses vœux autant qu'elle le craignait. À aucun moment, elle ne parla de partir avec moi. Je n'en parlai pas non plus, cela devait venir d'elle. Et je la connais trop pour ne pas voir que sa fébrilité n'était pas due à mon départ, mais au combat intérieur qui se livrait en elle. Ce soir-là, elle n'était pas en état de réfléchir en dehors des considérations purement matérielles. Lorsque l'aube a commencé à teinter les cimes et que la fraîcheur devenait vraiment trop pénétrante, Lise m'a conduit dans la magnanerie de son mas. J'avais consigne de me faire oublier et de me cacher si j'entendais le moindre bruit.

— Vous cacher où ?

— Elle m'a montré quelques planches que l'on pouvait aisément soulever et qui permettaient d'accéder à une cache, un boyau pour être plus précis qui

jouxtait le conduit de la cheminée. Autant dire, que je ne désirais pas y passer des heures.
— La cachette des camisards…

Je passai une nuit blanche, la première d'une longue série. Je gagnai le cabinet comme un robot et toute la matinée, je tins par les automatismes de la vie, tous ces petits riens qui vous bousculent et qui vous tiennent debout. Quel ne fut pas mon bonheur de voir le vieux docteur Bastide revenir de ses consultations ! Enfin une épaule sur laquelle s'épancher ! Mais il ne m'en laissa pas le temps !

— Parlons peu, parlons bien ; pour l'instant, le départ de Charles est passé inaperçu, mais ce ne sera plus le cas demain. Est-ce que tu as décidé ce que tu voulais faire ?

— Ce que moi, je veux faire ? Mais c'est évident !

— Oui ?

— Eh bien ! Je dois aider Charles à s'enfuir !

— Et c'est tout ?

— Comment ça, c'est tout ?

— Tu t'arranges pour qu'il parte, tu fais ton devoir de bonne camarade, une bise sur la joue et porte-toi bien mon ami. C'est bien cela ?

Le sang quitta mes joues ! Voilà le véritable enjeu ! Faire le choix que je m'étais toujours refusé à faire.

— Alphonse…

— Oui ?

— Arrêtez avec vos « oui ? ». Je ne peux pas lui faire ça.

— C'est un peu tard, il me semble, pour ce genre d'états d'âme.

— Non, vous ne comprenez pas. Je ne peux pas lui prendre Isabelle.

— Nous y voilà. Maintenant, tu fais porter le chapeau à cette pauvre Isabelle.

— Qu'est-ce que vous voulez me faire dire ?

— Que tu vas bien laisser partir Charles tout seul !

— Je...

— Allez, courage !

— C'est déloyal ce que vous me faites ! De quel droit vous mêlez-vous de ma vie privée ? En quoi cela vous regarde ce que je vais faire ou non ?

— Premièrement, je t'interdis de me parler sur ce ton. Deuxièmement, oui, j'ai le droit de me mêler de ta vie privée car vois-tu, ta petite vie privée influe sur ma vie professionnelle. Alors, tu m'excuseras mais j'ai besoin de savoir si je peux compter sur mon associée ou si elle me claque entre les doigts. Et troisièmement, tu as besoin de moi pour faire partir Charles. Donc, je te repose une nouvelle fois la question : es-tu d'accord pour laisser partir Charles ? Pour peut-être ne plus le revoir ? Tu en es d'accord ?

— Vous me demandez de choisir entre Alphonse et Charles !

— Ce choix, tu l'as déjà fait, il me semble, et bien avant ton mariage. À tel point que c'est peut-être en te mariant que tu as commis l'adultère. Bon d'accord, ce n'est peut-être pas clair, mais ce n'est pas le propos maintenant. Alors, dis-le clairement.

— Vous avez raison, je n'ai pas envie de voir partir Charles.

— Va plus loin.

— Comment ça ?

— Tu ne vas pas pouvoir le cacher longtemps, ton amoureux ! Ce n'est pas un oiseau que l'on peut mettre en cage. D'ailleurs, il est trop gros pour ça !

— Oui, j'ai envie de vivre avec Charles ! Vous êtes content, je l'ai dit ! Mais je ne peux pas enlever Isabelle à son père et je ne peux pas partir sans elle.

— Isabelle ne connaît pas son père. Charles fera un père très acceptable.

— Vous êtes cynique !

— Non, pragmatique. Je crois surtout que tu trahiras encore plus Alphonse si tu restes avec lui pour de mauvaises raisons. Bon, maintenant qu'on est d'accord, ne t'occupe de rien. Je vais t'imaginer un petit voyage, un bon petit mensonge que tout le monde gobera, à commencer par tes parents.

— Mais comment ?

— Est-ce que je t'en pose des questions, moi ? Allez ouste ! Va rejoindre le mas ! Je crois qu'on t'attend là-haut !

Charles est interrompu dans son récit par quelques coups secs frappés à la porte.

— Ah ! Ils ont avalé une montre ici, c'est l'heure de mon petit goûter, mes enfants ! Eh oui ! Je retombe en enfance…

— Mesdames, monsieur, bonjour. Si je peux me permettre…

— Fernand, quelle surprise ! s'exclame maman.

— Entrez, monsieur le maire, je vous en prie, s'empresse de dire Mme Grant devant la mine d'enfant pris en faute du maire.

— Je vous en prie, enchaîne Charles.

Fernand hésite un instant sur le pas de la porte, puis entre sans pour autant oser s'avancer.

— Fernand, nous te laissons la place. Nous allions partir, n'est-ce pas, maman ? dit Myriam.

— Vous pouvez rester, mes enfants, dit Charles.

— C'est gentil, mais je pense que M. le maire souhaite une rencontre privée, une rencontre au sommet !

— Le sommet avant l'abîme ? plaisante Charles, et nous le laissons avec regret sur ce bon mot.

Maman, d'habitude si discrète, nous surprend à nous raconter des souvenirs intimes.

Ces quelques jours semblent avoir ouvert beaucoup de verrous, jusque-là grippés voire rouillés, et ainsi doublement cadenassés. Elle se met à parler comme si elle se parlait à elle-même, ou plutôt comme si elle expliquait à la petite fille qu'elle avait été qu'elle n'était pas méchante.

— Quand mon père est revenu de captivité, j'ai vu arriver un homme sale, pas rasé, en habit de paysan. J'ai eu peur, j'ai reculé d'un pas et quand il s'est approché de moi, je me suis cachée derrière la jupe de maman. Maman a eu une réaction intelligente, elle ne m'a pas forcée à aller dans ses bras, pas comme ça arrivant directement du fin fond de l'Allemagne. Elle s'est occupée de lui ; elle lui a fait couler un bain bien chaud, elle lui a sorti ses anciens habits, trop grands pour lui alors, elle l'a rasé et lui a coupé les cheveux, en un mot comme en cent, elle l'a rendu présentable. Elle l'a fait pour lui, bien sûr, mais aussi pour moi, pour que j'aie une belle image de mon père et j'en suis persuadée aujourd'hui, surtout pour elle ; pour qu'elle retrouve dans ce misérable les traits de l'homme qu'elle avait épousé cinq ans auparavant, autant dire un siècle auparavant. Mais quand il est venu vers moi, tout propre, tellement propre que l'odeur du savon me piquait les narines, je n'ai pas voulu qu'il m'embrasse. Alors, maman est intervenue, pour la première fois peut-être, elle m'a grondée et m'a poussée vers lui en me disant : « Isabelle, c'est ton papa. Le papa que tu attendais tant. Tu lui fais beaucoup de peine, tu sais. » Et là, la réponse a fusé, je m'entends encore la prononcer : « Non, ce n'est pas mon papa ! Mon papa est bien plus beau ! Et je vais aller le retrouver ! » Avant d'avoir la correction méritée, je me suis enfuie dans les prés, laissant maman sûrement très mal à l'aise face à papa. Je le regrette aujourd'hui, parce que je n'aurais pu rêver de meilleur père que celui que j'ai eu. Je l'ai regretté aussitôt parce que je faisais de la peine à maman. Mais je ne faisais que dire la vérité, une vérité que j'ai enfouie au plus profond de moi jusqu'à l'oublier dans le déni. La vérité, c'était qu'à cette époque, mon père, ou du moins l'image du père que j'avais, c'était Charles. Et si je me souviens bien, trois mois ne s'étaient pas écoulés entre le départ de Charles pour les Amériques et le retour de mon père. Je rejetais mon père parce que dans ma petite tête d'enfant, mon père, c'était Charles, l'homme élégant et raffiné qui nous avait fait découvrir une autre vie à Marseille, l'homme que nous aurions dû accompagner en Amérique. L'un était élancé et racé, l'autre était trapu et quelconque, l'un avait les mains douces, l'autre les mains rugueuses, l'un avait la voix posée et calme, l'autre avait la voix chaude et forte. Dans mon univers de petite fille, choyée et gâtée malgré l'Occupation, je me voyais mieux la fille d'un prince que celle d'un paysan. C'est aussi simple que cela. Et je comprends mieux maintenant pourquoi les premières semaines avec mes deux parents ont été si difficiles. Mon esprit devait assimiler que mon père n'était pas ce beau monsieur qui nous ouvrait les portes des grands restaurants à Marseille, mais cet homme qui revenait d'années de captivité et qui n'avait comme autre ambition que de réapprendre à vivre normalement, à travailler ses terres pour sa femme et sa fille. Et puis, il y avait maman. J'imagine que pour elle non plus ça n'a pas été facile. Même si c'est elle qui a pris la décision, elle est morte un peu le jour où elle a vu le bateau de Charles disparaître à l'horizon. Il lui a fallu réapprendre à aimer son mari, alors qu'un autre feu n'était pas éteint et la consumait.

— Est-ce qu'elle t'a expliqué pourquoi elle n'est pas partie ? demandé-je.

— Si elle l'a fait, je ne m'en souviens pas. Je n'étais qu'une enfant. Je n'aurais pas compris. Peut-être s'est-elle confiée à Louison ? Nous lui poserons la question, elle vient déjeuner demain. J'espère seulement que l'arrivée de Charles ne va pas trop la perturber. On dit que les souvenirs anciens sont plus présents que la mémoire immédiate. Et s'il y a bien une chose que je sais, c'est qu'elle n'a jamais aimé Charles. Maintenant, il est tard. Bonne nuit ! Ne discutez pas toute la nuit ! Cela ne nous avancera pas plus.

— Bonne nuit, maman.

— Bonne nuit, mes petites.

Plus ses pas le rapprochaient de BoisRedon, plus Alphonse était partagé entre excitation et appréhension. Pour oublier la fatigue, pour ne plus penser à Zvétla, il se projetait sur le quai de la gare. Lise serait là avec la petite Isabelle. La petite serait sûrement un peu intimidée, mais elle mettrait sa main dans la sienne pour le conduire au mas.

La marche avait été longue, des semaines, des mois. Quand on lui avait annoncé qu'il était libre, il n'avait d'abord pas su quoi faire de cette liberté. Il s'était construit un nouvel univers et les années passant, il s'était habitué à ces paysages rudes. L'armée libératrice l'avait laissé en plan, avec comme seuls bagages un laissez-passer et quelques cartes de ravitaillement. Les trains étaient réquisitionnés, il ne fallait pas espérer une voiture ni même un vélo. Ils n'avaient donc que leurs pieds pour les porter. Et le petit groupe de prisonniers prit son baluchon et commença le long chemin du retour.

Dans la ferme, dans leur prison verte, ils avaient été coupés du monde pendant de nombreuses années. Sur le chemin du retour, ils virent la dévastation, ils apprirent la déportation sans en comprendre immédiatement l'étendue. Lorsqu'ils passèrent la frontière, ils n'eurent pas l'accueil qu'ils espéraient. Jusque-là, à chacune de leurs haltes, ils avaient trouvé une table et un gîte bienveillant, bien que sommaire. Là, dans leur pays, ils se sentirent toisés, suspectés d'avoir été des tire-au-flanc. Il y avait toujours la question insidieuse : « Et vous n'avez jamais cherché à vous enfuir ? » Quand ce n'était pas : « Heureusement que nos gars se sont battus, parce que si on vous avait attendus... » C'est ainsi qu'ils entendirent parler de la Résistance qui commençait à écrire sa légende. Alphonse fut touché en plein cœur par ces attaques sournoises. C'était un homme droit, qui pensait s'être toujours comporté en honnête homme et donc ne com-

prenait pas ces critiques. Déjà peu loquace, ce chemin du retour, peut-être plus encore que ses années de captivité, le refermèrent un peu plus en lui-même.

Le seul bénéfice du retour sur le sol de la mère patrie fut que leur statut de prisonnier leur permit de voyager gratuitement en train.

Quand ils s'assirent dans Le Cévenol, le train de nuit qui reliait Paris à Montpellier, en passant par BoisRedon, ils sentirent la fatigue accumulée s'abattre sur eux avec violence. Ils ne sentaient plus leurs membres, ils ne se reconnaissaient pas quand ils se regardaient dans la vitre du train. C'était comme s'ils sortaient d'une grosse grippe. Ils étaient K-O.

Le roulis du train les berça très vite et ils purent enfin, en toute tranquillité, s'abandonner au sommeil. Le soleil se levait à peine quand ils débarquèrent à BoisRedon. Les châtaigniers étaient toujours là, immuables, la petite gare n'avait pas changé, la peinture était juste un peu plus décrépite. Alphonse avait envoyé un télégramme à Lise pour la prévenir. Il n'espérait rien d'autre que sa présence.

Sur le quai, il aperçut d'abord les parents d'Antonin et son fils Jules. La femme d'Antonin avait profité des facilités accordées aux femmes de prisonniers pour demander le divorce. Elle était partie en ville, pas très loin apparemment, à Alès, et elle avait planté là mari et fils, sans regret aucun. Tout ça pour tenir un bar ! Jules avait maintenant douze ans et était aussi grand que son père. Alphonse en fut autant surpris qu'Antonin qui se trouvait bête, les bras ballants à ne pas savoir quoi faire.

Alphonse souriait bêtement à Jules quand il découvrit derrière l'adolescent, Lise. Elle non plus ne savait pas trop comment se comporter. Cela lui ressemblait peu. Il vit son sourire tremblant et ses yeux humides. À cet instant précis, l'image de Zvétla devint très floue. Son sourire s'agrandit, mais il n'osa pas s'avancer. Ce fut Lisette qui prit l'initiative, poussant devant elle une jolie petite fille un peu grognon d'avoir été tirée du lit si tôt. Alphonse se perdit dans la contemplation de sa fille. Ses grands yeux qui le scrutaient comme pour un examen de passage, sa moue boudeuse qui montrait qu'elle ne semblait pas satisfaite par le père qu'elle découvrait. Alphonse se sentit alors affreusement sale. Même s'il avait essayé de se donner figure humaine avant de prendre le train, il se trouva gauche et insignifiant face à cette belle enfant.

Lisette l'enlaça. Il sentit ses larmes sur ses joues. Il ne sut rien faire d'autre que refermer ses bras sur elle.

Quand ils se séparèrent, Isabelle les observait toujours. Lise se pencha vers elle et lui murmura à l'oreille :

— Fais un gros bisou à ton papa. Il a fait un long voyage, tu sais, pour venir nous retrouver...

Isabelle s'accrochait à la jambe de sa mère et regardait Alphonse par en dessous. Il se pencha et dit doucement :

— Bonjour, Isabelle. Tu es une très jolie petite fille.

— Ben toi, t'es pas beau !

Alphonse rit, un rire oublié qui venait de loin !

— Ça ira mieux quand je serai tout propre, bien coiffé et bien rasé.

— Tu es contente de voir papa, ma chérie ? demanda Lise.

— C'est pas mon papa.

— Mais si bien sûr ! Quelle bêtise !

— Nan ! Mon papa est plus grand et plus beau. Il a pris un gros bateau, mais il va revenir me chercher.

— Suffit, Isabelle ! On va tous rentrer au mas, en famille. Tu verras la chance que tu as de retrouver ton papa.

En entendant la remontrance de sa femme à Isabelle, Alphonse était bien conscient que Lise fuyait son regard. Elle voulait faire oublier la phrase de l'enfant. Elle voulait aller de l'avant, comme toujours.

Alphonse ne dit rien. Il avait compris qui était ce papa si grand et si beau qui avait pris un bateau. Qui d'autre que Charles ? Toujours lui. Mais aujourd'hui plus qu'hier, que pouvait-il reprocher à Lise ? Pendant ces années de séparation, Lise avait eu Charles, mais lui avait eu Zvétla. Il ne pouvait nier qu'il avait aussi aimé Zvétla et que peut-être sans Isabelle, il ne serait pas rentré... Alors, que reprocher à sa femme ? Elle était là. Charles était apparemment parti loin. Et lui avait quitté Zvétla. Ils avaient vécu chacun de leur côté. La page était maintenant tournée et une nouvelle vie commençait. Recommençait. Une vie simple où le bonheur viendrait de la constance des jours.

27.

L'impossible choix

— Lise, je te parle !

— Hum ?

— Je te disais que la date est fixée. Nous pouvons embarquer dans deux jours. Le capitaine du navire de commerce est d'accord. Je t'avouerai que notre sésame a été de dire que nous sommes médecins tous les deux. Tu es contente, Lise, tu es contente ?

— Oui, oui, bien sûr !

— Eh bien, permets-moi de te dire qu'on ne le dirait pas !

À cet instant, j'ai préféré vaquer à mes occupations ménagères, m'occuper pour oublier la peur qui me tenaillait le ventre, l'angoisse qui m'étreignait la gorge et ce doute qui s'insinuait en moi, doucement mais sûrement, plus terrifiant encore que tout le reste.

Le soir, je n'ai pas réussi à dormir. J'ai regardé Charles dormir paisiblement à mes côtés, un bras possessif posé sur ma poitrine, geste à la fois protecteur et étouffant. Sa respiration était régulière et ses traits apaisés. Depuis deux mois que nous formions, Isabelle, Charles et moi, une vraie famille, tout n'avait été que quiétude, douceur et même réjouissance. Charles avait le sens de la fête et il avait voulu fêter dignement la naissance de notre famille. Je n'avais jamais été aussi choyée, je n'avais jamais été aussi bien vêtue, je n'avais jamais mangé autant de mets délicats, si rares en période de restriction. Aux yeux de Charles, rien n'était trop beau pour moi, rien n'était trop beau pour nous. Isabelle avait même le sentiment que c'était tous les jours Noël ! Mais c'était même trop pour moi. Je n'étais pas habituée à autant d'attentions, autant de luxe. Cela me flattait et me gênait à la fois. Mes parents n'avaient qu'un mot à la bouche : travail, travail et encore travail. Et malgré tous leurs efforts, les revenus étaient maigres mais dignes. Voilà pourquoi, je ne me sentais pas à l'aise ainsi choyée. Mais pouvais-je le reprocher à Charles ? Ce serait injuste et cruel. Il utilisait les codes de sa famille pour me montrer son amour.

Je me levai et regardai les billets, notre sésame pour l'Amérique, pour une vie nouvelle, où personne ne nous connaîtrait et où nous pourrions enfin nous aimer « normalement ». Non, je ne pouvais pas. Non, je me sentais dans l'incapacité de faire le moindre geste, le moindre mouvement pour aller de l'avant. J'étais si fatiguée. Ce soir-là, je n'avais besoin ni de Charles ni d'Alphonse mais de mes montagnes, mon coin de terre, mon chez-moi.

Charles ne me demandait pas de quitter Alphonse, mais de quitter ma terre. Il était trop fin pour ne pas avoir décelé ma faiblesse, bien avant moi. C'est pour cela qu'il m'avait étourdie de sorties et de cadeaux, plus magnifiques les uns que les autres.

Et demain, cette terre, j'allais la laisser derrière moi. Elle ne serait plus mienne. C'était à la fois libérateur et terrifiant ! J'allais désormais être sans attache, sans amarre, sans repère. Et la peur de l'immensité, du vide m'envahit, décuplée dans la nuit étoilée et chaude de cet été marseillais. Je ne reconnaissais aucun bruit de la nuit, de mes nuits. Pas de bruissement d'arbres, pas de grillons, rien que le ressac lointain de la mer et les cris étouffés çà et là des marins qui trompent leur ennui dans la nuit. Même les chiens n'aboyaient pas pareil !

Je regardais Charles dormir paisiblement, agité d'aucune crainte, d'aucun doute. Il était mon amant, il était mon amour, il était celui qui me faisait vibrer et le corps et le cœur. Mais Charles n'avait pas la terre chevillée au corps et au cœur, il n'avait pas de ces attaches viscérales, matérielles, paysannes. La terre, il m'en offrirait, là-bas, en Amérique, je le savais, je n'aurais qu'à demander, mais une terre vierge, vierge de souvenirs, vierge d'histoire, comme tout ce grand pays !

Je regardais Charles dormir et je savais qu'à ses côtés, il me serait impossible de retourner vivre à BoisRedon. L'Occupation avait exacerbé les sentiments, les rancœurs.

La vie à BoisRedon n'était possible qu'auprès d'Alphonse. Son image s'imposa à moi. Il était là devant moi, en bleu de travail, les manches retroussées, la peau mate, patinée par le soleil d'un long labeur aux champs. Il me souriait et ses yeux m'enveloppaient de tout l'amour dont était capable cet homme fier et courageux. Il était mon meilleur ami avant d'être mon mari, je l'avais toujours su. Alphonse se tenait au milieu des barres, s'activant jusqu'à la nuit pour faire vivre la propriété et pouvoir transmettre notre seul bien à nos enfants : la terre. Une terre dure et ingrate parfois, mais une terre nourricière quand même, une terre qui abrite en son sein la dernière demeure de toute ma famille depuis ce qui me semble être la nuit des temps.

Je n'y pouvais rien, pour vivre j'avais besoin de mes racines. Un avenir à écrire sans passé derrière soi me tétanisait. Charles en était galvanisé.

Pouvais-je lui imposer de s'enfermer à BoisRedon, dans un petit village perdu des Cévennes, un petit village qui se satisfait de sa petite vie parce qu'il n'y en a pas de plus belle ?

Et moi, pouvais-je m'imposer de me couper de mes racines ?

J'avais cru à notre rêve, j'avais cru pouvoir vivre dans notre bulle, nourrie seulement de notre amour. Cette passion me brûlait, me brûlera toute ma vie, mais cette passion chaude comme le feu était aussi dévastatrice. Elle faisait le vide autour d'elle. Et cette nuit, ce vide me faisait peur.

Les larmes ont coulé, silencieuses, le long de mes joues, sans que j'y prenne garde. Cela faisait tellement longtemps que je n'avais pas pleuré, que je me sentais soulagée, libérée de ce flot qui ne se tarissait pas. Les larmes étaient chaudes, elles roulaient d'abord tranquillement, puis le ruisseau devint torrent et tourment avec des sanglots que je ne parvins pas à contenir. J'étais là, stupide, au milieu de la cuisine, en pleine nuit, à sangloter, les billets à la main.

Et tout à coup, dans l'embrasure de la porte, Charles. Il était beau comme un dieu, il me comprenait comme personne et pourtant, je le savais, je le sentais, je lui préférais BoisRedon.

À sa vue, mes sanglots redoublèrent de plus belle, mes mains tremblèrent et les billets s'échappèrent pour venir mourir sur le carrelage froid. Charles ne me regarda pas comme fasciné par leur chute. Je n'avais rien dit, nous n'avions pas échangé un regard et pourtant je savais qu'il savait.

Je savais que son prénom serait pour moi un regret éternel. Mais ce regret, je ne le devrais qu'à moi, et à personne d'autre et c'est cela qui faisait le plus mal. Coupable, désespérée et pourtant libérée, je me jetai dans ses bras et sanglotai contre son épaule. Son odeur m'enveloppa et m'enivra comme au premier jour et pourtant. Je sanglotais et quand ses bras se refermèrent sur moi, quand sa joue se posa sur ma joue, je sentis sa chaleur, je sentis son amour, je sentis ses larmes et je me sentis mourir. Et pourtant, tout était dit, sans un mot.

Louison est calme, un peu trop calme, le regard vague et les gestes ralentis. Sa tête dodeline au rythme de sa musique intérieure et nos sollicitations ne semblent pas l'atteindre. Invariablement, elle répond d'un sourire et se replonge dans son univers cotonneux. Elle ne semble pas souffrir, mais cela nous fend le cœur car elle a perdu sa flamme intérieure, celle qui la faisait prendre le flambeau des « combattants », pour un oui ou pour un non ; le prix des légumes trop chers tout autant que la liberté des mœurs. Louison nous a déjà quittés. Et c'est cela que nous avons du mal à accepter. Nous, ses amis, bien sûr, mais surtout son mari qui pendant des années a nié cette maladie dégénérative insidieuse et qui maintenant s'ingénie à la minimiser, de peur qu'on ne lui propose une séparation bien pire ; une séparation physique, un placement en maison médicalisée.

— Oui, nous sommes bien allés voir Charles de Valras. C'est un homme charmant au demeurant et je ne sais pas pourquoi il est autant diabolisé. C'est un mystère pour moi. D'accord, il est peut-être un peu snob, mais ce n'est pas un crime à ma connaissance, dit maman.

— Cela remue beaucoup de boue. Je ne le connaissais pas trop, mais je connaissais son père. Pas commode le de Valras. Aucune discussion possible avec lui. Il était le patron, nous n'existions pas, répondit le mari de Louison.

— C'était le management Ancien Régime ! plaisante papa.

— Ancien Régime, je ne sais pas, régime de Vichy, à coup sûr !

— Est-ce que l'on n'a pas un peu exagéré leur implication durant toute cette période ? Après tout, ils ont peut-être subi plus que vous l'occupation allemande, puisqu'ils ont été obligés de les héberger chez eux.

— Ah ! Ma petite Estelle, je reconnais bien là ton côté bon samaritain. Il ne faut pas se laisser endormir par de belles paroles, ma petite. Ils étaient loin d'être tout blancs, les de Valras, je t'assure !

— D'accord, ils n'étaient pas tout blancs. Mais qui peut se targuer de l'être ? C'était une période entre gris clair et gris foncé, comme dit la chanson !

— Eh ben, ils étaient franchement gris foncé, si tu préfères. Ils n'ont pas été exécutés pour rien. On n'est pas des assassins, qu'est-ce que tu crois ?

— Mais qu'ont-ils fait ? Ils ont tué ? Dénoncé ?

— Ne dis rien, il est revenu. Il ne me le pardonnera pas ! s'écrie tout à coup Louison, tremblante de la tête aux pieds.

Nous nous tournons tous vers elle, stupéfaits qu'elle ait suivi la conversation. Malgré la main apaisante de son mari posée sur elle, Louison ne se calme pas et au contraire, panique encore plus. Sa voix prend des accents stridents quand elle dit, agrippée au bras de son mari :

— Il va savoir que c'est à cause de moi ! Et Lise ! Oh, mon Dieu, j'en mourrais si elle ne voulait plus de moi. Tu ne diras rien, hein, tu me le promets ?

— Calme-toi ! Tu dis des sottises !

— Des sottises ? Mais tu perds la tête ? Tu sais très bien que c'est moi qui ai averti le réseau que les de Valras traficotaient avec l'Allemagne ? C'est même toi qui m'as dit que je ne devais pas garder secret ce que j'avais entendu ! J'ai été patriote, comme tu me l'as demandé !

— Qu'est-ce que vous avez entendu, Louison ? demande Myriam.

— Oh, Lise, tu étais là ! Mon Dieu ! Tu as tout entendu…

Et Louison se met à fondre en larmes.

— Je viens d'arriver, Louison, calme-toi. Qu'est-ce qui t'arrive ? Tu sais que tu peux tout me dire, n'est-ce pas ? répond Myriam en entrant dans le jeu de Louison et en se faisant passer pour mamé.

Louison hoquette un moment puis ostensiblement se calme et redresse lentement la tête, jusqu'à poser son regard malade dans ce qu'elle croit être le regard de Lisette.

— Après tout, c'est peut-être le bon moment. Peut-être que je me sentirai mieux après. Je me disais que je te protégeais contre toi-même, que tout ce que je faisais c'était pour ton bien, mais en fait, je ne voulais qu'une chose, une seule : te garder près de moi. Ne pas te perdre. Tu me pardonnes ?

— Mais voyons, Louison, je n'ai rien à te pardonner. Tu as toujours été là pour moi.

— Oui, oui, je sais. J'ai su me rendre indispensable. Mais tu n'as donc jamais compris ?

— Compris quoi ?

— Il est revenu, Lisette, il est revenu, et lui, je sais qu'il a compris.

— Mais qui a compris quoi ?

— Charles ! Charles de Valras ! Il sait que j'ai toujours tout fait pour vous séparer. Mais comprends-moi, quand tu étais avec lui, je n'existais plus. Je redevenais la petite paysanne insignifiante et je ne pouvais pas le supporter. Ah Lise ! Tu ne peux pas savoir, quand tu étais là, ma vie prenait des couleurs ! Mais sinon…

— Voyons, Louison, tu exagères ! Je ne t'ai jamais laissé tomber !

— Eh non ! Le pire, c'est que tu ne t'en rendais pas compte ! Tu étais heureuse, débordante de projets. De projets avec Charles ! De projets sans moi !

— Mais voyons, c'est avec Alphonse que j'ai été mariée !

— Ah ! Mais Alphonse, ce n'est pas pareil ! Alphonse, il est de chez nous. Quand tu étais avec lui, tu partageais notre vie, quand tu étais avec Charles, tu sortais de notre vie ! Tu oubliais qui tu étais pour ne voir que celle que tu voulais être. Alors moi, j'ai tout fait pour te rappeler qui tu étais. C'est tout ! Voilà tout mon crime, ma Lise.

— Tu as tout fait pour nous séparer ? Mais comment ?

— Comment ? Mais tu me racontais tout. Alors, c'était facile ! Quand tu étais à Paris, je vivais lettre après lettre ton histoire avec Charles. Je sais que vous étiez faits l'un pour l'autre. Mais trop, tu comprends ? Un amour comme ça ne laisse pas de place aux autres ! Ce n'est pas bon ! Un amour comme cela te fait oublier ta famille, tes amis, ta terre ! Ce n'était pas envisageable !

— Ah bon ! Et c'est toi qui décides ce qui est envisageable ou pas ? Alors, dis-moi ce qui était envisageable, puisque j'étais assez aveugle pour ne pas le voir par moi-même !

— Oui, c'est ça ! Tu étais aveugle et j'étais tes yeux ! C'est ça, je savais que tu comprendrais ! C'est pour ça que j'ai écrit à Madame.

— Qu'est-ce que tu as écrit à Madame ? Quand ?

— Ben, à la fin de tes études, quand je sentais que tu allais nous échapper. Je lui ai simplement demandé si elle t'accorderait la permission de venir à mon mariage en compagnie de son fils, ton fiancé !

— Mais nous n'avions rien dit à l'époque !

— Non, je sais. C'est pour ça que…

— Tu as tout fait pour que je ne puisse pas me marier avec Charles ! C'est ça que tu es en train de me dire !

— Mais tu n'aurais pas été heureuse avec lui, voyons ! Il est trop différent de nous. Sur la durée, cela ne marche pas ! C'était couru d'avance ! Et ose me dire que tu n'as pas été heureuse avec Alphonse ! Ose me le dire, tu n'aurais pu rêver de meilleur mari ! Car lui t'aimait vraiment !

— Mais qu'est-ce que tu sais des sentiments de Charles à mon égard ?

— Je te l'ai dit et redit ! Tu étais un amusement pour Charles ! Une fois que ta beauté se serait flétrie, tu crois qu'il se serait intéressé à toi ?

— Ben oui ! La preuve, il est revenu !

— Oui, oui, mon Dieu, il est revenu… Mon Dieu, que va-t-il me faire ? Il ne m'a jamais aimée !

— Il ne t'a jamais aimée ! Comment peux-tu dire cela ? C'est plutôt toi qui ne l'as jamais aimé !

— Comment tu veux que j'aime quelqu'un pour qui j'étais transparente ! Tu sais ce que cela fait d'être transparente ? Non, bien sûr ! Tu ne peux pas comprendre ! Toi, qui es devenue médecin, envers et contre tous, toi qui es devenue un exemple ! Toi, tu étais tout sauf transparente ! Tu sais ce que c'est que d'être femme de chambre chez les de Valras ? Madame était insupportable tellement elle était maniaque ! Monsieur était aussi aimable qu'une porte de prison et ton Charles n'était rien d'autre qu'un enfant pourri gâté ! Il lui fallait des habits toujours impeccables, deux fois par jour. Il cocottait plus qu'une femme tellement il se parfumait !

— Et c'est pour ça que tu ne l'aimais pas !

— Mais comment pouvais-tu envisager de faire ta vie avec quelqu'un qui n'avait aucune valeur ?
— Aucune valeur ? Parce qu'il était coquet ?
— Le travail, il ne connaissait pas ! Tout est toujours tombé tout cuit dans son assiette. Et...
— Oui, il avait de l'argent. Oui, il n'a jamais manqué de rien ! Mais il a travaillé pour être médecin ! Il ne l'a pas acheté son titre !
— Oui, peut-être. Ou peut-être pas !
— J'ai compris, rien ne pourra te faire changer d'avis.
— Voilà, tu te renfermes à nouveau. Comme la dernière fois.
— La dernière fois ?
— Tu crois que je suis bête ? Tu crois que je n'ai pas compris que pendant que ce pauvre Alphonse se morfondait au fin fond de l'Allemagne, vous, vous vous donniez du bon temps ? Mais tu t'es bien gardée de me le dire, tu n'avais pas confiance, c'est ça ? Ou alors, tu n'avais pas la conscience assez tranquille pour en parler, même à moi ? Mais tu crois que je ne te connaissais pas assez ? Tu rayonnais tous les jours un peu plus. Et tu venais de moins en moins me voir, tu ne me confiais plus rien. Quand je râlais que je ne te voyais plus, tu mettais cela sur le compte de ton travail ! Facile ! C'est sûr que c'est plus noble, plus grandiose d'être médecin que d'être femme au foyer et accessoirement femme de chambre. Et ça, je le prenais en pleine figure ! Tu ne t'en rendais pas compte !
— Mais tu me haïssais alors ?
— Oui, peut-être qu'à cette période, je t'ai haïe ! Tu as peut-être raison ! Mais aussi, c'est ta faute ! Tout te tombait tout cru ! Combien d'heures de sommeil ai-je

consacrées au réseau et pour quelle reconnaissance ? Je me fatiguais les yeux à coudre et recoudre les doublures des vestes pour cacher qui les messages, qui les faux papiers. Je bravais mille dangers pour être le facteur du réseau. Et toi ? Rien ! Rien jusqu'au jour où ce couillon de Polge a fait caguer la bombe et y a laissé sa jambe ! Et là, sainte Lise est arrivée, Dieu la bénisse. Parce que tu lui as sauvé la vie, parce que tu as fait simplement ton boulot, rien de plus, rien de moins, tu es devenue intouchable ! Et pour eux, le vrai héroïsme, c'est toi qui l'as eu, pas moi. Moi, même au sein du réseau, là où je pensais exister, je suis devenue transparente ! À cause de toi ! Alors oui, à ce moment, j'ai pris ma décision. Il me fallait exister et il me fallait t'enlever ce sourire stupide qui ne quittait pas tes lèvres !

— …

— Je te fais horreur, je le vois bien ! Je le savais ! Mais après tout, tu n'as rien à me reprocher avec le recul. Tu as eu une belle vie !

— Oui, mais peut-être pas la vie que j'aurais souhaitée !

— Mais où crois-tu que l'on puisse avoir la vie dont on rêve ! Grandis ma fille ! Ouvre les yeux, la vie est injuste. Dès le départ, les dés sont pipés. La preuve, tu es intelligente, moi pas. C'est juste, ça ? Tu ne crois pas que j'aurais aimé te ressembler ? Faire autre chose que du ménage ? Aller dans le beau monde, moi aussi ? Tu crois que je n'en ai pas rêvé ? Et tu crois que tu ne m'as pas fait mal quand tu m'as raconté le bal du Lutetia ? À croire que tu n'avais pas de cœur, ou que tu t'en foutais de ce que je pouvais ressentir ?

— Mais non, tu es mon amie…

— Oui, je suis Louison, l'amie de Lise, la femme de… la mère de… Mais qui parle vraiment de Louison pour ce qu'elle est ? Qui s'en soucie ? Même pas toi ! Allez, inutile de nier !

— Ce n'est pas vrai !

— Mais bien sûr ! J'ai essayé de m'en convaincre, tu sais. Mais quand j'ai su que tu partais en stage à Marseille et que tu emmenais Isabelle, j'ai tout compris et j'ai pris ma décision. Oh ! Le docteur Bastide a été assez convaincant. Le village a pu y croire à ses bobards, moi pas. Je savais que tu partais rejoindre Charles, Charles qui bizarrement s'était évaporé un mois avant. J'en ai parlé au réseau. Mais ils n'ont pas marché ! Tu étais intouchable, je te dis, intouchable, et ta liaison avec Charles ne leur mettait même pas la puce à l'oreille ! Les hommes peuvent être stupides, parfois ! Cela aurait été tellement facile de te suivre et de mettre la main sur Charles ! Tellement facile ! Je parie même que vous ne vous cachiez même pas à Marseille, trop sûrs de vous, comme d'habitude !

— Mais le réseau n'avait rien contre nous…

— Oh si ! On ne peut pas être impunément l'ami d'un colonel allemand en temps d'Occupation, ils auraient pu, ils auraient dû. Mais, soi-disant, ils avaient mieux à faire. Soi-disant, alors, il me restait à agir, moi. À leur montrer qu'ils se trompaient !

— Mon Dieu, qu'as-tu fait ?

— Je n'ai fait que mon devoir. Je leur ai ouvert les yeux, je vous ai ouvert les yeux à vous tous. Ah, j'étais transparente ? Eh bien, j'allais m'en servir ! Je me suis faite plus petite souris que jamais, je me suis fait oublier. Et j'ai fouillé, longtemps, car ils prenaient leurs précautions, ces salauds ! Mais un jour, j'ai trouvé ! J'ai trouvé une commande de charbon pour l'Allemagne ! Je les tenais ! À partir de ce moment, tout est allé très vite ! La filature, l'explosion « accidentelle » à la mine qui a tué Monsieur et deux officiers allemands, la débâcle des Allemands, le tribunal puis l'exécution de Madame. Quand tu es rentrée de Marseille, tout était rentré dans l'ordre. Tout avait été nettoyé pour toi. Tu pouvais reprendre ta petite vie confortable, tu pouvais revenir avec nous.

— Mais te rends-tu compte de ce que tu me dis ?

— Mais bien sûr ! Et j'en suis fière ! Mieux que cela, tu devrais me remercier !

— Te remercier ! Mais si j'avais su tout cela, je n'aurais jamais laissé partir Charles.

— Oui, d'ailleurs, j'ai été assez surprise de te voir revenir. Mais assez fière aussi. C'est que j'avais suffisamment réussi à t'ouvrir les yeux pour que tu ne commettes pas l'irréparable ! Quand tu es revenue, tu étais guérie. Tu es redevenue normale et nous avons pu être heureux tous ensemble !

— Guérie ? Tu crois vraiment ?

— Oh ! Je ne dis pas que tu n'as pas eu des coups de blues de temps en temps, mais ça, c'est parce que tu lis trop !

— Pardon ?

— Mais oui, tes livres te donnent de drôles d'idées ! Des idées d'absolu ! Ils ne font que nourrir ton côté romantique ! Et le romantisme, ce n'est pas bon dans la vie de tous les jours. Il faut savoir être pratique !

— Être pratique ! Être pratique ?

— Bien sûr. On a beau dire que c'est la passion qui fait faire de grandes choses, moi je sais que la passion, c'est la folie. Tu as été beaucoup mieux avec Alphonse, j'en suis sûre.

— Mais…

— Oh ! Et puis, zut ! Nous sommes trop vieilles maintenant pour ces histoires. Je suis fatiguée, si fatiguée. Tu n'aurais pas un petit médicament miracle à me donner pour me requinquer ? Je suis fatiguée, fatiguée…

Et le regard de Louison, qui s'est animé dans sa conversation virtuelle avec Lise, s'éteint à nouveau, nous laissant seuls après ce déballage bouleversant. Nous n'osons pas nous regarder, nous n'osons pas regarder Arthur, accablé par la tirade de sa femme. Il semble avoir vieilli de dix ans en l'espace d'un instant. Il se tient la tête baissée et d'une main caresse doucement la tête de sa femme, à nouveau dodelinante. Que savait-il ? Quel rôle a-t-il joué dans cette histoire ? Personne n'ose lui poser la question, personne n'en a envie. Après tout, que savons-nous de ces histoires d'amitié où viennent s'entremêler des histoires d'amour ? Quand je dis que la petite histoire explique bien des choses de l'histoire avec un grand H. Moi aussi, je suis fatiguée.

28.

Pourquoi ?

Je ne sais pas ce qui l'emporte, la colère ou la compassion. Allons, reconnaissons nos défauts, même dans l'au-delà, la compassion n'a jamais été mon fort.

Louison, comment as-tu pu me faire cela ? Et moi, comment ai-je pu être aussi stupide pour me laisser manipuler de la sorte. Oui, je suis stupide. Stupide et naïve ! Je ne dois m'en prendre qu'à moi-même ! Faut-il être naïve en effet pour imaginer que tout le monde fonctionne comme ma petite personne ; une grande gueule mais un grand cœur, une franchise à la limite de la bêtise, une honnêteté handicapante, la poire idéale en fait. Mais c'est par mon orgueil que j'ai été vaincue, encore et toujours, ce foutu orgueil. Oui, je me sentais différente des autres filles de la classe, je sentais que je pouvais faire des choses, devenir quelqu'un (et même si cela peut paraître dérisoire, je suis devenue quelqu'un, mais seulement dans mon petit village, parce que je n'ai pas eu le courage d'aller plus loin, pas voulu confronter mon orgueil à d'autres orgueils, à la réalité), mais j'en oubliais mes amies. Celles qui étaient là pour moi, quelles que soient les circonstances, et Louison la première.

Louison, c'était une petite fille aux manières grossières mais au cœur sur la main, puis une jeune fille discrète, un peu terne même mais très consciencieuse et très organisée. Elle ne rêvait pas, elle agissait. Elle n'était pas envieuse, elle se contentait de ce qu'elle avait et elle a toujours été heureuse ainsi. Voilà, c'est comme cela que je me la représentais. Jamais je n'aurais pu imaginer qu'elle avait pu s'étioler à l'ombre de mon orgueil. Jamais je n'aurais pu imaginer qu'elle nourrissait une telle jalousie.

Oui, je me souviens de mon retour à BoisRedon après mon intermède marseillais, maman m'avait raconté ce qu'elle savait de la fin des de Valras. Quelques mots avaient suffi et nous avions détesté ensemble les horreurs et autres exactions de la guerre. Mais en fait, nous étions bien loin de la guerre. Aucune idéologie dans cet assassinat programmé, pas de patriotisme, pas de lutte contre la corruption, aucun de ces vêtements dont on avait habillé la mort des de Valras. Juste une jalousie. La jalousie d'une petite femme de chambre. Et encore, une jalousie indirecte.

Car ma chère Louison, toi qui dis m'aimer plus que tout, avoir agi en mon nom, pour mon bien (quelle horreur !), que tu devais me détester au fond de ton cœur. Oui, tu me détestais et tu ne te l'es jamais avoué. Alors, tu as cherché un exutoire à ta haine et la proie était facile ! Les de Valras étaient tellement différents de nous. Leur monde n'était pas le nôtre et notre monde n'était pas le leur. C'est un fait, inéluctable, un fait que j'ai voulu occulter et qui m'a rattrapée. Nous ne pouvions ni les admirer pour cela ni les haïr, nous ne pouvions que faire avec.

Mais voilà, en ce temps d'Occupation, les bons semblaient plus logiquement du côté des petits, des oubliés de la vie, de l'histoire, alors il était facile de leur faire endosser le mauvais rôle et se croire un peu grandi par la même occasion. Oui, c'était facile, parce que c'était ce que tout le monde voulait entendre. L'argent est sale, forcément dans notre civilisation judéo-chrétienne. Nous n'avions pas de Juifs à envier à BoisRedon, pas de Juifs à haïr, nous avions les de Valras. Et moi qui ai pactisé avec l'ennemi, moi qui tout au long de ma vie ai gardé mon amour intact pour ton ennemi juré, cet ennemi juré que pourtant je n'ai pas suivi. Parce que je croyais être aimée à BoisRedon, je croyais avoir une famille qui dépassait les simples frontières de sang de ma famille, une famille dans laquelle je t'incluais, Louison.

Je me sens flouée, j'ai toujours le sentiment, comme le pasteur l'a si justement rappelé, que j'étais spectatrice de ma propre vie, et je comprends seulement pourquoi. En partie. Qui va encore me montrer sa face sombre ? Et si Alphonse m'apprenait que lui aussi, du fin fond de sa prison allemande, il a manœuvré pour me garder ? Ma meilleure amie m'a trahie, pourquoi pas mon mari, après tout ? J'ai la nausée. Voilà tout est là, dans ce sentiment de malaise, ce cœur au bord des lèvres. J'ai la nausée, comme jamais. Pour toujours.

29.

Réunis

L'ambulance arrive en tout début d'après-midi, comme c'était prévu. La lumière est douce et le château semble tout joyeux d'accueillir, après de bien longues vacances, son propriétaire. Il a été briqué de fond en comble et les pièces principales ont repris autant que faire se peut leur aspect d'antan. Autant de zèle de la part de la municipalité n'a pas manqué de faire jaser, mais le maire a fait taire les commérages d'un : « Ne m'emmerdez pas ! Je fais le service minimum. Si vous voulez des explications, allez voir vos vieux ! » Lesquels vieux se sont offusqués d'un tel manque de respect mais ont subitement arrêté de critiquer le maire, et donc leurs enfants et petits-enfants, étonnés de ce revirement silencieux, en ont fait autant. Car maintenant, les faits d'armes du papé ou la désobéissance civile de la mamé, ils n'en ont plus rien à faire. C'est de l'histoire ancienne. Aujourd'hui, ils ne retiennent qu'une chose, il se passe enfin quelque chose à BoisRedon. Car on ne peut pas dire qu'on s'y amuse follement, ces derniers temps. Les jeunes sont partis travailler à la ville et ne reviennent que pour les vacances (et encore quand ils n'ont pas mieux à faire dans un Club Med quelconque où l'ennui est trompé par des activités toutes plus superficielles les unes que les autres). Bref, BoisRedon reprend vie par ceux-là mêmes qu'ils avaient voulu détruire : les châtelains. Le terme est un peu fort pour cette grosse bâtisse bourgeoise flanquée de deux tours prétentieuses, mais comparée aux mas, elle fait mine de château.

Nous sommes tous là à attendre l'ambulance ; le maire et toute ma famille, une famille agrandie par la présence d'Arnaud, le premier amour de Myriam, ou plutôt devrais-je dire le nouvel amour ? Au téléphone, elle a simplement précisé : « Je viendrai accompagnée. Je ne veux pas faire comme mamé, passer à côté de ma vie. » Je n'ai pas compris la remarque jusqu'au moment où je l'ai vue au bras d'Arnaud. Vingt ans après, elle renoue avec son premier amour, celui-là même en lequel nous ne croyions pas à l'époque. Comment a-t-elle fait pour le retrouver ? Comment ont-ils fait pour renouer si vite ? Je ne veux pas le savoir. Je suis simplement impressionnée par cette fidélité de sentiments, des années plus tard, des vies plus tard.

L'ambulance se gare devant le perron du château, au plus près du porche afin de limiter les mouvements à Charles, de plus en plus affaibli. Nous restons en retrait et nous le regardons descendre lentement, comme pour ménager son effet, de l'ambulance. Orgueilleux et grand seigneur, il refuse le fauteuil roulant et veut entrer debout dans sa maison. Je le regarde et ne peux m'empêcher d'être fascinée par son panache. Affaibli, il a quand même tenu à s'habiller, comme on entendait s'habiller à « l'époque » : complet gris anthracite, chemise blanche et cravate bleu-gris. Tout respire le chic mais le chic de bon goût, du costume sur-mesure aux boutons de manchettes en nacre. Et comble de l'élégance désuète, Charles porte un chapeau de feutre, qu'il ne manque pas de quitter en passant le seuil de sa maison. Ces retrouvailles sont privées, nous attendons un moment, silencieux et graves, presque solennels, jusqu'à ce que Mme Grant, les joues rosies par la joie, signe suprême chez elle d'une intense émotion, vienne nous chercher.

Charles se tient dans un grand fauteuil près du feu, qui, comble de l'hospitalité, a été allumé par le maire pour chasser l'odeur de renfermé et de moisi qui a pris possession du château.

Ses yeux n'ont jamais été aussi brillants, ses traits aussi juvéniles. J'imagine sans peine le charme qui a dû être le sien dans sa jeunesse. Un charme insolent, un charme qui le caractérise et qui le dépasse. Parce qu'il ne doit pas se limiter à ce charme, mais parce qu'on ne voit d'abord que ce charme envoûtant ou irritant.

— Monsieur le maire, je ne sais comment vous remercier. Vous ne pouvez imaginer le plaisir que j'ai à avoir toute ma famille réunie, je dis bien toute ma famille, dans ma maison.

— Je vous en prie. Euh, j'espère que vous n'êtes pas trop déçu… La municipalité n'a pas toujours les moyens d'entretenir le château comme elle le souhaiterait…

— Ne vous inquiétez pas de cela. Je vais vous faire une confidence, ma requête était plus une provocation qu'une véritable requête. Aussi, suis-je très honoré qu'elle m'ait été accordée.

— ?

— Que voulez-vous ? Il ne faut pas en vouloir à un vieillard ! Une petite farce, c'est mon dernier plaisir et combien délicieux ! Non, j'exagère, ce n'est pas une simple farce, ni une farce si innocente que cela. Vous ne me comprenez pas ? C'est pourtant simple ; je veux bien passer pour un salaud de mon vivant, si cela peut rendre service aux gens que j'aime, mais je ne veux pas passer pour un salaud dans la mort. D'autant plus que mon « sacrifice » est passé complètement inaperçu et moi, j'ai horreur de passer inaperçu. Alors, voilà, ma dernière coquetterie avant de quitter ce monde a été de faire parler de moi. C'est réussi, n'est-ce pas ?

— Et vous vous en vantez ?

— Allons, monsieur le maire, un peu de sens de l'humour !

— Du sens de l'humour, moi ? Mais je vous signale que je me suis mis tous mes administrés à dos pour vous ouvrir les portes du château parce que l'on vous a présenté comme une victime… Mais en fait de victime, vous m'excuserez…

— Redevenons sérieux, si vous le voulez bien. Oui, j'ai été un peu loin mais oui aussi, je suis une victime. Oui, j'ai été provocant. Oui, j'ai voulu remuer la boue pour que moi qui vous semblais si noir ne vous apparaisse plus que gris. Ne comprenez-vous pas que c'est plus que le château que j'ai perdu en partant en Amérique ? Ne comprenez-vous pas que j'y ai perdu plus que mes parents ? J'ai perdu la famille que j'aurais pu avoir ici et que vous m'avez refusée ! Oui, j'ai été jeté dehors de BoisRedon, jeté comme un malpropre. Savez-vous pourquoi ? Pas parce que j'étais riche, ni parce que j'avais commis le crime d'avoir de l'amitié pour un colonel allemand (vous avez compris la nuance, j'espère, amitié pour un colonel allemand, pas pour les Allemands). Non, rien de tout cela, mon crime était bien plus atroce. J'osais être amoureux de l'icône de BoisRedon et crime suprême, elle répondait à mon amour. J'allais la changer, l'arracher à BoisRedon, l'entraîner dans mon monde, que ce soit à Paris ou aux États-Unis, peu importe, ce n'était pas BoisRedon. Il fallait tout mettre en œuvre pour l'éviter. Vous savez, monsieur le maire, il m'a fallu du temps pour le comprendre, il m'a fallu dépasser la douleur et la colère. Il m'a fallu puiser dans tout cet amour que vous nous avez arraché, mais qui nous unissait toujours. J'ai fait le serment à Lise de ne rien tenter de son vivant. J'aurais dû mourir avant elle, c'eût été logique. Si cela avait été, jamais vous n'auriez entendu parler de moi. Mais l'occasion m'a été offerte de rétablir la vérité et de le faire au seuil de la mort. Je ne pouvais laisser passer l'occasion. Car, outre le fait que vous m'avez chassé de chez moi (terre ou famille, terre et famille), vous m'avez rayé des mémoires familiales. Les petites-filles de Lise n'avaient jamais entendu parler de moi. Pouvez-vous concevoir cela ? Et pourtant, qu'y a-t-il de honteux dans une histoire d'amour ? Rien, me direz-vous, mais dans notre histoire d'amour, oui, elle est presque contre-nature pour vous, n'est-ce pas ? Moi, je n'ai rien caché à ma femme, ni à ma fille d'ailleurs. Cet amour, je le portais en moi, pourquoi le taire, pourquoi le renier ?

— C'était peut-être le choix de Lise ?

— Oui, son choix. Mais pouvait-elle faire autrement quand elle n'entendait que mépris et dégoût dès qu'on prononçait le nom des de Valras ? Devait-elle lutter seule contre tous, alors que j'étais loin et qu'elle avait tellement besoin d'être entourée ? Allez, ne lui jetez pas la pierre. À votre façon, vous l'aimiez, mais à votre façon, vous ne lui avez pas fait la vie belle. BoisRedon a été son refuge et sa prison. Voilà la vérité. Et encore aujourd'hui, j'ai du mal à comprendre l'emprise que ce petit village a pu avoir sur elle.

— Vous avez fait tout ça pour que l'on sache que vous avez fricoté avec Lise ? Mais qu'est-ce que vous croyez ? On s'en fout ! dit le maire, excédé.

— Voilà bien le malheur de cette époque ! Tout n'est que matérialisme, rationalisme, consumérisme. Alors oui, je peux comprendre que vous vous moquiez de mon histoire d'amour. C'est votre droit et je n'en suis ni étonné ni offusqué. Mais cacher notre histoire d'amour est loin d'être anodin, c'est tout sauf un acte manqué. C'est une action délibérée, concertée et pourtant non dite. En venant, j'ai encore commis un crime ; j'ai dénoncé le pacte tacite qui liait tous les habitants de BoisRedon et qui visait à formater l'histoire du village à leur sauce. J'ose apporter un éclairage nouveau et avouez qu'il vous a tous dérangés. Dérangés à tel point qu'il a fallu que j'apporte des preuves, ou que vous trouviez des preuves à chacun de mes propos. N'est-ce pas, mes enfants ? dit-il en se tournant vers Myriam et moi. Soixante ans plus tard, l'image d'Épinal était encore tellement forte, votre rationalité tellement ancrée en vous, qu'il vous fallait du concret. Et je suis désolé de vous l'apprendre, les sentiments sont tout sauf concrets. Nos sentiments à Lise et moi faisaient ressurgir d'autres sentiments que vous avez également enfouis parce qu'eux aussi vous gênaient. L'image d'Épinal a deux faces ; la face noire est venue écorner la face lumineuse. Tout à coup, je n'apparaissais pas si monstrueux, et, tout à coup, les châtiments infligés à ma famille ne vous semblaient plus si justifiés. N'est-ce pas la raison pour laquelle vous m'avez ouvert la porte de mon château, monsieur le maire ?

— J'avoue qu'il y a de ça... Mais je n'ai pas envie de remuer plus la boue.

— Je vous comprends. Vous avez fait un pas vers moi, à moi d'en faire un autre. Je n'en dirai pas plus sur BoisRedon. Pas parce que j'ai une sympathie particulière et subite pour ses habitants, mais parce que les quelques forces qui me restent, je veux les consacrer à l'essentiel. Je veux retrouver en ces lieux la magie de mon enfance et de ma jeunesse, je veux retrouver en ces lieux un cœur pur et une âme idéaliste. Je veux retrouver en ces lieux le Charles de Valras que j'étais avant. Je veux me rapprocher de celui qu'aimait Lise, en un mot comme en cent, je veux me rapprocher de Lise. C'est un chemin intérieur, intime, que vous respecterez, j'espère, à défaut de le comprendre. Accordez-moi un tour du parc et pour ce faire, je crains que je ne pourrai pas éviter le fauteuil roulant, n'est-ce pas ma chérie, dit-il en se tournant vers sa fille, une petite promenade dans ces sous-bois que j'ai plus aimés que le château lui-même. Et ensuite, accordez-moi une dernière faveur, donnez-moi l'illusion de l'intimité. L'illusion d'être vraiment chez moi, juste le temps de fermer les yeux, laissez-moi me reposer, une petite sieste, rien de plus, dans ma chambre. Laissez-moi fermer les yeux en me disant que je suis encore un jeune homme et que demain, j'ai rendez-vous avec Lise, au grand rocher suspendu. Vous voulez bien ?

La promenade est belle et la conversation gaie, superficielle et légère. Charles irradie et nous fascine à chaque mot un peu plus. Vers la fin de l'après-midi, à l'heure où la lumière se fait tendre et enveloppante, nous aidons Charles à gagner sa chambre. Nous fermons doucement la porte pour lui permettre de se plonger dans son rêve et allons profiter de la vue panoramique de la terrasse qui nous offre un visage inhabituel de BoisRedon. Lorsque la nuit commence à tomber, que l'ambulancier nous fait comprendre à sa manière que le rêve ne lui paie pas ses heures supplémentaires, Mme Grant va frapper à la porte de son père, doucement, tendrement, comme une fille sait le faire lorsqu'elle interrompt le rêve de son père.

La sieste s'est prolongée, définitivement.

Remerciements

Immenses remerciements à Mme Françoise BOURDIN, présidente du jury de *Femme Actuelle*, qui m'a attribué son prix « Coup de Cœur ». Être distinguée par une auteure aussi talentueuse est à la fois une immense joie et une reconnaissance inespérée.

Toute ma gratitude aux Nouveaux Auteurs, ses équipes et en particulier son directeur, M. Jean-Laurent POITEVIN, pour leur écoute et leur professionnalisme. Démocratiser le comité de lecture en faisant appel à des passionnés non professionnels est une idée fantastique. Beaucoup de succès à la maison d'édition.

Un grand merci à *Femme Actuelle* et au groupe PRISMA, associés aux Nouveaux Auteurs dans la promotion de ce prix, pour leur appui.

Et bien sûr, je remercie chaleureusement ma famille et ma garde rapprochée, mes amis fidèles depuis tant d'années (de Paris à Toulouse en passant par Nîmes ou Montpellier), pour leurs précieux encouragements.

La photocomposition de cet ouvrage
a été réalisée par
GRAPHIC HAINAUT
76, rue de Nancy 59100 Roubaix

Imprimé en France par MAURY IMPRIMEUR
en juin 2023
N° d'impression : 270480

POCKET – 92, avenue de France, 75013 Paris

S33275/01